NO ESTOY PERDIDA

CARRIE FOUNTAIN

NO ESTOY PERDIDA

CROSS BOOKS

Diseño de portada: Philip Pascuzzo
Fotografía de la autora: © Jessica Attie
Ilustraciones de interiores: freepik // kjpargeter

Título original: I'm Not Missing

Traducido por: Ariadna Molinari Tato

Bajo el sello editorial DESTINO INFANTIL & JUVENIL M.R.
Avenida Presidente Masarik núm. 111, Piso 2
Colonia Polanco V Sección, Miguel Hidalgo
C.P. 11560, Ciudad de México
www.planetadelibros.com.mx

Primera edición en formato epub: agosto de 2019
ISBN: 978-607-07-6031-0

Primera edición impresa en México: agosto de 2019
ISBN: 978-607-07-6016-7

Impreso en los talleres de Litográfica Ingramex, S.A. de C.V.
Centeno núm. 162-1, colonia Granjas Esmeralda, Ciudad de México
Impreso y hecho en México - *Printed and made in Mexico*

Al telescopio espacial James Webb,
temerario buscador que se dirige al misterio,
y a las mentes humanas que lo construyeron.

Y a Susannah, obvio.

I

I

—No es raro. —Me senté en la tierra y me recargué sobre el frío granito de la lápida de Manny. Intenté inhalar el helado aire invernal, pero lo único que alcancé a oler fueron enchiladas—. ¿Por qué de pronto sería raro?

—Porque es raro —respondió Syd, sin levantar la mirada de su teléfono—. Siempre ha sido raro. Solo… Ya no soy tan tolerante.

—Como digas. A mí me gusta estar aquí. Es relajante. —Me cubrí los ojos y miré el salvaje halo de sus rizos, que destellaban luz dorada bajo el sol de la tarde.

Más temprano, en nuestra comida anual de enchiladas del Club Feminista, un chico se tropezó y derramó todo su plato encima de Syd. Tuvo que quitarse la playera del Club Feminista y ponerse una que Katelyn Reed encontró en su auto. Le quedaba demasiado pequeña y se veía obscena. Hasta el diseño de rosas de su brasier de encaje negro se asomaba por debajo. En la playera se leía, de forma irónica, NO ME IMPORTA. Sus jeans aún tenían brillantes manchas rojas de salsa de enchiladas.

—Esto no es relajante. —Me lanzó una mirada de asco durante dos segundos—. No intentes normalizarlo, Miranda.

—Caray. ¿Por qué tan cascarrabias? —pregunté, aunque sabía la razón.

Habían pasado dos días desde que se suponía que las universidades empezarían a responder a las admisiones tempranas, pero Syd aún no había tenido noticias de su solicitud a Stanford. Ni sí ni no: grillos. Y los grillos se volvían ensordecedores con cada minuto que pasaba.

Syd despegó la vista del teléfono y se dejó caer en la tierra junto a mí; luego se quitó la liga de la muñeca, reunió su masa de rizos y la fijó en la cima de su cráneo en un chongo flojo y desordenado. Parecía que una pequeña nube sin forma flotaba sobre su cabeza.

—Solo estoy harta de sentarme en un cementerio por diversión, ¿sabes? Tengo dieciocho años. Podría estar viendo o haciendo pornografía ahora mismo. Y sería legal.

—Da igual —dije.

Me recargué sobre la fría lápida y me concentré en escuchar el zumbido del tráfico de la interestatal. En cuanto cerré los ojos, Syd me picó con la punta del pie.

—Y estoy triste. —No me permitiría relajarme—. Estoy muy triste. —Me dio otra patadita, más fuerte esta vez—. Miranda.

—Basta. —Le empujé el tobillo sin abrir los ojos—. ¿Por qué estás tan triste?

—No sé. Supongo que porque nuestra cena anual de enchiladas del Club Feminista fracasó por cuarto año consecutivo y no logró acabar con el sexismo y la misoginia.

—Reunimos quinientos dólares. —Incliné la cara hacia el sol invernal—. Eso es algo.

—Es menos que algo. —Lanzó su teléfono al suelo—. Pero, en serio, tú eres la escritora. Esta actividad..., esta *metáfora*, estar sentadas entre tumbas, ¿no te parece perturbadora?

—No. —Sin necesidad de abrir los ojos, supe que ella había puesto los suyos en blanco—. Me encanta.

Era cierto. El cementerio era tal vez mi lugar favorito en todo Las Cruces. Me encantaba la forma en que me hacía sentir oculta. Invisible. Me encantaba la forma en que las lápidas miraban hacia la carretera, alineadas a la perfección, como asientos en un cine, y me gustaba observar el tráfico. Tenía algo que le daba un aire sagrado.

El cementerio era como mi iglesia... o algo así.

En fin, no era como si fuera un cementerio real. No había cuerpos. Era solo la polvorienta orilla del lote aledaño a la casa de Syd, donde su papá, Ray, tiraba las lápidas que nadie había pagado o que le habían salido mal. REGOCIJO EN LA SALIVACIÓN, decía una tabla de mármol; DESCANSE EN PEZ, decía otra. Ray no duró mucho en la industria de las lápidas. Después de un año, vendió sus herramientas y volvió a ser cantinero; Syd y yo nos hicimos cargo del cementerio.

MANUEL P. MONTOYA, DESCANSA POR SIEMPRE era mi favorita: una plancha de granito negro con un par de manos de mármol unidas en oración que sobresalían por encima. Manny murió a los ciento un años. Me gustaba pensar en su lápida como un trofeo que obtuvo por haber vivido tanto. Había un espacio con la forma de mi trasero sobre la tierra frente a la lápida, tal era mi devoción por él. Claro, era una lástima que la familia de Manny no hubiera podido pagarla, por lo que terminó aquí, detrás del remolque de Ray y separada por siempre del verdadero Manny y su reposo eterno en el cementerio de San Albino, a una milla de distancia.

Ray era un absoluto perdedor.

—Esta no es una asociación de beneficencia, señora —lo oímos decirle por teléfono alguna vez a una viuda doliente mientras veíamos la televisión.

«Imbécil», articuló Syd solo moviendo los labios; tomó el control remoto y subió el volumen de la televisión tanto que Ray, cuya mueca de disgusto se asomó por debajo del sombrero de vaquero, tuvo que salir para continuar con su conversación.

Claro, entonces no lo sabíamos, pero esos eran los buenos tiempos. Era la época antes de que Tonya se mudara con ellos, cuando Ray pasaba todo el tiempo afuera y nosotras teníamos control absoluto del remolque y la hectárea completa de tierra y basura, donde cada montaña de porquerías era evidencia adicional del romance eterno de Ray con el fracaso: pilas de refacciones de autos, un monte de leña podrida, un establo desvencijado para un criadero de caballos que nunca fue más allá de un frasco de semen que Ray guardó en su congelador por más de un año. Ahora era el subgerente de Desperados, un bar ubicado en un centro comercial, entre un salón de uñas y un lugar de bronceado. Las camisetas polo que Ray usaba para ir al trabajo anunciaban que Desperados era «El lugar más prendido de Las Cruces». Seguía siendo un misterio quién lo había definido así. Syd lo llamaba «Desper-anos».

—Seguro que hacen porno en Las Cruces. Apuesto que, si quisiera, podría estar protagonizando mi propia película porno para las ocho de la noche de hoy, ¿cierto?

—Vamos a guardar silencio dos segundos —repliqué.

Cuando vi que Syd de verdad guardó silencio durante

dos segundos, me entró la sospecha y abrí los ojos; la encontré inclinada a un lado, sobre la tumba junto a la mía, ISADORA THORNE, QUERIDA HERMANA Y TÍA. Me miraba y con los brazos se abrazaba las rodillas.

—¿Qué? —pregunté.

—Nada —contestó ella—. Guardo silencio. Estoy sentada en completo silencio y pienso en mi nombre de estrella porno. —Levantó un dedo—. *Misty Botes*. Eso es. Sí. Desde ahora soy Misty Botes.

—Basta. —Me enderecé y volteé a verla directo a los ojos—. Stanford va a escribir. Va a pasar. Y vas a entrar. Y si no entras a Stanford, vas a entrar a algún lugar con «botes» llenos de ayuda financiera, y te irás de aquí, y será genial y algún día volarás en tu avión helicóptero sobre este pueblo de mierda y reirás y reirás. Por favor. Vamos a esperar cinco minutos antes de que te entregues a una vida dedicada a la pornografía, ¿sí?

Me lanzó una mirada severa, escéptica.

—¿Qué es un avión helicóptero?

—Cállate. Sabes a lo que me refiero. —No supe qué más decir.

Tenía muy poca experiencia dándole charlas motivacionales a Syd. Normalmente, era ella quien me las daba a mí.

Apoyó una mejilla sobre las rodillas y su pequeña nube de rizos cayó a un costado. Parecía estar preocupada de verdad.

—El plan —dije. Cuando ella asintió y desvió la mirada, le di un empujoncito—. Va a funcionar, Misty.

—Está bien. —Esbozó la más pequeña de las sonrisas y dijo—: Sí.

El Plan de Escape de Syd se había vuelto legendario

en la preparatoria Las Cruces. Su mamá era una borracha que la había abandonado y su papá era un idiota profesional. Pero Syd era diferente. Superó todas las expectativas, y a la gente le encanta cuando alguien supera todas las expectativas. Había acumulado premios y honores. Quedó en primer lugar de nuestra generación tres semestres consecutivos. Cuando en el tercer año terminó con las clases avanzadas de ciencias y matemáticas, comenzó a pasar la mitad de su tiempo en la NMSU o, para decirlo con más propiedad, Universidad Estatal de Nuevo México. Fundó no menos de cuatro clubes durante el primer año y cada uno tenía su propio venerable renglón en la obra de arte que era su currículum universitario: el Club STEM, el Club de Robótica, el Club Feminista y el que era, por mucho, el más exitoso de sus emprendimientos: la Asamblea de Preparación Universitaria, a la que todos habían terminado por llamar el Club de Vida, y que consistía casi por completo en que Syd ayudara a otros chicos a diseñar sus propios planes de escape.

No siempre fue así. Todo cambió el verano antes de nuestro primer año de preparatoria, cuando su mamá dejó el centro de rehabilitación donde había pasado los últimos dos meses y se escapó a Colorado, cediéndole la custodia completa de Syd a Ray. Dejó a su hija sin explicaciones, disculpas ni nada. Fue desconcertante. Yo estaba destrozada. Dejé de dormir, mis ataques de pánico volvieron con toda su fuerza. Mi padre entró en modo de emergencia y me envió de vuelta con la terapeuta a quien empecé a ver después de que mi propia madre se fue, siete años antes.

Logré un «progreso gradual al procesar la pérdida en el contexto de traumas anteriores», como oí a mi terapeuta reportarle a mi padre.

Syd, por su parte, hizo un plan.

Siempre fue inteligente, pero la mañana después de que Patience se marchó, despertó convertida en una genio. Y estaba empecinada. Esa mañana se sentó frente a mi computadora con un nivel de concentración único: buscó en Google, leyó, tomó notas. En menos de treinta minutos, confeccionó su plan de escape. Esa misma tarde, caminamos a la escuela y nos reunimos con la profesora Yslas, la orientadora vocacional de Syd, quien cambió a regañadientes todas sus clases: las fáciles por difíciles y las difíciles por las más difíciles.

La profesora Yslas se mostró escéptica. Syd lo tomó como un reto.

Unos días después, llevó una caja de mentas vacía y una toalla de playa al cementerio. Había impreso un contrato que indicaba que, ya que las dos nos habíamos quedado sin madre, nos adoptaríamos la una a la otra. Desde ese momento seríamos, de manera oficial, la una para la otra, y, como tales, estaríamos obligadas por honor y sangre («¿Y sangre?», pensé mientras ella leía el documento en voz alta) a no alejarnos nunca y a no buscar jamás a nuestras madres.

—Nuestras madres nos dejaron —afirmó; su voz estalló de forma dramática, como la de un abogado en la televisión—. No vamos a rogar por sobras.

Para mí, la parte de buscar a nuestras madres era bastante irrelevante. Para entonces, mi mamá llevaba siete años en el Jardín. Todos los esfuerzos que hicieron mi papá y mi tío Benny por recuperarla habían sido inútiles. Mi padre se había dado a la tarea de borrar todas las evidencias de su existencia. A mí ya se me había olvidado cómo era que estuviera con nosotros. Patience se había ido hacía unos días. Para Syd, este ritual era una protección necesaria. Era una acción y las acciones eran lo único que tenía, además de mí. Y si bien me encantaba la parte de adoptarnos, hubiera preferido una acción con un poco menos «pacto de sangre». Para mí, un ñoño collar de «mejores amigas por siempre» de Claire's habría sido más que suficiente.

Pero, para Syd, solo la sangre funcionaría.

Escribimos nuestros nombres con tinta, y después Syd se pinchó el dedo con un viejo seguro que había tomado de su mochila. Cuando fue mi turno, no pude hacerlo. Pero Syd estaba empeñada. Así que le di el seguro, cerré los ojos y sentí cómo tomaba mi mano con fuerza y presionaba la punta metálica contra mi dedo índice.

—Ya está —la oí decir.

Cuando abrí los ojos, encontré una esfera de sangre perfecta en la punta de mi dedo. El cementerio daba vueltas.

—No vomites, ¿sí? —susurró Syd—. Solo respira.

Asentí, sin poder hablar. Presioné el dedo ensangrentado sobre la página, junto a la huella de Syd. Ella dobló el papel varias veces hasta que tuvo el tamaño suficiente para caber en la caja de mentas. Luego excavó un hoyo profundo y angosto entre Manny e Isadora y enterró la caja.

Después de eso, Syd nunca mencionó a Patience de nuevo. Concentró toda su atención en el plan. En tercer año decidió que quería ir a Stanford porque Stanford era la entrada directa a Silicon Valley, y Silicon Valley era donde Syd haría su fortuna… ¿Con qué? No importaba. Eso lo averiguaría después. Su mente valía una fortuna. California era su destino. Hablaba de ese lugar con tanto detalle y nostalgia que era imposible creer que el número de veces que había estado ahí era cero.

Decidió que era su planeta Ricitos de Oro.

Aprendimos acerca de los planetas Ricitos de Oro gracias a mi papá, quien había dedicado su carrera a eso en unas pequeñas instalaciones de la NASA ubicadas a las afueras del pueblo, en donde intentaba encontrar uno de esos planetas. Un planeta Ricitos de Oro es un planeta como la Tierra, ni demasiado caliente ni demasiado frío para albergar vida. Pero, para nosotras, había llegado a significar mucho más. Para nosotras, un planeta Ricitos de Oro era un lugar, sin duda lejano, donde una persona se convertía en la persona que debía ser. Un lugar para *vivir*. Seguía buscando el mío, aunque sospechaba que Las Cruces, Nuevo México, no lo era. Tenía menos expectativas que Syd. Pero, dicho eso, todo el mundo tenía expectativas menores que las de Syd.

Y, entonces, al ver que no habría otra opción más que unirme a ella cuando Syd se revolucionó al máximo, suscribí al plan. Hice todas las actividades extracurriculares. Encontré el campo traviesa, el único deporte que no requería coordinación ni velocidad real, y corrí; a veces entrenaba con mi papá, hasta que se formaron músculos de verdad en mis largas y huesudas piernas. Era la editora del periódico de la escuela y gané un premio de la Asociación Periodística de Nuevo México por una serie de ensayos que escribí donde documenté la vida de Gracie, la cerda ganadora del premio de los Futuros Granjeros de Norteamérica. Todo eso era apenas el paso uno. También tomé tantas clases avanzadas como pude, salvo matemáticas, que hubiera reprobado. Paso dos. Y, al tomar clases de matemáticas menos complicadas, mantuve mi promedio por los cielos. Paso tres. Incluso completé el paso cuatro: tras meses de asesorías con mi papá que solían terminar con desconcertantes palabras de aliento como «Tú eres las matemáticas, Miranda», conseguí una calificación decente en los exámenes de ingreso a la universidad. Estaba segura de que mis esfuerzos me conseguirían un lugar en la Universidad de Nuevo México, la UNM, en Albuquerque, tal vez incluso una beca. Había comenzado a pensar que Albuquerque podría ser mi planeta Ricitos de Oro. Estaba lo suficientemente lejos como para que solo unas cuantas personas supieran del Suceso Nick Allison, pero bastante cerca como para visitar a mi papá. Eso me hacía feliz. Incluso estaba un poco orgullosa.

Por supuesto, Syd salió de los exámenes de ingreso a la universidad con un puntaje tan cercano a la perfección que estableció un récord sobre el cual escribieron un artículo en *Las Cruces Sun-News*. Era imparable, un verdadero fenómeno, y hasta hacía dos días no me quedaba la menor duda de que conseguiría su sueño: la admisión temprana a Stanford. En serio, jamás había considerado la posibilidad de que el plan no resultara. No concebía que el mundo le dijera *no* a Syd.

Ahora, la duda había comenzado a acechar, y descubrí que la única forma de contenerla era darle a Syd un flujo constante de comentarios positivos y dárselos con un aire de desdén, casi un poco irritado, como para indicar que tenía tal certeza que me hartaba hablar de ello.

—En serio —insistí—, deja de ser tan tonta. Eres una genio. Te contestarán. —Me recargué sobre Manny de nuevo—. Misty Botes. Qué asco. ¿Qué hay en los botes?

Una enorme sonrisa de orgullo se dibujó en su rostro, y sentí alivio al verla.

—No hagas como que no sabes qué hay en el bote —contestó. A nuestra espalda, oí la puerta de la casa rondante abrirse y azotarse—. Ugh. —La sonrisa de Syd se esfumó, se dio vuelta y se escondió detrás de Isadora—. ¿Demonio o retoño?

Volteé y vi a Tyler, el hijo de Tonya, cuyo cabello rojo se agitaba con el aire mientras corría hacia nosotras por el lote a toda velocidad.

—Retoño —respondí.

Cuando Syd volteó a verlo, el rostro se le iluminó de nuevo.

—¡Calma, calma, amigo! —gritó.

Llevábamos todo un año intentado odiar a Tyler por todos los medios, pero era demasiado lindo. Éramos sus heroínas. No podíamos evitar amarlo. Para Syd era un consuelo saber que la adoración que le tenía Tyler hacía enfurecer a Tonya.

—Hola. —Se plantó justo frente a nosotras, jadeando con fuerza.

—¿Qué pasa, T-bone? —Syd extendió un puño y Tyler se inclinó para chocarlo con el suyo.

—Dice mi mamá que dejes de usar su secadora.

Syd volteó hacia mí y sacudió la cabeza.

—PE-RRA —exclamó—. ¿Te mandó solo a decirme eso? —le preguntó a Tyler. Él asintió—. Está bien. Dile que está bien. —Me miró de nuevo—. Y dile que lo siento mucho.

—Okey —dijo Tyler. Se dio la vuelta para correr de nuevo, superconcentrado en la responsabilidad de llevar el mensaje de Syd, pero se detuvo cuando Syd dijo su nombre—. ¿Qué? —preguntó.

—Te quiero, Ty.

Fue una inusual muestra de afecto de parte de Syd, y estar ahí sentada presenciándola me hizo sentir rara.

—Yo también te quiero, Sydney —contestó él, y luego recorrió el polvoriento terreno hasta el remolque.

—¡Dios mío! Es como otro nivel de perrez —exclamó Syd, llevándose las dos manos a la cabeza—. Es una maldita perra profesional. —Su teléfono recibió un mensaje, lo tomó del suelo y lo limpió—. Oh, oh.

—¿Qué? ¿Quién es?

Tuve la esperanza momentánea de que hubiera sido Stanford, pero me di cuenta de que sería ridículo. Stanford no mandaría un mensaje de texto. Me embarró el teléfono en la cara. Había recibido un mensaje de alguien a quien llamaba Medio Guapo.

MEDIO GUAPO:

Fiesta en 10k postes.
VEN.

—¿Quién es Medio Guapo? —pregunté.

—No me acuerdo. ¿Joe Moya? ¿Isaac Chávez? Creo que es Joe.

—Hey, tienes que dejar de hacerles eso a tus contactos. Alguien lo va a ver algún día y se va a enojar.

Ladeó la cabeza.

—Eh… ¿alguien como tú?

—No. —Miré hacia la carretera—. Yo sé cómo me llamas.

—Claro que no. —Una sonrisa se apoderó de su rostro y convirtió sus mejillas rosadas en manzanas.

—Buena Buenita —dije.

—Ya no. —Me vio mirar su teléfono.

Intenté tomarlo, pero ella fue más rápida.

—Da igual. No me importa —repliqué, y me recargué sobre Manny.

—Sí, se nota que no te importa.

Escribió en el teléfono.

—Momento. Si Joe es Medio Guapo, ¿quién es Isaac? —pregunté.

—Grandote. —Me miró y alzó las cejas—. Creo.

—Ay, Dios —murmuré—. Olvídalo.

Un área de la vida de Syd que no dejaba de ser un misterio para mí podía clasificarse como Cosas Sexuales con Chicos. No era que lo mantuviera en terreno prohibido o algo por el estilo. De hecho, hablaba de sus conquistas todo el tiempo, sobre todo de aquellas que involucraban a chicos universitarios. Era más bien que ella hacía cosas que podían clasificarse como Cosas Sexuales con Chicos, mientras que yo solo hacía cosas que entraban en la categoría de Patética Preservación de la Ultravirginidad. Y ni siquiera era que no me gustara la idea del sexo. Para nada. Lo hacía sola en mi cuarto todo el tiempo. Era solo que jamás alcanzaría a Syd, sobre todo porque el Suceso Nick Allison me había obligado a ocultarme. El despecho y la humillación de haber sido plantada en la noche del baile por el chico de quien llevaba tres años enamorada en secreto me rebasaban. Me pateaban el trasero. Y lo peor de todo era que seguía más que enamorada de Nick. No podía evitarlo. Sentía mariposas cada vez que lo veía entrar a clase de Francés. Era patético.

—Vamos a ir, ¿verdad? —Syd alzó el teléfono y me dirigió una sonrisa retorcida—. Como que quiero besuquearme con él.

—Ay, no sabes quién es.

—¿Y qué?

—Entonces, ¿se terminó el veto a los chicos de preparatoria?

Syd le había dejado en claro a todo el que se interesó en saberlo que prefería a los universitarios por encima de los preparatorianos. No había salido con nadie que estuviera en preparatoria desde hacía más de un año. Incluso su cita para el baile con Matt Martínez fue platónica.

—Nada de fiestas para mí —contesté.

—Vamos media hora. —Era como si no me hubiera escuchado.

—Le dije a mi papá que iría a casa. Le molesta que nunca esté. Y preparó todas esas enchiladas.

Mi padre era tal vez el más entusiasta partidario del Club Feminista de la preparatoria Las Cruces. Cada año hacía las enchiladas que vendíamos en la cena, iba a servirlas, orgulloso entre todas las chicas con su playera del Club Feminista, sin duda disfrutando de lo mucho que me incomodaba su presencia. En ocasiones así, el hecho de que mi papá y yo no pareciéramos estar emparentados —él, con su cabello claro y ojos azules; yo, con mi piel oscura y mi incuestionable latinidad— no me molestaba. Cuando Lindsay Reynolds lo escuchó llamarme Miry hoy, pareció confundida. «¿Él es tu papá, Miranda?». En verdad consideré decirle que no.

—Seguro puedo robarme una botella de vino. —Syd había comenzado a conspirar.

—No puedo ir —respondí con claridad.

—Tengo problemas de vida, Miranda. —Me miró con ojos enormes y tristes—. Necesito distraerme de mis problemas de vida.

—Pero… —Abrí la boca para soltar una protesta real, pero al final me la tragué.

Aun así, ella sabía exactamente lo que yo iba a decir.

—No va a estar ahí —afirmó.

—¿Cómo sabes eso?

—Porque es un ñoñazo, un ñoñazo que solo va a fiestas

en casa. Todo el mundo lo sabe. El límite de Nick Allison son las fiestas ñoñas con papás en la casa. No va a estar ahí. Solo escríbele a tu papá. Dile que me vas a ayudar a organizar mi clóset.

—No quiero mentir.

—¡Problemas de vida! ¡Miranda! —Se soltó el cabello, sacudió los rizos y los pasó por encima de su hombro—. Solo organiza mi clóset. Es un desastre. ¿Por favor? —Se enderezó y me lanzó una enorme y boba sonrisa—. En serio. —Miró hacia el remolque—. De verdad que no quiero estar aquí hoy.

Estaba derrotada.

—No puedo beber. Ni un sorbo. Y tengo que estar en casa a las nueve.

Asintió en señal de que aceptaba mis condiciones.

—Escríbele al papá. Por favor y gracias.

Le escribí al papá. Ella le contestó a Medio Guapo, fuera quien fuera. Me sentí mal de mentirle a mi papá, sobre todo cuando la mentira era sobre algo tan estúpido como una fiesta de domingo en Diez Mil Postes.

—Eres la mejor —dijo y alzó ambos pulgares.

—Tú eres la peor.

Guardé el teléfono en el bolsillo y me volví a recargar sobre Manny. Intenté volver a concentrarme en la carretera y su escándalo y siseo tranquilizantes, y en el enorme sol anaranjado que comenzaba a hundirse en la meseta detrás de los autos.

—Lo sé. —Syd alzó la mirada de su teléfono.

Parecía que iba a decir algo más, pero no lo hizo.

2

Nadie sabía por qué ese lugar se llamaba Diez Mil Postes. No tenía postes, ni uno solo. De hecho, allí, en la meseta poniente, no había más que un árido desierto que se extendía en todas direcciones, espinosos arbustos de mezquite y un camino de terracería que me había arruinado más de un par de zapatos. Estaba segura de que mis padres venían aquí cuando estaban en preparatoria. Supongo que podría haberle preguntado a mi papá si él sabía por qué le llamaban Diez Mil Postes. Era justo el tipo de dato irrelevante que sin duda sabría y estaría encantado de recordar. Pero entonces yo tendría que admitir que sabía sobre Diez Mil Postes y que iba a fiestas en el desierto, algo que él me había prohibido de manera terminante. Cuando arruinaba mis zapatos en Diez Mil Postes, los escondía de mi papá. Él conocía muy bien esa tierra roja.

Salimos del pueblo por la vieja carretera y dimos vuelta en un camino de terracería que llevaba a la base de la meseta. Condujimos despacio en busca del elusivo camino que nos llevaría a la cima. Las mesetas son una extraña formación de tierra, como colinas escarpadas con la tapa rebanada. No había ninguna manera elegante de conducir por ellas. Syd y yo discutimos sobre cuál era el camino que debíamos tomar y cuál el arroyo que nos llevaría al corazón de la oscuridad del desierto y a una muerte segura.

Dudé y vacilé hasta que Syd por fin perdió la paciencia.

—¡Es ese, tonta! —Señaló algo que parecía más un sendero de caballos que un camino que pudiera recorrer un auto.

—¡No me grites! —le grité.

—¡No seas tonta! ¡Ve, ve! —exclamó, pero, como no fui, se atravesó y puso la mano sobre el claxon—. ¡Veee!

Giré el volante y comencé a avanzar por el camino. Casi de inmediato, el auto empezó a batallar para subir por la arena. Las llantas giraban sin tracción.

—No es por aquí —dije—. ¡Ahora vamos a morir! —Me detuve.

—Sí, sí es por aquí —ladró ella—. ¡Ve! No te detengas o nos vamos a atorar. Solo... avanza. ¡Vamos! —Le costaba trabajo gritarme entre risas.

Seguí subiendo y subiendo, hasta que pareció que estábamos en una posición completamente vertical. En la cima, las llantas se deslizaron de nuevo y levantaron un enorme nubarrón de polvo.

—Bueno —dije—. Ahora sí vamos a morir.

Hundí el pie en el acelerador. De pronto salimos disparadas hacia el frente y el auto alcanzó toda su potencia. Estábamos en la cima. Lo habíamos logrado.

Pero no había nada ahí. Yo tenía razón.

—No es aquí —dije y volteé a verla—. Que no es aquí.

—Ay, Dios. Sí es. —Syd estaba a punto de perder la cabeza—. Solo. Avanza. Con. Un. Carajo.

Seguí el camino tan bien como pude, lo más despacio posible, segura de que desaparecía poco a poco. Justo cuando estaba a punto de repetir que íbamos a morir, las luces del auto iluminaron la placa de otro auto. Luego otra y otra.

—Mira, tonta. —Syd apuntó hacia un tipo que estaba parado detrás de uno de los autos, orinando de espaldas a nosotras. Entrecerró los ojos por encima del hombro, sin perturbarse.

—No es aquí —dije una vez más.

Las dos reímos. Conduje un poco más y mis luces encontraron a un grupo de chicos. Reconocí a algunos de la escuela. Estaban en un semicírculo y miraban un letrero gigantesco que estaba plantado junto a un círculo de llantas chamuscadas y botellas de cerveza.

—No puede ser. —Syd se asomó por la ventana.

PRÓXIMAMENTE, decía el letrero en cursiva, ACRES ENCANTADOS, CASAS ESTILO ADOBE A PARTIR DE 200. Al final, en enormes letras negras, se leía: ¡PROPIEDAD PRIVADA! ¡NO PASAR!

—Qué asco —murmuré—. ¿Sabías que hacen que las casas parezcan como de adobe usando poliestireno? —Llevé el coche a la orilla del camino, apenas evitando un arbusto de mezquite, para hacer mi propio espacio de estacionamiento—. En las orillas, para que sea vean redondeadas. Mi papá me lo explicó.

Mi papá estaba más que orgulloso de que viviéramos en una auténtica casa de adobe, aunque fuera diminuta y tuviera más de cien años y unas paredes tan gruesas que la recepción del teléfono no llegaba a mi habitación y tenía que colocar el celular en el alféizar de la ventana, como un módem del mundo moderno. Fue la casa en la que crecieron mi madre y sus hermanos, Benny y Jacob, y que mis padres les compraron a mis abuelos cuando se jubilaron y se mudaron a Deming. Me parecía extraño que mi papá viviera en la casa en la que había crecido su exesposa, la misma casa de la que escapó una mañana y nunca más volvimos a verla o a saber de ella.

—¿Por qué tienen que arruinarlo todo? —Syd abrió la puerta y salió—. ¿Acres Encantados? Es una estupidez. Suena a que están embrujados.

Dos chicos con playeras de LUCHA PLC comenzaron a trabajar juntos, uno a cada lado del letrero, para intentar sacarlo del suelo. Los postes no cedían. Syd y yo caminamos hacia la multitud.

—Se acabó eso de en medio de la nada —dije mientras subía el cierre de mi abrigo para protegerme del frío de la tarde.

Syd entrelazó su brazo con el mío mientras observábamos cómo el letrero se mecía cada vez un poco más bajo el cielo oscuro. Cuando dos chicos más se unieron a la tarea, los postes comenzaron a ceder. Un último jalón los sacó de su lugar, todos tuvimos que alejarnos cuando cayó el letrero gigante y levantó una enorme nube de polvo y ceniza al azotar contra el suelo.

—Eso fue fácil —dije.

Vimos que la gente comenzaba a pisotear el letrero.

—Odio amar tanto la destrucción —susurró Syd, llena de alegría—. Vamos.

Syd se iluminó mientras caminábamos entre la gente con los brazos aún entrelazados. Era como el papa, ungía a la gente con su sonrisa. Como de costumbre, se veía increíble. Se había bañado y cambiado los jeans manchados de salsa y la playera por un suéter, mallas y botas. Había pasado media hora agitando la secadora sobre sus rizos para darles un aspecto sedoso y maravilloso. Su maquillaje era perfecto. Pasamos por mi casa, pero solo me dio tiempo de cambiarme la playera. Y, de hecho, solo me puse una limpia para que mi papá no sospechara. ¿Por qué tendría que verme bien para ayudar a Syd a arreglar su clóset? A su lado me sentía andrajosa. Noté los residuos del olor a enchiladas en mi cabello, que estaba atado en una horrenda trenza francesa. De pronto, me arrepentí de haber cedido a la presión de Syd. Podría estar en casa en ese momento, viendo la televisión con mi papá, estudiando el *passé composé* para mi examen de francés del día siguiente.

Syd se detuvo junto a una pickup, bajó la portezuela de la caja y se subió.

—¿De quién es la camioneta? —pregunté mientras me sentaba a su lado.

—No sé.

Sacó una botella de vino de su bolsa, junto con dos vasitos de plástico. Desenroscó la tapa, sirvió uno y me lo dio.

—No pienso beber —dije mientras tomaba el vaso.

—Está bien —replicó—. Solo para brindar. —Llenó el otro y cerró la tapa de la botella antes de guardarla en su bolsa.

Alcé el vaso.

—¿Por qué brindamos?

Examinó la fiesta como si buscara algo que celebrar.

—No sé. El futuro.

—Por el futuro —repetí—. Va a pasar —agregué en un susurro.

Sus ojos se clavaron en los míos. Chocamos los vasos. Le di un sorbo al vino. Ella se terminó el suyo de un trago. Luego tomó el mío y lo sirvió en su vaso.

—Hola, borracha —dije.

—Celosa —respondió; le dio un gran trago a mi vino y evitó hacer una mueca.

Syd no era una gran bebedora, por lo general. Era cuidadosa. No iba a permitir que el cliché de la predisposición al alcohol la mantuviera en este lugar. Ella *no* sería como su madre. Pero aquella noche parecía lista para embriagarse.

—Quiero besuquearme con Medio Guapo —canturreó en voz baja—. Pero no sé quién es.

—Genial —respondí.

Me arrepentí aún más de haber aceptado venir. ¿Qué haría mientras Syd se besuqueaba con Medio Guapo? ¿Examinar la fiesta en busca de Nick Allison y esperar?

Los luchadores se acercaron a nosotras llevando el enorme letrero a rastras. No podían evitar parecer cavernícolas.

—Hola, Syd —saludó alguien en la parte de atrás del grupo.

Mientras se acercaba, vi que era Joe Moya, también conocido como «tal vez Medio Guapo». Seguramente acababa de llegar. Genial.

Estaba ideando un plan de acción de qué hacer mientras ellos se besaban cuando, detrás de Joe, de la nada, apareció el mejor amigo de Nick, Tomás. Se me aceleró el corazón. Noté que traía puesta su chaqueta deportiva y estaba flanqueado por dos de sus compañeros del equipo de beisbol. Las posibilidades de que Nick acompañara a Tomás y a sus amigos del equipo de beisbol eran pocas.

Vi a Tomás un segundo antes de que él me viera, así que tuve el placer de mirar cómo su expresión pasaba de neutral a mirada asesina.

Uno de los aspectos más desconcertantes del Suceso Nick Allison era que nos había convertido a Tomás y a mí en enemigos. Conocía a Tomás desde el jardín de niños.

Era tal vez una de las personas más presentes en mi vida: estuvo ahí la mañana después de que mi mamá se fue, cuando mi papá me obligó a ir a la escuela. Yo sabía que él era disléxico; él sabía que yo era matematicofóbica. Sin embargo, durante los últimos ocho meses nos habíamos visto orillados a entrar en esta extraña dinámica en la que poníamos cara de «jódete» cada vez que nos veíamos.

Ni siquiera el mismo Nick lo hacía. Cuando él me veía en el pasillo tan solo desviaba la mirada y, dado que verlo hacía que me doliera el corazón, yo le devolvía el extraño favor. Fueron Syd y Tomás quienes terminaron por hacer nuestro trabajo sucio: las miradas violentas y, en el caso de Syd, la tortura.

Así, todo el asunto terminó por ser un conflicto como de secundaria.

Estudié los rostros del grupo de chicos, pero supe desde antes de terminar que Nick no venía con ellos. Él habría destacado por encima de todos de la forma más torpe, adorable e irritante.

Sin embargo, si era una fiesta a la que Tomás iría, en teoría también era una a la que Nick podría asistir.

—Hola, Joe —saludó Syd mientras me daba un codazo en las costillas—. ¿Me escribiste?

—No —gritó Joe en respuesta—. ¿De qué quieres escribir, nena?

Fingí que vomitaba. Los amigos de Joe se rieron como tontos.

—Ay, Grandote —dijo Syd.

No era posible que estuviera ebria tan pronto, aunque actuaba como si lo estuviera.

—Misterio resuelto —dije—. ¿Dónde está Isaac?

Miré a mi alrededor, feliz de tener una excusa para seguir buscando a Nick. No había mucha gente y no conocía muchos de los rostros. Seguramente eran chicos de Mayfield u Oñate.

Gracias a Dios, no había señales de que Nick estuviera ahí. Pero Isaac tampoco.

—Ya llegará. —Syd sorbió el vino.

Estaba convencida de que Isaac era Medio Guapo. Siempre tuve la sensación de que ella sabía a la perfección quién era quién entre sus contactos. No era la clase de persona que confundiría a alguien… o algo. Nunca. Los errores no eran lo suyo. Era más probable que, para ella, Joe e Isaac no fueran más que seres intercambiables, patéticos niños de preparatoria con quienes se besuqueaba solo cuando no había universitarios a la mano. Sospechaba que era justo esa cualidad de Syd —ese aire de «No me llames, yo te llamo»— la que volvía locos a los hombres.

—¿Qué van a hacer con eso? —les gritó Syd a los chicos del letrero.

—Quemarlo, supongo —contestó Joe.

A la multitud le pareció una gran idea. De pronto, toda la fiesta cantaba: «¡Qué-men-lo! ¡Qué-men-lo!».

—No pueden quemarlo así como así —gritó Syd—. Chicos. —Se bajó de la camioneta—. En serio. Van a provocar un incendio forestal.

Joe se encogió de hombros como para indicar que el asunto no estaba en sus manos. De hecho, a nadie pareció importarle las opiniones de Syd en ese momento. Los encendedores habían comenzado a prenderse, y la gente juntaba leña.

—Tienen que cortar los postes en partes más pequeñas. No pueden quemarlo así.

—¿Y qué se supone que hagamos, Sparky, el Perro Bombero? —preguntó Joe en tono juguetón.

—Son unos idiotas —murmuró ella.

Su repentina violencia provocó un tenso silencio.

—Caray —susurró Joe. Se escucharon algunos «uuuh» y «aaah»—. Que tú hayas arrasado en los exámenes de ingreso a la universidad no significa que los demás seamos idiotas.

Syd meneó la cabeza y volvió a beber de su vino.

—Syd —la llamé con un susurro—. Ven.

Syd se dio media vuelta y volvió a la camioneta, enfurecida.

—No arrasé en los examenes —dijo en voz alta mientras caminaba, subiendo el volumen aún más—. Es solo que no soy una tarada.

Joe agitó la cabeza y volvió a concentrarse en los postes y el letrero; tal vez se dio cuenta de que Syd tenía razón: no podían quemar aquellos postes de tres metros como querían hacerlo. Pero no hizo señal alguna que indicara que estaba de acuerdo con ella. El cargado silencio se rompió cuando alguien puso música country en su auto y la hizo retumbar por las ventanas abiertas.

Oficialmente, era la fiesta más patética a la que había ido en mi vida.

—Da igual.

Syd se sentó junto a mí, sacó su teléfono y volvió a sumergirse en él, dejándome sola. ¿A qué había ido?

—Oye —dije al fin con brusquedad. Syd levantó la mirada—. Ya. ¿Qué haces? ¿Con quién te escribes? ¿Qué pasa?

—Nada —respondió—. Perdón. —Hizo una gran escena para mostrarme que apagaba el teléfono y miró a su alrededor—. Ni siquiera conozco a ninguna de estas personas —dijo sin emoción.

—Yo tampoco —respondí.

El teléfono timbró con fuerza en su mano. Por supuesto. Nuestras miradas se encontraron.

—Espera. —Desbloqueó el teléfono y leyó el mensaje.

—Está bien.

Salté de la camioneta. Quería alejarme de Syd, pero no tenía con quién hablar en la fiesta. La única persona a quien conocía era Anna Oliver, otra de las escritoras del periódico. Anna tenía un estúpido tatuaje de un corazón humano en el antebrazo y una fascinación con los gerundios y, en ese momento, parecía a punto de iniciar una sesión de besos con un chico de Mayfield. Me di vuelta.

—Me voy al auto —resoplé—. Está helando.

—Espera —me pidió Syd.

Volvió a bloquear el teléfono y bajó de la camioneta. Luego, el rostro se le iluminó con una idea. Sentí pavor de escucharla. Lo único que de verdad quería era ir a casa.

—¿Quieres ir por tacos? ¿A La Posta? Yo invito.

De hecho, tenía que admitir que los tacos sonaban bien. Rechacé los restos de enchiladas que mi papá estaba cenando cuando pasé a casa y ahora tenía hambre.

—Va a estar a reventar.

—Estaremos bien, abuela. Será divertido. Más divertido que esto.

—¿Qué hay de Isaac?

—Ya lo superé —dijo y guardó el teléfono en su bolso.

Supuse que había sido Isaac con quien se había estado escribiendo. Me pregunté qué podía haberle dicho para hacerla enojar, pero era obvio que Syd no quería compartirlo y no me importaba lo suficiente como para preguntar.

—¿Podrías por lo menos poner el teléfono en silencio?

Puso los ojos en blanco.

—Sí, mamá —respondió.

Bebió el último sorbo de vino y metió la botella medio vacía a su bolso.

Joe y los demás se habían rendido con los postes y armaron una fogata con un par de llantas que alguien había sacado de la caja de su camioneta y lanzado a la zanja.

—¿Ven? —gritó Syd—. ¡Les dije!

Nadie volteó, excepto Tomás. Sacudió la cabeza y nos lanzó una mirada levemente hostil. Syd entrelazó de nuevo su brazo con el mío y volvimos a mi auto, con la linterna del teléfono encendida para buscar serpientes cascabel.

Fue un alivio entrar al auto, cerrar la puerta y callar de pronto las estridentes y rotundas guitarras de la música. Al estar rodeadas por espinosos arbustos de mezquite, me tomó una eternidad darle vuelta al auto. Syd me ladró instrucciones todo el tiempo.

—Aquí no es —dijo cuando por fin llegamos a la calle pavimentada que llevaba de vuelta al pueblo.

Reímos.

La Posta estaba repleto. Cuando la anfitriona nos dijo que tal vez tendríamos que esperar media hora, sugerí ir a Napolito's, pero Syd insistió.

—Apenas son las siete —dijo—. Podemos esperar.

El «abuela» venía implícito en su tono. Nos sentamos en una banca y, justo cuando empecé a ponerme de mal humor, la anfitriona se nos acercó con un par de menús en la mano mucho antes de que hubiera pasado la media hora y nos llevó a nuestra mesa al fondo del restaurante.

La Posta era uno de los restaurantes más antiguos de la ciudad. Era una trampa para turistas, sin duda, repleto de piñatas y lo que supuestamente era arte tradicional mexicano (que seguro era falso). Los meseros vestían extraños uniformes que los hacían parecer una mezcla de piratas y toreros, con chalecos boleros y fajas rojas en la cintura. Pero era cierto: La Posta tenía los mejores tacos de la ciudad.

Nos sentamos en el gabinete, atacamos los totopos y las salsas, y Syd se puso de mejor humor. Cuando el mesero llegó a tomarnos la orden, ella lo examinó y de inmediato comenzó a coquetearle. Tenía edad de estar en la universidad, o tal vez era un poco mayor, y se veía nervioso.

—Me llamo Justin y voy a ser su mesero.

Parecía mucho más pirata que torero. Sentí pena por él de inmediato.

—Pues yo me llamo Syd y voy a ser tu cliente. —Se pasó el cabello por encima del hombro y alzó la mirada hacia él.

En cuanto Syd lo tuvo en la mira, los nervios del pobre chico crecieron de manera exponencial.

Ese extraño y desvergonzado coqueteo era uno de los pasatiempos de Syd. A algunos chicos les gustaba… a la mayoría, supongo. Pero otros, como el pobre Justin, parecían entender a la primera que Syd estaba más que fuera de su alcance y que, en el mejor de los casos, coqueteaba solo porque sí. En el peor de los casos, estaba siendo cruel. Era uno de los puntos ciegos de Syd: jamás le pasaba por la cabeza que el objeto de sus atenciones podría no quererlas.

Justin nos tomó la orden de bebidas y se alejó deprisa.

—Deja en paz al pobre chico —le pedí.

—¿Eso qué quiere decir? —estalló Syd—. Está bien —añadió antes de que pudiera explicarle qué quise decir.

Pero, cuando Justin regresó con nuestros refrescos, Syd volvió a lo mismo y le hizo cumplidos por su vergonzosa faja roja.

—Y… ¿son hermanas? —tartamudeó, nervioso, mientras derramaba un poco de mi Sprite al dejarlo en la mesa.

Lo limpié con una servilleta y le lancé una sonrisa amable. Era más que obvio que Syd y yo no éramos hermanas.

—No —respondí, adelantándome a Syd—. Solo somos amigas superunidas. Bien podríamos ser hermanas.

Pensé que había logrado evitar el ataque, pero, cuando ella me miró y abrió más los ojos, supe que Justin sería víctima de los poderes de Syd.

—Sí, solo somos… como superunidas. —Se llevó una mano al corazón—. Esta mujer me dio un riñón.

—Guau. ¿De verdad? —Me miró en busca de confirmación.

—Sí —confirmó Syd—. Cuando era una bebé. Estaba muy enferma.

—Guau. —Justin había caído en la trampa de Syd.

Había intentado ayudarlo, pero, si el tipo era un blanco tan fácil, no había nada que pudiera hacer por él.

—Le debo la vida. —Syd estiró el brazo por encima de la mesa para tomarme de la mano, pero yo la quité.

—Espera. —Justin me miró de nuevo—. ¿No eras tú bebé también?

—Una bebé muy generosa —dijo Syd.

—Está molestando. —Terminé con la miseria del pobre. Syd me lanzó una mirada fulminante. Le había arruinado la diversión—. Lo siento. No es una persona estable.

Justin rio. Después de eso, evitó mirar a Syd a los ojos, solo volteó de reojo una vez mientras le tomaba la orden antes de alejarse.

—¿Por qué hiciste eso? —le pregunté—. Le va a escupir a nuestra comida.

—Era solo diversión. Él sabía que era diversión. Tú lo arruinaste.

—Da igual —repliqué, no estaba de humor para pelear—. ¿Qué pasó con Isaac, entonces?

—No sé. —Tomó un totopo.

—Tal vez se murió —dije.

—Más le vale —respondió Syd sin mucho entusiasmo—. Como sea. Volveré a mis chicos de preparatoria.

—¿Sí?

—Estoy harta de los idiotas universitarios. Creen que tocarme los pechos es hacerme un favor. Necesito hincarle el diente a un buen preparatoriano tradicional.

—Qué rico —dije mientras me atascaba la boca con un totopo cubierto de salsa.

—Pero que sea de segundo año —dijo y, haciendo una imitación perfecta del Monstruo Comegalletas, hundió la mano en el tazón de totopos y se atracó con ellos.

Se rio y entonces se atragantó; roció comida medio masticada por toda la mesa. Las personas de la mesa de al lado voltearon a vernos.

—Oye, eres asquerosa.

Sonrió y se enderezó en su asiento.

—¿Y tú? —preguntó—. ¿Quién es tu Medio Guapo?

—Ugh. —Me llevé un totopo a la boca para ganar tiempo—. No sé.

Claro que sabía. Y ella sabía que sabía. Pero Syd casi había prohibido la mención del nombre de Nick. «Es una basura», declaró la mañana después del baile. Había pasado la noche conmigo y estaba a cargo de mi recuperación. Yo me quedé hecha bolita bajo las sábanas y ella se sentó a mis pies, intentado hacerme reír y planeando su ataque. Era difícil determinar qué nivel de castigo merecía por dejarme plantada en la noche del baile. Era una cosa de lo más cruel. Pero a Syd se le ocurriría algo. «Nick Alimbécil se metió con la amiga cabrona equivocada». Como me reí de eso, a ella se le iluminó el rostro con alivio. Se puso de pie y me dio una nalgada con todas sus fuerzas. «Vamos. Tu papá está preparando hot cakes mientras sufre un colapso nervioso. Saca el culo de la cama».

Comenzó con cosas pequeñas. Le hizo bromas por teléfono a Nick. La primera vez fue graciosa, pero terminé odiando todo eso al poco tiempo. Por alguna razón, él siempre respondía, aunque tenía que saber que era Syd; ella le susurraba improperios, lo amenazaba y le lanzaba los insultos más absurdos: blancucho baboso, caradeano cabezadecaca, ñoño ñoñengo. Una vez que Syd se aburrió de llamarlo, pasó a enviarle imágenes de popó de perro tres veces al día, a la hora de cada comida. Si estábamos en la cafetería y Syd lo veía, lo observaba mirar su teléfono y recibir su porción fecal del almuerzo. Nick nunca volteaba. Nunca reconocía nuestra existencia. Tan solo revisaba su teléfono, lo guardaba y seguía conversando con su pequeño grupo de amigos. Tomás a veces nos fulminaba con la mirada, pero Nick lo ignoraba. Fue entonces cuando me di cuenta de algo que Syd parecía no captar: Nick también la estaba molestando al negarle la reacción que ella esperaba. Cuando llamaba para acosarlo, él nunca colgaba. Ella tenía que terminar la llamada. El orgullo de Syd no le permitía ver que era ella quien iba perdiendo. Solo pensaba que él era estúpido, un idiota, como el resto de los idiotas de los que había estado rodeada toda su vida, una de las primeras personas a las que olvidaría en cuanto escapara de aquí.

Cuando parecía que iba a inclinarse hacia el daño físico, después de cubrir el casillero de Nick con toallas sanitarias, le pedí que parara. Yo quería olvidarme de todo el Suceso. Y era cierto, por supuesto. Sí quería olvidar. Pero tampoco soportaba pensar que Nick fuera humillado públicamente. Era supertímido. En clase de Francés, siempre parecía que lo tomaban desprevenido y se sonrojaba cuando le pedían participar, aun si él había alzado la mano. De hecho, más allá de que me hizo la cosa más horrenda que nadie me ha hecho jamás, siempre había sido un chico genuinamente lindo. Por eso, todo lo que rodeaba al Suceso era todavía peor, mucho más confuso y doloroso. La elegante forma en que manejó la venganza de Syd solo enredó más mis enmarañados sentimientos. Nick y yo llevábamos tres años juntos en Francés. Antes del Suceso, llevaba tres años suspirando por él; había construido con mucho cuidado una amistad que esperaba que se convirtiera en algo más. Incluso después del Suceso, imaginaba que llegaría un momento en el futuro en el que Nick y yo volveríamos a hablar y quizá hasta volveríamos a ser amigos.

No podía evitarlo. Extrañaba hablar con él, tontear en Francés, saludarlo en los pasillos. Nick me caía bien, tanto como lo amaba y tanto como lo odiaba. Era una situación imposible.

Syd no se daba cuenta de ello o no le importaba. Nunca le había gustado alguien como me gustaba Nick. Se obsesionó con su odio. Y que él no sucumbiera a ese odio la enloquecía. Cuando se acercó a nosotras por detrás, afuera de la cafetería, y sorprendió a Syd pegándole una de las toallas sanitarias en el hombro, ella se desconcertó. Luego se llenó de ira. Creo que nunca antes la había visto tan enojada. Nick, por su parte, estaba de lo más sereno. Parecía incluso comprensivo. «Las toallas son un cliché», dijo, «pero eso fue bastante gracioso». Dejó caer los hombros de la forma más hermosa. Sus rizos castaños se asentaban de forma obediente sobre su cabeza. Lo imaginé caminando desde su casillero hasta la cafetería con la toalla en la mano y tuve que contener un jadeo de dolor. Nick me miró antes de caminar por delante de nosotras y meterse a la cafetería. Podría jurar que algo hubo ahí: una pequeña disculpa, un poco de tristeza. El nudo en la garganta se me endureció. Syd se arrancó la enorme toalla de la blusa e intentó tirarla a la basura, pero se le adhirió con tenacidad a los dedos. «Dios, lo odio», dije. Era la peor mentira que jamás había dicho.

—Tal vez necesito un Medio Guapo.

Le di un sorbo a mi Sprite.

—Recomiendo un Medio Guapo —convino Syd.

—Literal, no sabes quién es.

—Exacto —dijo.

Las dos nos partimos de risa.

—No importa. Conoceré a alguien. En la universidad —afirmé—. O en la cárcel.

Syd me lanzó una repentina mirada de urgencia, como si se le acabara de ocurrir algo maravilloso. Los ojos azules le brillaron bajo su perfecto maquillaje.

—¿Qué? —pregunté.

Syd parpadeó y desvió la mirada.

—Nada —contestó al fin.

No lograba descifrar si seguía un poco ebria o había algo que no me decía.

—*¿Qué?* —pregunté otra vez.

Inhaló profundo, pero guardó silencio. Bajó la cabeza y comenzó a reír.

—Eres una loca —dije.

Se enderezó de pronto.

—Pero soy tu loca. —Se estiró y puso su mano sobre la mía—. ¿Para siempre?

—Quietas las manos, señor. —Le di una palmada en la muñeca.

Devoramos los tacos. Estaban deliciosos. Revisé la hora en el teléfono y me di cuenta de que se hacía tarde.

—Puedes ver tu teléfono si quieres —le dije a Syd.

—No, no. Una promesa es una promesa, abue.

Pagamos la cuenta y nos preparamos para salir. Syd se paseó por el comedor como una estrella de cine y yo iba detrás de ella, cabizbaja, sintiéndome como una vagabunda. Cuando se detuvo de pronto, casi me estrellé con su espalda.

Volteó a mirarme. Los ojos se le veían enormes.

—¿Qué? —le pregunté.

—La mesa de la esquina, la mesa de la esquina —murmuró, apuntando hacia la izquierda con la barbilla.

Seguí su mirada y casi me muero.

Era Nick Allison. Estaba sentado ahí, en toda su perfección, compartiendo un plato combinado con su padres. Era irreal verlo, pues había estado pensando en él. Sin embargo, dicho esto, siempre que veía a Nick Allison parecía irreal porque siempre estaba pensando en él. Pero esa vez en verdad se sintió extraño. Si no hubiera sido Syd quien me lo señalaba, hubiera creído que estaba alucinando.

—Ay, Dios. Vámonos —susurré—. ¡Vamos!

La empujé hacia el frente con fuerza, hacia el largo pasillo adornado con piñatas que nos llevaría a la puerta, al exterior, a una escapatoria de la humillación. Pero ella no cedió.

—No, no. —Syd tenía un fulgor en los ojos que me aterraba—. Lo vamos a hacer.

Dio una vuelta cerrada y se encaminó hacia la mesa; me tomó de la muñeca y me arrastró detrás de ella.

—Syd, basta —susurré; sentía como si me arrastrara hacia una pesadilla—. Por favor. —Me sacudí para liberarme, pero Syd me apretó más la muñeca hasta lastimarla—. ¿Qué haces?

—Solo mira —dijo—. Se va a poner bueno.

Después de unos cuantos agónicos pasos, quedamos justo detrás de Nick. Su cabello estaba tan cerca que alcancé a ver los reflejos castaños enredados entre sus rizos. Sus padres nos miraron con curiosidad. Debíamos de parecer solo un par de amigas de Nick que se acercaban a saludar. Pero, cuando Nick se dio vuelta y levantó los ojos para ver a Syd detrás de él, y a mí escondida detrás de ella, su rostro palideció. Estaba anonadado. Era terrible. Por mi parte, estaba segura de que me veía como si algo me comiera desde adentro y mis órganos se derritieran.

Pero, casi de inmediato, Nick pareció entender lo que Syd traía entre manos. Su boca pasó de ser una dura y recta línea aterrada a ser una pequeña sonrisa rencorosa.

—Hola, chicas —saludó Nick, sin atreverse a mirarme.

—Hola —respondió Syd—. Nick-o.

La había tomado desprevenida. Él nos saludó primero y ella no lo esperaba. Syd redobló su apuesta y le puso una mano en el hombro a Nick. Él se congeló, pero reprimió el sobresalto y se relajó.

—Soy Syd —se presentó, extendiendo una mano sobre la mesa en dirección a nadie en particular.

Los padres de Nick se sorprendieron tanto con su extraña cordialidad que se miraron entre ellos, en un esfuerzo por decidir quién le daría la mano. Fue la mamá de Nick quien finalmente se aventuró.

—Hola —dijo mientras le tomaba la mano—. Soy Maggie, la mamá de Nick. ¿Van a la escuela con él?

Intenté no mirarla, pero por más que lo intenté fue difícil no hacerlo. Además de ser hermosa y radiante y parecerse bastante al chico a quien amaba, la mamá de Nick era muy joven. O tal vez no era tan joven. Tal vez era que el papá de Nick era muy viejo. Parecía tener, por lo menos, veinte años más. Supongo que podía decirse que era atractivo, aunque de forma sobria y académica. Tenía unos sorprendentes ojos azules y su cabello comenzaba a perder el color cerca de las sienes.

—Sí —respondió Syd—. Somos amigos. —En cuanto soltó la mano de la mamá de Nick, se la tendió al papá—. Sydney Miller —dijo cuando él se paró a medias para estrecharle la mano.

—Gusto en conocerte, Sydney —dijo el papá.

—Ya nos conocíamos, profesor Allison —afirmó Syd, sin dejar de estrecharle la mano con fuerza—. Estuve en la clase de cálculo del doctor Freemont el año pasado. Usted vino a darnos una conferencia como invitado… sobre teoría de modelos computacionales. Fue una gran conferencia. Me voló los sesos. Me presenté después de la clase. Seguro no me recuerda.

Por fin le soltó la mano, de manera abrupta, y él pareció perder el equilibrio antes de volverse a sentar y mirar a su esposa, desconcertado.

—Lo siento… no. Fue hace un tiempo y siempre son muchos alumnos. Pero sí, seguro. Te recuerdo. Sydney. Sí. —Asintió como un tonto.

Solo Syd era capaz de transformar a un distinguido profesor de matemáticas en un idiota tartamudo con un mero apretón de manos.

—Así que salieron a cenar en domingo, ¿eh?

—Sí. —Nick intervino para salvar a sus padres.

Había recobrado un poco la compostura. Justo como cuando Syd lo llamó todas esas veces para insultarlo, le siguió la corriente a la lunática visitante a su mesa para ganarle una pequeña batalla más. Me lanzó una mirada.

—Hola —saludó.

Era la primera vez que me dirigía la palabra en ocho meses. Fue solo una palabra, pero fue suficiente para dejarme pasmada, como un venado frente a los faros de un auto. Lo miré.

—Hola —dije al fin.

Concentré toda mi atención en mantenerme de pie. No podía creer lo que estaba sucediendo. En verdad parecía una pesadilla, una pesadilla en la que no podía moverme mientras una horrible bestia se me acercaba. Era capaz de observarlo todo, pero incapaz de correr, moverme o lograr que salieran palabras de mi boca.

—Eso se ve muy bueno. —Syd señaló el chile relleno que la mamá de Nick tenía a medio comer—. ¿No? —Volteó a verme.

Syd era una bomba de tiempo. Yo no sabía lo que haría o diría después. Lo único que quería hacer era irme, escapar. Retorcí la muñeca para liberarme y retrocedí.

—Está muy bueno —dijo la mamá de Nick con toda amabilidad—. Entonces, ¿ustedes también estudian en Cruces, chicas?

Se obligó a continuar la conversación, a recobrar un poco de normalidad. Me miró como para pedirme que me hiciera cargo de la situación.

—Así es —disparó Syd en respuesta—. Yo tomo la mitad de mis clases en la universidad. Pero sí, somos amigas de Nick. Y Mir toma Francés con él. —Me jaló hacia el frente para que quedara junto a ella—. ¿Verdad, Mir?

—Sí. —No podía sonar normal, ni actuar normal ni respirar normal.

La mamá de Nick me dirigió una mirada compasiva, como si yo fuera tonta. ¿Por qué otra razón me juntaría con una loca como la que tenía a mi lado?

—Qué genial conocerlos —dijo Syd—. Nick siempre habla de ustedes.

El nivel de extrañeza había llegado a su límite. Habíamos llegado a la cumbre de esa interacción. Dado que Syd tenía problemas para usar su tono de voz en interiores, la gente en las otras mesas empezó a voltear a vernos.

Nick se aclaró la garganta. Alzó la cabeza, dejó el tenedor junto al plato y se dio media vuelta en su asiento para mirarnos justo a los ojos, primero a Syd, después a mí.

—Qué bueno verlas, chicas —dijo, calmado y amigable.

Lo estaba haciendo de nuevo: vencía a Syd en su propio juego, la apaleaba. Y ya que yo la odiaba por arrastrarme a esa situación, me puse del lado de Nick.

—Te veo mañana, Miranda.

—Sí.

Lo estaba mirando a los ojos por primera vez en ocho meses. Se sentía bien estar en buenos términos con Nick, aunque fuera por un instante, aunque fuera una farsa. Era como si hubiéramos viajado al pasado, al año anterior.

—Oye —me atreví a decir—. Recuerda que tenemos examen mañana. *Passé composé.*

—Ah, sí —dijo Nick—. *Passé composé.* —Miró a sus padres y se encogió de hombros—. Un examen el lunes.

Syd me miró y frunció el ceño como para preguntarme qué rayos hacía.

—Eh… momento. —La mamá de Nick lo miró, después a mí y luego otra vez a él—. ¿Miranda? ¿Ella es Miranda?

Nick me lanzó la más desesperada mirada y luego hundió los ojos en su tamal a medio comer.

—Eh, sí. Ella es Miranda.

La mamá de Nick me miró y una enorme sonrisa de compasión floreció en su cara. Bajó la servilleta y se levantó de la mesa, pasó a un lado de Nick y sacó a Syd del camino. Luego abrió los brazos. Sin saber qué más hacer, abrí los míos.

De pronto, estábamos abrazadas. Era una locura.

—¡Ay, Miranda! Qué lindo conocerte al fin. Sentimos mucho escuchar de tu viacrucis la noche del baile.

Miré a Nick, incrédula. ¿Les contó a sus papás que me plantó la noche del baile? ¿Mi *viacrucis*? Se negó a devolverme la mirada. Me quedé sin palabras. Cuando me liberé del abrazo y di un paso hacia atrás, volteé a ver Syd con la tonta esperanza de que hiciera alguna locura para distraer a todos, para hacer que ese horrible momento pasara más rápido. Pero no estaba ahí. Al voltear, vi la parte trasera de su suave y perfecto cabello mientras ella atravesaba el pasillo de las piñatas y desaparecía de la vista.

Me había dejado sola con Nick Allison y sus extraños padres disparejos, quienes parecían no tener ningún problema con que su hijo me hubiera hecho pasar por un viacrucis la noche del baile.

—Gracias —le dije a su mamá; miré a la nuca de Nick—. Fue horrible. —Nick me ofreció su mirada, yo intenté dispararle dagas con la mía—. Fue lo peor.

—Sí —respondió ella, dando un paso atrás, cohibida de pronto—. Perdón por… abordarte. Mírame. —Se dio vuelta hacia Nick y de regreso a mí—. Nick nos ha dicho tantas cosas lindas sobre ti. Nos entristecimos mucho… por todo. En fin.

Entrelazó las manos frente a sí misma. Era un gesto familiar, algo que Nick también hacía. Una de entre el millón de cosas que me encantaban de Nick era que nunca sabía muy bien qué hacer con las manos. Siempre las metía a los bolsillos o las escondía detrás de la espalda.

—Lindo conocerlos —dije.

Asentí en dirección al padre de Nick, quien aún parecía atónito y confundido, con un mechón de cabello fuera de lugar sobre la frente. Evité mirar a su hijo.

Me di media vuelta y me alejé de la mesa.

Estaba tan furiosa que pensé que podría estallar en llanto como una recién nacida mientras atravesaba el pasillo de las piñatas, pasaba junto a las anfitrionas con pinta de piratas, dejaba atrás a la multitud de clientes que esperaban una mesa, cruzaba la puerta, me sumergía en la noche clara y gélida, y cruzaba la calle hacia el estacionamiento, donde estaba mi auto.

Syd estaba recargada sobre la puerta del lado del copiloto, dándome la espalda. Entré por el lado del conductor, me abroché el cinturón de seguridad y encendí el motor. Las manos me temblaban.

Puse el auto en reversa. Un momento después, Syd se deslizó adentro.

Nos quedamos ahí sentadas, respirando el aire frío.

—Perdón —susurró.

—¿Qué carajo te pasa, Syd?

Apenas la dejé terminar de disculparse. Nunca antes le había gritado a Syd; había soportado muchas ridiculeces y mediado en muchas situaciones como aquella con el mesero, pero nunca me había hecho algo así. Nunca había sentido tanta rabia hacia ella. Nunca.

—Caray. —Parpadeó lento y grande unas cuantas veces—. Relájate. Fue solo una broma.

—No, no fue una broma. Eso fue una grosería. —Intentó insertar una respuesta, una negación, pero le pasé por encima—. Y no, no quiero decir que fue una grosería para Nick; Nick no me importa. Fue una grosería para mí. ¿En qué estabas pensando?

—Solo quería molestarlo.

—¡Claro! ¡Por supuesto! ¡Porque eso es siempre lo que quieres hacer!

Volví a poner el freno de mano y apreté el volante; no podía manejar. Ni siquiera podía ver bien. Así que me quedé ahí sentada, mirando al frente. Busqué mi voz más lenta y calmada.

—Por increíble que te parezca, Syd, no todo en este maldito mundo se trata de ti.

—Mierda.

Había apuntado a su debilidad y la había destruido. La había herido y no me arrepentía por eso.

—¡Sí, tonta! ¡Mierda! Es horrible. Y tú apestas por hacerlo.

—Ya. ¡Ya entendí! —me gritó en respuesta—. Lo siento.

—¿De veras lo sientes? —Volteé a verla.

Miraba por su ventana hacia el estacionamiento. Cuando por fin volteó a verme, estaba conteniendo las lágrimas.

—Perdón —dijo en voz baja—. Fue una estupidez. Y fue una grosería. Hacia ti. —Inhaló de manera profunda y entrecortada—. Y... lo siento. De verdad, lo siento.

Aflojé un poco la presión sobre el volante.

—Solo deja en paz a Nick —ordené—. Déjalo en paz.

Es *mi* enemigo. ¿Está bien? Por lo menos déjame tener mis propios enemigos.

—Está bien —contestó.

Se veía exhausta. El delineador que se había aplicado con tanta cautela en los párpados parecía ahora un manchón. Su cabello había perdido el brillo. Las dos nos sentamos en silencio por un momento.

—Lo siento —repitió.

—Está bien. —Sacudí la cabeza. Intenté enfriarme, dejar que su disculpa penetrara mi cerebro hirviente, pero me costaba trabajo—. Está bien.

Salí con cuidado del cajón de estacionamiento, sin dejar de temblar.

No hablamos en todo el trayecto a su casa. La miré de reojo un par de veces. Estaba sumida en sus pensamientos, a un millón de kilómetros de distancia. Seguro pensaba en Stanford otra vez. Estaba preocupada de nuevo. O pensaba en Medio Guapo. Lo que fuera.

—Ya, revisa tu teléfono. —Rompí el silencio al fin.

—No necesito revisar mi teléfono —contestó en tono plano—. Ya sé todo lo que necesito saber.

Miró por la ventana a la oscuridad. No entendí qué quiso decir con eso, pero estaba demasiado enojada y cansada como para que me importara, así que no dije nada.

Cuando llegamos a su casa, salió del auto y me miró. Apenas pude devolverle la mirada.

—Adiós —se despidió.

—Te veo mañana —dije a media voz.

Cerró la puerta y recorrió la mitad del camino hacia el remolque. Entonces, justo cuando estaba a punto de arrancar y dar la vuelta, Syd se detuvo y volvió al auto. Lo rodeó para ponerse de mi lado, y yo bajé la ventanilla.

—De verdad lo siento —repitió una última vez.

—Está bien —contesté.

Solo quería que se alejara. Estaba harta de ella y de sus miles de disculpas. De cierta forma, no se sumaban para formar una sola disculpa genuina.

Pero se quedó ahí parada.

—Eres una muy buena amiga, Miranda. La mejor. En serio. Y no te merezco. —Su cara colgaba por encima de la mía, oscurecida por las sombras; su franqueza me desorientó, pero también me molestó—. Te amo —dijo.

Y luego, a toda prisa, tan deprisa que me hizo dudar que hubiera sucedido en realidad, metió la cabeza por la ventana y me besó en la frente.

Me quedé ahí sentada, aturdida, con la ventana abierta, y Syd se alejó, subió los escalones y se metió al remolque.

Su muestra de afecto entumeció mi furia, pero no la apagó.

Avancé, di vuelta y me alejé en cuanto abrió la puerta, incluso antes de que entrara.

3

Seguía agitada cuando llegué a casa. No dejaba de reproducir la escena del restaurante en mi cabeza: la mamá de Nick abrazándome; la confusión del papá; Syd y su desquiciada actuación, tan sumergida en su monólogo que ni siquiera se daba cuenta de que me usó como utilería.

Me metí a la cama, cerré los ojos e intenté rezar.

Intenté rezar como siempre lo hacía, como mi madre me había enseñado.

Los recuerdos que tengo más presentes de mi madre son de observarla en la iglesia. Se hincaba, plantaba los codos en el banco de enfrente y se inclinaba hacia delante; dejaba que el largo cabello le cayera sobre la cara, se llevaba las manos a las sienes y las abría ahí, como si se concentrara con todas sus fuerzas o se asomara por una ventana oscura. Sus manos creaban un escudo, bloqueaban al mundo. Mi madre era una persona muy tímida. No le gustaba que la miraran ni que le hicieran cumplidos. Pero, cuando rezaba, lo hacía con todo el cuerpo, con todo su ser. Desaparecía en sus oraciones. Y, cuando lo hacía, yo podía observarla. Podía observarla con libertad.

La iglesia no me gustaba mucho y nunca hice la Confirmación, pero a veces iba a misa solo para ver a mi madre rezar. Ahora que lo pienso, supongo que la forma en que se desvanecía frente a mis ojos con tanta facilidad debió haber sido una llamada de atención.

Una vez le pedí que me enseñara a hacerlo. Le dije que quería intentarlo. Recuerdo haber estado nerviosa cuando se lo pedí. Supongo que pensaba que era algo muy íntimo o muy difícil. Respondió con una extraña autoridad: «Cierra los ojos y escucha. Cuando Dios te diga que empieces, empiezas». Eso fue todo. Esa fue toda la orientación espiritual que recibí.

La plegaria era una llamada telefónica. Marca y espera. Cuando Dios conteste, comienzas a hablar.

Tomé sus breves instrucciones y lo intenté. Y *voilà*, funcionó. Solo que no sabía cómo debía verse Dios, así que no supe qué imaginar cuando Él contestó el teléfono.

Cuando cerré los ojos y escuché, lo que vino a mí fue la Vía Láctea. No sé por qué. Solo la había visto una vez, cuando mi padre nos llevó al oscuro desierto detrás de la casa de mi tío Benny en Española. Era, sin duda, la cosa más grande y divina que había visto en mi vida. Y se veía tan cercana y atrayente, como si pudiera estirarme desde el cofre del auto de mi papá y pasar la mano por encima de los millones de planetas como si fueran arena. Le pregunté a papá qué tan lejos estaba. «Eso es lo más loco de todo. La vemos desde adentro. La Vía Láctea está justo aquí». Golpeó el cofre del auto para enfatizar.

La forma en que la religiosidad de mi madre y el racionalismo científico de mi papá se anulaban en mi interior era casi perfecta. Ella me enseñó a rezar. Él dirigió la llamada a la Vía Láctea.

Dentro de mí, Dios era un problema matemático que siempre daba *cero*.

Y, aunque mis métodos no eran tradicionales, sabía que a Dios no le importaría ser la Vía Láctea, porque Dios *era* la Vía Láctea, tanto como era todo lo demás y, de la misma forma, no era nada. *Cero*. ¿Cierto?

Durante todo el tiempo que la tuve, mi creencia en Dios se sostuvo de esa interrogante. Pero, cuando mi madre se fue, todo se cayó a pedazos. Cerraba los ojos y marcaba, pero nadie contestaba. Ni Dios ni la Vía Láctea. Nada. Y hay una gran diferencia entre cero y nada.

Luego, un día, al parecer de la nada, comencé a recitar el Discurso de Gettysburg en vez de rezar. Resultó que debía memorizarlo para una presentación escolar. Lo almacené en mi cerebro. Después de eso, siempre que cerraba los ojos y marcaba, quien respondía era Abraham Lincoln, parado sobre el campo de batalla, con el pedazo de papel que había sacado de su abrigo con aquellas doscientas setenta y dos palabras escritas en él.

No era lo mismo. Pensé que jamás volvería a ser igual. Pero servía para las emergencias. Funcionaba mejor que todos los ejercicios de respiración que había aprendido de todos los terapeutas con quienes me había enviado mi padre durante el año posterior a que mi mamá se fuera, todas esas estúpidas visualizaciones, afirmaciones y modificaciones conductuales. Aceptaba lo que viniera. No se lo conté nunca a nadie, por supuesto, ni siquiera a Syd. Era mortificante. Evité buscarlo en internet. Estaba segura de que encontraría que sufría una peculiar manifestación de un trastorno obsesivo-compulsivo: *lincolnismo*.

Con el tiempo, conforme mi padre se deshizo de todas las cosas de mi madre, el Discurso de Gettysburg fue lo único que me quedó. De ella. De Dios. Pero luego, a los trece años, encontré una copia de *La vida de los santos* que había caído detrás de una pila de libros en una repisa de la habitación de visitas; llevaba años ahí, supuse, y la abrí para encontrar la letra de mi madre en casi cada página. Estaba emocionada y estupefacta. El descuido de mi padre era casi un milagro.

Llevé el libro a escondidas a mi habitación y me dispuse a leerlo todo, cada fragmento que ella subrayó, cada nota que hizo en los márgenes. Lo que más le gustaba eran las historias más cruentas: los santos que soportaban heridas repugnantes que sangraban sin parar durante años o que fueron martirizados con la decapitación. Le gustaban los penitentes que pasaban hambre, vestían ropas hechas de cabello y desaparecían para rezar en una caverna hasta morir. Sentía una debilidad especial por quienes sufrían estigmas, sobre todo aquellos cuyas heridas nadie más podía ver (¿te imaginas? Tortura total) y aquellos que escuchaban voces (¿Cómo sabes cuál es la diferencia entre escuchar a Dios y VOLVERTE LOCA?). San Judas Tadeo estaba en la página en la que el lomo del libro se había roto. En la ilustración, el rostro de Judas era de absoluta serenidad. Era casi idéntico a Ryan Gosling. San Judas era el santo patrono de las causas perdidas, los desastres y las situaciones irremediables. ¡Santo patrono de lo IMPOSIBLE! Mi madre había dibujado pequeñas estrellas alrededor de la frase, así como líneas de movimiento, para que pareciese un cometa que volaba por el espacio. No estaba segura, pero, tras examinar los cambios en la escritura, deduje que había comenzado a hacer sus anotaciones cuando era niña y continuó haciéndolas hasta el momento en que se fue, o al menos hasta después de que nací. Lo sabía porque en la página de santa Brígida de Suecia había trazado un círculo alrededor de la fecha de su festividad, el veintitrés de julio, y escribió al pie de la página con letra recta y pequeña: *Nuestra Miranda nació en este día. Ha pasado una semana. Peter ya es mejor que yo para esto. Acudo a Dios en busca de ayuda.*

Mi madre tenía veinte años cuando lo escribió.

Comencé a leer porque las notas de mi madre me parecieron interesantes. Ella era un misterio que yo iba a descifrar. Sin embargo, después de un tiempo, seguí leyendo solo porque sí. Porque era una de las pocas cosas que quedaban en nuestra casa que había sido suya. Porque me ayudaba a dormir en las noches. Porque ahora era mío.

Me tranquilicé después de algunos Discursos de Gettysburg y consideré escribirle a Syd para disculparme. Pero ¿por qué habría de disculparme? ¿Por ser una persona con sentimientos? Decidí esperar hasta la mañana siguiente. Podríamos hablarlo de camino a la escuela.

Saqué el desgastado libro de donde lo guardaba, junto a mi cama, y pasé las páginas hasta llegar a san Francisco, uno de mis favoritos, el hijo de un rico mercader de seda que lo desheredó cuando se unió a la iglesia. Tenía pensado leer toda la entrada y las notas de mi madre *(Representado con frecuencia con ESTIGMAS, santo de los ecologistas)*, pero debí de quedarme dormida antes de siquiera llegar a la sección sobre su juventud despreocupada, antes de volverse piadoso, cuando solo era el hijo de un hombre rico que vivía la gran vida en Asís sin imaginarse siquiera el giro inesperado que daría su vida.

4

En mi sueño escuché el campanario de una iglesia. Abrí los ojos para encontrar *La vida de los santos* abierto a mi lado, sobre la cama. Había soñado con mi madre, como solía pasarme cuando leía el libro, aunque el sueño estaba demasiado lejos como para recordarlo. Pero las campanas… las campanas no se detenían. Me senté y me di cuenta de que era mi teléfono, en su lugar sobre el alféizar de la ventana. Alguien llamaba.

¿Alguien llamaba? Me agité para salir de la cama y tomé el teléfono, pero antes de poder contestar, escuché unos golpes en la puerta principal. Salí al pasillo a tropezones, desorientada, y mi padre pasó a mi lado, de camino hacia la puerta, con una expresión desconcertada mientras se vestía con los ojos entrecerrados. Me lanzó una mirada que decía «Quédate atrás». Noté que la playera que se había puesto era la del Club Feminista del día anterior. Me quedé detrás de él.

Como solo había oído golpes a la puerta similares en programas policiacos, supuse que al abrir encontraríamos a dos oficiales ahí parados, placas en mano, listos para informarnos que había un asesino suelto en la zona. Sin embargo, cuando mi papá abrió la puerta, quien estaba ahí era Ray, oculto bajo su sombrero vaquero y, detrás de él, Tonya, con cara de puchero. Ray tenía el teléfono pegado a la cara. Cuando me vio detrás de mi padre, terminó la llamada y mi propio teléfono dejó de sonar en mi mano.

—¿Dónde está Syd? —Miró por encima del hombro de mi padre hacia donde yo estaba.

—¿Qué pasa? —Mi voz sonaba extraña, como si fuera la de alguien más.

Di un paso al frente, mi papá volteó y me puso una mano en el hombro para detenerme.

—¿Qué pasa? —repitió mi papá; sonaba somnoliento, pero firme.

—Lo que pasa es que Syd se fue.

—Se llevó el auto —añadió Tonya—. Dios sabe qué más.

—¿Qué? —Mi cerebro no funcionaba. Debía de estar descompuesto, porque lo que decían era una locura. Había visto a Syd la noche anterior. La dejé y me besó en la frente después de nuestra épica pelea.

—Syd se escapó. Se fue —explicó Tonya.

—Seguro solo se fue temprano a la escuela —intervine.

Miré mi teléfono. Eran las cinco cincuenta y siete de la mañana. No era nada realista pensar que Syd hubiera ido a la escuela tan temprano. En realidad, seguro se había escapado. Tal vez por fin había encontrado a Isaac. O a veces se escapaba solo para conducir. Decía que conducir le aclaraba la mente. Era una hora extraña para estar afuera, pero Syd había hecho cosas más raras, y la noche anterior era el ejemplo perfecto de eso.

—No. No entiendes. Se fue —insistió Ray.

Era un completo idiota. Con su sombrero vaquero parecía una caricatura. Syd decía que lo usaba porque se estaba quedando calvo. Nunca lo había visto sin el sombrero puesto.

—¿Qué quieres decir? —Ya estaba bien despierta y comenzaba a enfurecerme con ellos. Se habían aparecido en nuestra puerta como un par de matones.

—¿Qué parte de «se fue» no entiendes? —estalló Tonya.

Su cabello con luces rubias destellaba bajo la luz del pórtico. Le lanzó una mirada fulminante a mi padre.

—Hay que guardar la calma, Tonya. —Mi papá dio un paso al frente y quedó debajo del umbral de la puerta; se le acercó tanto a Tonya que ella tuvo que retroceder—. Vamos a hablarnos con un poco de respeto. Mi hija no hizo nada. Son las seis de la mañana, por el amor de Dios.

El nudo en mi garganta se hizo más grande.

Tonya parecía ofendida y confundida, y miró a Ray en busca de apoyo. Al ver que Ray no hacía nada, se volvió a encoger.

—Dejó una nota —anunció Ray.

Mi cerebro por fin se puso al corriente. ¿Una nota? Miré a mi papá.

—Ay, Dios.

Mi padre asintió. Su expresión facial comunicaba que todo estaría bien. Pero yo no le creía a su rostro.

—¿Qué decía la nota? —Mi papá se llevó las manos a las caderas; intentaba parecer imponente, con sus shorts de basquetbol y su playera amarilla del Club Feminista.

—Decía… ¿Qué decía, Tonya?

—«Me fui. No estoy perdida». Eso es todo.

—Llamamos a la policía —dijo Ray.

—No pueden hacer un carajo —ladró Tonya.

Ray la fulminó con la mirada, ella puso los ojos en blanco y agitó las manos al aire.

—Solo pueden hacer un reporte de escape. Porque dejó una nota. Si estuviera perdida, podríamos reportarla como desaparecida y tendrían que ayudar.

—Es obvio que Syd lo investigó todo en internet. —Tonya dijo la palabra *internet* como si fuera una grosería. Noté que venía bien peinada. No cabía duda. ¿A qué hora lo hizo? ¿Mientras Ray hablaba con la policía?—. Es una niña malcriada y egoísta.

No podía evitarlo, su odio hacia Syd era profundo. Pero escucharla decir esas cosas de mi amiga no hizo que me enojara con ella. Me hacían enfurecerme con Ray. ¿Quién dejaba que alguien dijera algo así de su propia hija? ¿Qué clase de padre lo permitiría? No pude decir una palabra. Me quedé ahí parada en mi pijama, mirándolos como si estuvieran en una película. ¿Cuándo terminaría? ¿Cómo terminaría?

Mi padre, por su parte, sonaba fastidiado.

—Lamento lo de Syd —dijo con una mano en la puerta para comenzar a cerrarla—. Es claro que Miranda no tiene información al respecto. Yo tengo que ir a trabajar y Mir tiene que ir a la escuela.

Como si lo hubiera planeado, la alarma de mi padre comenzó a sonar desde su habitación, al final del pasillo. Vi que su mano se transformó en un puño por la frustración. Por un momento pensé que golpearía a Ray. Pero no, mi padre nunca haría eso. Él era la persona más racional del mundo.

Ray le puso una tarjeta de presentación en la mano, y mi papá me la dio a mí. La miré.

Ray Miller, Gerente
Club Desperados
«El lugar más prendido de Las Cruces»
575-555-5219

—Volverá —dije, sin saber por qué.

No tenía certeza alguna de que eso fuera cierto. Si algo sabía era que Syd nunca cambiaba de opinión. No cometía errores. Eso era lo suyo. Pero, entonces, ¿por qué huyó? El plan estaba a punto de materializarse. Todo estaba a punto de resultarle como esperaba. No tenía sentido.

—Me alegra oírlo de ti. —Ray agachó la mirada.

Tal vez sabía que era un fracaso absoluto como padre. Tal vez estaba lleno de culpa y vergüenza. Eso deseé.

—Y otra cosa… —Pasé saliva con fuerza, me acerqué al hombro de mi padre y miré a Tonya justo a los ojos—. No deberías decir esas cosas de Syd. —Tonya se sorprendió tanto que se quedó sin palabras—. ¿Qué hay de Patience? —se me ocurrió preguntar.

Ray parecía sorprendido de que se lo hubiera preguntado a Tonya, pero no aparentaba estar enojado. Tal vez solo estaba asustado porque mi padre era, por lo menos, treinta centímetros más alto que él y tenía las manos cerradas en puños.

—Bueno, eh… —tartamudeó Ray—. No tiene teléfono. Le escribiré, supongo.

Tonya hizo una mueca. Me hirvió la sangre de tanto odio.

—Yo le escribo —dije—. Yo me pondré en contacto con Patience. Déjenme hacer eso, ¿sí?

Sabía que Ray no le escribiría a Patience. Era probable que ni siquiera tuviera su dirección. Yo la tenía solo porque había guardado un par de las tarjetas que Patience había enviado en los últimos años. Una tarjeta de Halloween, una de San Valentín y una de cumpleaños que llegó un par de semanas tarde. Syd las tiró sin siquiera abrirlas. Y yo las saqué del basurero, las abrí y leí la temblorosa letra de Patience. No había una sola disculpa. No había una sola razón. Solo notas genéricas. «Que la pases bien, querida». Pero, dado que el gesto era más de lo que mi madre jamás hizo, las guardé pensando que Syd tal vez las querría algún día.

—Muy bien —dijo Ray.

Su ira se había agotado. Se veía patético debajo de su estúpido sombrero. Fue tan grosero que no se lo quitó cuando abrimos la puerta, como sí lo habría hecho cualquier vaquero genuino.

—Lo siento mucho, Ray —dijo mi padre.

Parecía adecuado que su alarma siguiera retumbando en el pasillo. Mi papá alzó la palma de la mano, más como un gesto de «alto» que como un «adiós». Por fin, Tonya se dio media vuelta y se alejó, resoplando; Ray la siguió por el camino de grava hasta su camioneta. No fue sino hasta que Ray encendió el motor que me di cuenta de que Tyler estaba en la cabina, atado a su sillita. Cuando nuestras miradas se encontraron —había estado esperando a que volteara a verlo—, me saludó con entusiasmo. Parecía preocupado. Me rompió el corazón. Tyler era el único de los tres que quería a Syd.

Pensé en lo que le había dicho la noche anterior, aquello de que Syd no era la única persona en el mundo. Deseé con todas mis fuerzas poder regresar en el tiempo y no decirlo.

Tonya se metió a la camioneta y azotó la puerta; Ray cerró la suya y salió de reversa por la calzada para incorporarse al camino. Tyler no dejó de saludarme con la mano, incluso después de que Tonya se dio vuelta y lo regañó.

—Esas personas están locas. —Mi padre cerró la puerta y puso el seguro.

—Ay, Dios, papá —fue lo único que logré decir.

—Ya sé —dijo él.

—¿Y si no regresa?

—Hay que esperar. No lo sabemos todavía. No sabemos nada.

—¿Qué vamos a hacer? —El pánico me llenó los pulmones, como un aire más denso.

—Pues, bueno… —Por un segundo pareció como si se hubiera vuelto a quedar dormido, los largos brazos le colgaban a los costados.

—¿Qué vamos a hacer? —grité.

—¡En este momento no lo sé! —Se dio vuelta y atravesó el pasillo con furia; la alarma dejó de repicar—. Dios mío. —Volvió al pasillo e inhaló profundo—. Syd es una persona muy inteligente —dijo—. Recordemos eso por encima de todo lo demás.

Lo miré con los ojos bien abiertos. Debió de confundir mi pánico sordo con alguna especie de revelación.

—¿Hay algo que quieras decirme, Miranda? ¿Sucede algo?

—No —respondí—. ¡No! —Presioné las palmas de las manos contra los ojos por un momento—. Sigue esperando respuesta de la admisión temprana a Stanford. Se retrasaron, pero fue apenas un día. ¿Por qué se escaparía? Esto no puede estar pasando.

—Bueno, pues… —Mi padre y yo nos quedamos de pie, mirándonos un largo instante—. Necesito café.

Pasó junto a mí y se dirigió a la cocina, donde se convirtió en un torbellino de actividad: puso la tetera sobre la estufa y los granos del café en el molino. Yo me quedé en el pasillo, con la marchita tarjeta de Ray entre las manos. Pensé en Syd sentada en mi auto la noche anterior, mirando hacia el estacionamiento mientras yo le gritaba con todas mis fuerzas. Luego hizo aquella extraña cosa: volvió y me dijo que me amaba. Me besó la frente. La vi subir los escalones hacia el remolque. Apenas si esperé a que abriera la puerta para irme. ¿Arranqué con demasiada violencia? ¿Mis llantas levantaron polvo?

¿Había sido esa brusca despedida lo último que le habría dicho a Syd en la vida?

«Se fue». La idea me envolvió el cuerpo como una enorme burbuja de cristal, lista para estallar y despedazarme la vida. Era como lo que dicen que sucede en un choque de auto. Todo se movía en cámara lenta. De pronto, me vi parada junto a mí misma mientras examinaba los pequeños detalles que conformaban mi vida. Ahí, atorada detrás del espejo sobre la mesa de la estancia, estaba una fotografía de mi papá con un brazo alrededor de mi tío Benny. Había tomado esa foto hace años, aquella mañana en la que fuimos a caminar al cañón Baylor. Después de la caminata, fuimos a comer a La Cocina, y la mujer detrás del mostrador le preguntó a Benny cuántos años tenía su niña. Miré a Benny, confundida, y fue mi padre quien la corrigió. «Es la hija de María», explicó, con las manos sobre mis hombros. «Es mía». La mujer desvió la mirada en cuanto escuchó el nombre de mi madre —María, la oveja que dejó el rebaño—, y mi papá me jaló y me llevó a una mesa en la parte trasera. «Este pueblo es demasiado pequeño», afirmó. Debajo del espejo, sobre la mesa, estaban las llaves y la identificación de la NASA de mi papá, colocadas con delicadeza en el tazón de madera donde las ponía todos los días después del trabajo. Mi mochila estaba abierta en el suelo, y la delgada grieta en la pared que empezaba sobre mi habitación cruzaba la estancia y viajaba hasta las vigas. Una vez al año, más o menos, mi padre notaba la grieta y decía que debía arreglara, pero nunca lo hacía.

Cerré los ojos. Sentía como si estuviera viendo demasiado, como si mirara la realidad desde otro lugar, y me alteró ver con tanta claridad mi pequeña vida en esa pequeña casa en la que llevaba diez años viviendo sola con mi padre. Nos habían abandonado antes, a los dos. ¿Me estaban abandonado de nuevo? ¿Era posible que sobreviviera si resultaba ser cierto, si Syd se había ido? Volteé a ver a mi padre en la cocina. Quería decirle: «Puedo ver todo y nada a la vez. ¿Eso es normal?». Pero justo cuando abrí la boca, la burbuja estalló sobre mí y volví al viejo pasillo con la tarjeta de Ray en mis sudorosas manos.

—Miranda. —La voz de mi padre me atravesó como un cuchillo; estaba vertiendo agua caliente en su prensa francesa—. Vamos a hablar.

—¿Qué hacemos? —Entré deprisa a la cocina.

—Pues… ¿Tienes idea de a dónde pudo haber ido? ¿Dijo algo? Ayer estuvieron juntas todo el día.

—No. Nada.

Sí, Syd había dicho que estaba triste, pero no estaba triste en realidad, no estaba deprimida de verdad, no iba a escapar para convertirse en Misty Botes.

—¿Ha tenido problemas con chicos o algo así?

—¿Por qué preguntas algo como eso? —contesté bruscamente.

—¡Estoy intentando pensar! —gritó.

—Pues… ¡bueno! —dije.

—¿Iría con su mamá? —preguntó.

—No. No iría allá. —Era lo único que sabía a ciencia cierta.

—Está bien. —Llevó su café a la mesa—. Está bien. Ven y siéntate.

Me senté a la mesa, frente a él. Afuera, el cielo comenzaba a aclarar. El tiempo pasaba; tenía que hacerlo, aunque yo no lo sintiera. Los ojos de mi papá se posaron sobre los míos.

—Miranda. —Estaba muy serio—. Necesito que seas honesta conmigo, ¿sí?

—No sé dónde está. Lo juro por Dios.

—Lo sé. —Bajó la mirada hacia la mesa—. Pero necesito que no dejes de ser honesta conmigo. No puedo ayudar a menos que me digas la verdad.

—Te estoy diciendo la verdad —contesté, un poco enfurecida.

—Solo tienes que contármelo. Todo. Tenemos que estar juntos.

Por fin lo entendí. Mi padre estaba más preocupado por mí que por Syd. No podía evitarlo. Tenía que estarlo. No podía odiarlo por eso, aunque quisiera.

—Esto sí que apesta. —Revisó la hora en la estufa y se puso de pie—. Tengo que bañarme. Tengo una maldita conferencia por Skype con Goddard a las siete y media.

—¿Qué? Momento —dije, el tamborileo de mi corazón me retumbaba en los oídos.

—Tengo que ir a trabajar, Miranda. Y tú tienes que ir a la escuela.

—¡No! Syd está desaparecida. Tenemos que hacer algo.

—¿Qué podemos hacer? —preguntó mi padre desde la puerta.

—No lo sé. —Era la peor de las verdades.

—No apagues el teléfono. Llámame si escuchas algo. Nos reunimos en la noche.

¡Mi teléfono! Lo tuve en la mano todo ese tiempo y ni siquiera pensé en mirarlo.

No tenía mensajes nuevos ni nada más. Tenía una llamada perdida, pero era de Ray.

—Nada —dije, contestando la pregunta que vi en el rostro de mi padre.

—Tenemos que resistir este día. Veré si puedo hablar con alguien... Voy a llamar a Letty. O tú llámala. No puedo imaginar que no haya nada que podamos hacer.

La esposa de mi tío Benny, Letty, era trabajadora social en Santa Fe. De hecho, era justo la persona con la que uno querría hablar si alguien desaparecía. Letty y Benny habían vivido en Las Cruces hasta que mi madre se fue. A veces los extrañaba más que a mi mamá. Una de las principales razones por las que quería asistir a la UNM era para estar más cerca de ellos. Además de mi papá, eran la única familia que tenía.

—Está bien —contesté.

La idea de involucrar a Letty me dio esperanza.

—Bien —dijo—. Todo estará bien, ¿sí?

—Sí —respondí.

Atravesó el pasillo. Oí que abría la llave de la regadera. Desbloqueé el teléfono de nuevo, fui a mis mensajes y le escribí a Syd.

MIRANDA:

¿EN DÓNDE ESTÁS?
¿QUÉ CARAJOS PASA?

Lo envié. El mensaje fue entregado. Eso significaba que, por lo menos, el teléfono de Syd estaba encendido. Miré la conversación un largo rato, pero Syd no respondió. Luego miré el reloj. Llegaría tarde si no me apresuraba. Fui a mi habitación y me vestí; aplaqué mi cabello, lo até en una cola de caballo y me lavé los dientes. Me puse bálsamo en los labios. Era lo mejor que podía hacer.

Revisé mi cara en el espejo del pasillo para ver si me veía como me sentía: terrible. Pero no. Me veía igual que siempre. Miré una vez más la foto de mi papá y Benny. La señora de La Cocina tenía razón. No había forma de negar que parecía más hija de mi tío que de mi padre. Si mis papás hubieran tenido más hijos, podría haber tenido hermanos que se parecieran más a mi papá. Nuestra familia podría haber sido un muestrario de tonos de piel. Pero, sin mi mamá, a ojos del mundo, mi padre y yo no parecíamos tener sentido juntos. La gente se sentía con la libertad de comentarlo todo el tiempo. Un agente de migración nos detuvo en el aeropuerto de El Paso una vez, me pidió una identificación en español. «¡Es mi hija biológica!», gritó mi papá. «Lo siento, señor», dijo el agente. «Tomamos precauciones adicionales con las niñas pequeñas. Hemos visto cosas horrendas aquí». Mi padre se estremeció; recogimos el equipaje y nunca volvimos a mencionar el suceso. En otra ocasión, mientras cuidaba a mi prima Luciana y le leía *Jorge, el curioso,* ella quitó los ojos de la página y me dijo: «Son como tú y el tío Peter. Tú eres Jorge y él es el hombre con el sombrero amarillo».

Pensé mucho en esa comparación durante varios años, tal vez le dediqué muchos más pensamientos de los que debía. Nunca se lo mencioné a mi papá, porque pensé que lo entristecería. Pero había algo de verdad en la comparación.

—¡Supongo que me voy a la escuela! —grité por el pasillo.

No podía creer que iría a la escuela. No me pasó desapercibido —y tenía la esperanza de que mi papá tampoco lo ignorara— que también me obligó a ir a la escuela el día después de que mi madre se fue para mantener la normalidad. Ni siquiera tuve un día para mí.

Me eché la mochila al hombro y me aseguré de que el volumen de mi teléfono estuviera al máximo antes de guardarlo en el bolsillo.

Mi papá salió a toda prisa de su habitación con una camisa planchada y una corbata; aún tenía húmedo el cabello. Se colgó el gafete al cuello.

—Llámame si sabes algo. Me estaré reportando contigo varias veces. —Se paró frente a mí y me tomó de los hombros. Era algo que hacía desde que era una niña, una forma muy directa, y a veces molesta, de tener toda mi atención. Me dijo—: Respira profundo.

Me apretó los hombros. Olía a loción, pasta de dientes y café. Por debajo de todo lo demás, mi padre siempre olía a café. Pensé en mencionar las espantosas similitudes entre esa mañana y la mañana después de que mi madre se fue. Todo era miedo e incertidumbre. Pero no encontré la forma de hacerlo.

Mi madre, simple y sencillamente, era un tema que ninguno de los dos sabía cómo abordar.

—Respira profundo —repetí sin entusiasmo.

Conduje a la escuela, abrumada. Cuando llegué a la señal de alto en la carretera veintiocho, tuve que obligarme a recordar no dar vuelta a la izquierda para ir recoger a Syd. Tomé el teléfono.

MIRANDA:

Por favor, dime que estás bien.
Me estoy volviendo loca.

Lo envié. Me imaginé el teléfono de Syd sonando en el asiento del copiloto de su auto. Iba a algún lugar; se alejaba más y más con cada minuto que pasaba. O no... tal vez estaba en algún lugar de Las Cruces, escondida con alguno de sus chicos universitarios. Tal vez hacía todo esto solo para hacerme sentir fatal por haberle gritado la noche anterior.

Casi de inmediato, sentí el teléfono timbrar en mi mano. Casi se me va el corazón al techo por el alivio, pero cuando abrí el mensaje, descubrí que no era Syd. Era mi papá.

PAPÁ:

Te amo. Ya hice mi llamada por Skype. Pasaré un rato pensando qué podemos hacer. Todo estará bien. Escríbeme mucho hoy, por favor.

Que mi papá estuviera tan preocupado me hacía sentir mucho más del carajo. Estaba mirando su mensaje cuando la persona del auto de atrás tocó el claxon. No supe cuánto tiempo estuve parada frente al letrero. Por un milisegundo, me permití imaginar que miraría por el retrovisor y vería a Syd en su porquería de Ford Fiesta azul, mostrándome el dedo medio.

«Ahora sí te engañé», diría su cara.

Pero cuando volteé, vi a un tipo de gorra en una camioneta, con cara de dormido y que seguramente tenía prisa por llegar a algún lugar.

Levanté la mano en señal de disculpa y avancé.

5

Ir a la escuela fue la peor idea de la que jamás pudieron convencerme. Odié a mi padre por obligarme a ir. Cuando empujé las pesadas puertas que daban al pasillo principal, el olor me provocó náuseas: cuerpos, lociones y un incierto aroma a levadura que solo existía en los pasillos de la preparatoria Las Cruces. Me congelé. Mientras la gente se abría paso junto a mí a empujones, entendí una verdad básica de mi vida: solo había sobrevivido la preparatoria —en especial los últimos ocho meses— porque Syd había estado a mi lado, destilando confianza, alumbrando con su intensísima luz de superestrella que casi me invisibilizaba bajo su brillo.

Pero ahora era visible. Por completo. Una visibilidad intolerable. Había abierto las puertas del infierno y no sabía qué hacer ni cómo ser, ni siquiera a dónde mirar. Agaché la mirada, clavé los ojos en el linóleo y crucé entre el gentío hacia el casillero que compartíamos. Me tomó un tiempo recordar la combinación. Syd solía ser quien lo abría todas las mañanas. Mi cerebro era una maraña. Por alguna extraña razón, seguía escuchando la alarma de mi padre retumbar en el pasillo de mi cerebro. Cuando por fin abrí el casillero y vi la fotografía que Syd había pegado con un pedazo de chicle masticado, una foto de nosotras dos en un partido de futbol americano que apareció en el periódico escolar (ella se veía increíble; yo, no tanto), el corazón se me salió del cuerpo y se estrelló en el piso como una fruta podrida.

Eso no iba a suceder. No podía suceder. Tenía que escapar de ese día de inmediato.

Azoté la puerta del casillero y al girar me encontré frente a frente con Erin Harris.

—¿Dónde está Syd? —preguntó antes de que yo pudiera siquiera pensar.

No supe cómo responder. No sabía si debía decirle la verdad o mentirle. Ni siquiera sabía si era capaz de hablar.

—No lo sé —respondí.

—Tiene nuestras notas. Tengo que transcribirlas o Jones nos va a poner un siete automático en Laboratorio. Llevo toda la mañana llamándole.

—No está aquí. —Sabía que no debía mentir y decir que estaba enferma.

Erin estaba tan preocupada por sus calificaciones que era capaz de ir hasta casa de Syd si le decía que ella estaba ahí, vomitando.

—¿No va a venir?

—No lo sé.

—¡Carajo! —exclamó—. No contesta mis mensajes.

—Lo sé. —Me detuve antes de decir más.

Erin entrecerró los ojos y me lanzó una mirada que decía que sabía que no le estaba diciendo toda la verdad y que, por ello, así como por su siete, merecía encogerme y morir como un insecto.

La campana sonó y el pasillo comenzó a vaciarse.

—Cuando la veas, dile que tiene que darme las notas.

—Está bien —contesté.

Erin se alejó resoplando, con la cola de caballo agitándose detrás de ella. Había logrado lo imposible: decir algunas palabras y no morir. Tal vez ir a Francés no sería tan malo. Al menos me distraería. Podría verle la nuca a Nick durante cincuenta minutos, odiarlo y amarlo en silencio. Me animé, tomé el libro de francés y me abrí paso hacia el ala de Idiomas.

Sin embargo, cuando doblé la esquina del pasillo, vi a Nick dirigirse a clase, caminando desde la dirección opuesta. Me miró y me detuve. Entré en pánico. Giré de inmediato, volví al pasillo principal y caminé en línea recta hacia el estacionamiento. Estaba a punto de abrir las puertas cuando vi al subdirector hablando con el entrenador del equipo de tenis en la acera. No había forma de pasar por donde estaban, llegar a mi auto y salir del campus. Me di media vuelta y troté de regreso por el pasillo, ahora vacío, y me apresuré a llegar al salón de Francés.

Pero ahí estaba Nick de nuevo, solo, afuera del salón. No traía su mochila ni sus libros. Debió de entrar a la clase a dejarlos para volver a salir. Fiel a su estilo, tenía las manos hundidas en las profundidades de sus bolsillos. Alzó la mirada, otra vez, y me miró directo a los ojos.

Di otro giro de ciento ochenta grados, pero esta vez me estrellé con Will Carey, quien se sentaba frente a mí en Francés y que, dado que yo era una de las pocas personas con quien hablaba en la escuela, siempre volteaba durante la clase para hacerme observaciones y darme consejos no solicitados. Como alguna vez le dije que me encantaba Harry Potter, solía enseñarme la interminable lista de correcciones que le había hecho la noche anterior a su *fanfic*.

Sentía lástima por Will. Sus *fanfics* eran mucho más reales e importantes para él que el resto de su vida en Las Cruces. Su familia era cristiana fanática. Su mamá siempre publicaba artículos de internet con «pruebas científicas» sobre la efectividad de alguna estúpida terapia de conversión que curaba el pecado de la homosexualidad. Will vivía relegado en su mundo de fantasía, donde contaba las horas faltantes para que la perpetua humillación en la preparatoria de un pueblo pequeño terminara y él pudiera alejarse lo más posible.

—¡Ay! —gritamos los dos al mismo tiempo.

Will medía exactamente lo mismo que yo, así que, cuando chocamos, quedamos nariz con nariz. Alcancé a ver la constelación de pecas en su tabique.

—¡Ay!

Me quité de su camino con un paso a la derecha, en la misma dirección en la que él se movió. Luego, claro, lo hicimos otra vez, a la izquierda. Era justo el tipo de situación que mi papá disfrutaría y aderezaría con una frase ñoña como «¿Bailamos?».

—¡Ay, Dios! ¡Basta! —se rio Will.

—Perdón. Olvidé mi libro. —Luché contra el impulso de sacarlo del camino, dado mi enorme deseo de escapar.

Miró el libro de francés que traía bajo el brazo.

—No, ahí está —dijo con la intención de ayudarme. Sonrió al haber resuelto mi problema.

—Mi otro libro. —Desvié la mirada para ver a Nick, quien seguía ahí parado. Había visto todo el torpe baile—. Te veo en dos segundos —le dije a Will, y pasé volando a su lado para sumergirme de vuelta en el pasillo.

Ya no había una sola persona ahí. La campana final sonaría en cualquier momento. Solo me quedaba una opción. Salí disparada para atravesar la imposible longitud del ala de Matemáticas y me escabullí por la puerta trasera del edificio. A la izquierda estaba el complejo de agricultura, con su interminable colección de invernaderos y cobertizos y un constante y persistente olor a estiércol. A la derecha estaba el alto y austero edificio de teatro. Entre los dos edificios, un estrecho sendero llevaba a una zanja de irrigación detrás de la escuela que transportaba agua del río Bravo a un campo de cultivo del Club de 4-H. La Zanja Mágica marcaba la orilla del campus. Le llamaban la Zanja Mágica porque si caminabas por el sendero, cruzabas un pequeño puente sobre el agua y te sentabas del otro lado de los campos, desaparecías de la vista. *Puf*. Magia.

También le decían la Zanja *Junkie*, por razones obvias.

Avancé por el sendero, me tambaleé sobre el puente y me lancé sobre la ladera de la zanja sin siquiera quitarme la mochila.

Nunca había ido a la zanja. Tampoco me había saltado clases. Cerré los ojos y me preparé, segura de que una mano aparecería, me tomaría del hombro y me arrastraría de las orejas a la oficina del director.

Pero no. Abrí los ojos y vi que estaba sola. Lo logré. La última campana sonó. La clase había comenzado. No había vuelta atrás.

«Respira profundo», oí la voz de mi padre.

Saqué el teléfono de mi bolsillo.

MIRANDA:

¿Estás bien?

De nuevo esperé. De nuevo no tuve respuesta. Llamé, pero entró el buzón de voz, así que colgué. Se me ocurrió revisar su Instagram. Syd hacía una curaduría profesional de su Instagram. Tenía miles de seguidores. Podría estar documentando su escape con un perfecto nivel de detalle lleno de filtros.

Pero no la encontré. Había desaparecido. La única Syd Miller que encontré fue una mujer de mediana edad de Ann Arbor, Michigan, cuya página estaba llena de fotos de #gatitos. Busqué. Todas sus cuentas habían desaparecido. Era como si Syd nunca hubiera existido en internet. Se había desvanecido. *Puf.* Magia.

Se fue, no está perdida.

«Respira profundo».

Bajé el teléfono y me quité la mochila. Me asomé a los campos. El aire estaba denso y amargoso por el fertilizante, a pesar de que era invierno. Quería ponerme de pie, pero recordé la regla principal de la zanja: una vez que estabas ahí, tenías que quedarte sentada. Si te levantas, eres visible. Si eres visible, te atrapan. Aprendí las reglas de la zanja gracias a Syd, quien mantenía un promedio de diez a pesar de sus ocasionales escapadas a la zanja para besuquearse con chicos. Imaginarla ahí, intercambiando saliva, me hizo sentir más sola de lo que ya estaba.

Saber que tenía que quedarme ahí sentada una hora entera me hacía sentir como animal enjaulado. Notaba que el corazón se me aceleraba y se alejaba de mí para ir tras Syd. Intenté calmarme. Cerré los ojos, puse la cabeza entre las rodillas y comencé a recitar el Discurso de Gettysburg. «Hace ochenta y siete años...». Escaparme con esas palabras desgastadas era un alivio. Syd volvería a casa. La Guerra Civil terminaría. La Unión sobreviviría. Stanford diría que sí. Los sueños se volverían realidad. Todo estaría bien. «Hace ochenta y siete años, nuestros padres crearon en este continente una nueva nación concebida en la libertad...».

El Discurso de Gettysburg era corto. Eso era parte de su encanto. Podía pasar a la siguiente parte sin detenerme a pensar cómo comenzaba. Estaba en la tercera cuando sentí una presencia. No era una presencia divina, era la presencia de una persona. No supe cómo había llegado, pero sí sabía que, cuando sacara la cabeza de entre las piernas, tendría que explicar a quien fuera el marihuano que había llegado, por qué le estaba recitando el Discurso de Gettysburg a mi entrepierna.

Abrí los ojos y levanté la cabeza. Era Nick. Estaba sentado a mi lado, con una expresión de horror, como si mi cabeza estuviera a punto de explotar y él tuviera que lidiar con ello.

—¿Estás bien? —preguntó.

Una vez más, fue una sorpresa oírlo hablarme. Simple y sencillamente no pasaba, a pesar de que nos veíamos todos los días en Francés. Ni siquiera le dije *merci* el mes pasado, cuando se me cayó la pluma del escritorio y rodó por el pasillo hasta su lugar. Él la levantó y me la entregó, yo se la arranqué de las manos y volví a mirar hacia el frente.

—Sí.

Me enderecé e intenté parecer cuerda. Quería saltar y salir corriendo, pero recordé las reglas de la zanja.

—Eso era el Discurso de Gettysburg —dijo, como si yo no lo supiera.

—Sí, eso era. ¿Y qué? —Soné tan grosera que fue vergonzoso.

Intenté no mirarlo, pero fue imposible. Un mechón rebelde de cabello le cayó sobre el rostro, lo levantó con un dedo y lo acomodó detrás de la oreja. A su cabello le había tomado ocho meses crecer hasta ese punto. Sabía que habían pasado ocho meses porque sabía todo lo que había que saber sobre Nick. La última vez que se cortó el cabello fue una semana antes del baile, y no se lo había cortado desde entonces. Incluso sabía cuándo lavaba su auto. Cuándo compraba zapatos nuevos y cuándo su amplia colección de playeras grises, cafés y verde oscuro se terminaba y tenía que recurrir a una que decía ES COSA DE CIENCIA. NO LO ENTENDERÍAS. Y sabía que fue durante las últimas dos semanas que su cabello había crecido lo suficiente como para estirarlo y anudarlo en una pequeña cola de caballo. Nunca pensé que amaría a un chico con cola de caballo, pero luego Nick apareció en clase de Francés una mañana con la nuca descubierta y no tuve opción.

—Lo tengo que memorizar para una clase —dije tras una pausa monumental.

—Ah —susurró.

—Pensé que estaba sola.

—Ah —contestó, sin agregar nada más.

—¿Por qué estás aquí?

Me sentí fatal. Amar y odiar a alguien al mismo tiempo era muy difícil. Requería mucho trabajo, mucha precisión y esfuerzo.

—Tengo que hablar contigo.

—Ah, ¿sobre mi *viacrucis*? —Le lancé una mirada fulminante.

—Sí, algo hay de eso —contestó—. Pero esto es sobre Syd. —Mi expresión debió de transmitir mis emociones a la perfección: confusión absoluta y sorpresa que en cualquier momento podían convertirse en disgusto, ira violenta o tal vez un vacío absoluto, un coma repentino, muerte cerebral, o algo por el estilo—. Ya sé —continuó antes de que yo tuviera oportunidad de gritar o decir cualquier cosa—. Esto sonará raro. Pero Syd fue a mi casa anoche. Creo que algo pasa.

—¿Fue a tu casa? ¿Qué dijo?

—No la vi. Dejó una nota en mi auto. Ten.

Abrió la palma de la mano para revelar un pedazo de papel doblado por la mitad. Era una notita adhesiva con forma de hot dog. Había visto la libreta de notitas adhesivas en el auto de Syd. Nick me la extendió.

—Ten —repitió, con un poco más de urgencia.

—¿Es terrible? —Lo miré—. Dime si es algo terrible.

—No. No sé. No creo.

Me estiré y tomé la nota. Que las yemas de mis dedos tocaran la palma de su mano bastaba para hacerme sonrojar. Desdoblé la nota y la leí.

> Habla con Miranda.
> Le gustas.
> Solo dile la verdad.

Sin pensarlo, arrugué la nota y la dejé en mi puño como si fuera un insecto que pudiera escapar. Usé toda mi fuerza de voluntad para no meterme el papel en la boca y tragármelo completo. «Le gustas». Dios mío. ¿En serio? Cada fibra de mi cuerpo decía «Corre». Pero estaba atrapada ahí. Miré el campo en barbecho frente a nosotros. Un silencio aterrador se hizo presente.

—No me gustas —escupí.

—Ya lo sé —respondió a la defensiva—. Solo pensé que querrías verla porque es un poco dramática. Digo, ¿qué?, ¿se va a suicidar o algo así?

Un impulso de alerta recorrió mi espina. ¿Era posible que Syd se suicidara?

—No. —Decirlo en voz alta me ayudó a saber que era verdad. Syd consideraría el suicido como un fracaso personal, como reprobar en la vida. Jamás haría algo así. La fría brisa cobró fuerza—. Momento. —Volteé hacia él—. ¿Me seguiste hasta acá?

—Sí —contestó. Vi cómo se le movió la manzana de Adán al pasar saliva—. Pensé que querrías ver esto. Te veías alterada en el pasillo.

—No sé por qué Syd te dejó la nota. —Desvié la mirada—. No sé qué es lo que pasa. Pero no tienes que seguirme. Ya hiciste suficiente.

Nick exhaló con fuerza y agachó la mirada. Pensé que se pondría de pie y me dejaría ahí. Quería que lo hiciera. Pero se quedó en donde estaba. Sacudió la cabeza. El silencio se convirtió en algo doloroso. Cuando comencé a retorcerme, habló.

—No puedo irme o descubrirán que no fui a clase. No puedo arriesgarme a que me vean fuera de clase o mi mamá me matará. Y mis papás ya están bastante enojados porque Syd desinfló las llantas de su auto.

—No puede ser.

Típico de Syd: venganzas tan frías que eran comestibles. Un nuevo nivel de perrez profesional, el cual alcanzó justo después de que le dije que dejara a Nick en paz.

—Pues así fue… —aseguró Nick. Parecía serio y enfadado, pero luego esbozó una pequeñísima sonrisa—. Digo… supongo que sí fue bastante gracioso. Al final tuve que llevar a mis papás a sus trabajos en la mañana. Creo que me gustó ver a mi papá en el asiento trasero, como un niño. Se lo merece.

—¿Se lo merece? —Esto era nuevo. No sabía eso sobre Nick. ¿No se llevaba bien con su papá? Almacené esa información.

—Mi papá es un poco… En fin. Es complicado. —Hizo un extraño sonido, como de alguien que tiene dolor de muelas, y miró hacia otro lado.

Quería saborear el hecho de haberlo incomodado, sobre todo después de lo que pasó la noche anterior. Quería no tener ganas de alisar la pequeña arruga que se formó entre nosotros en cuanto apareció en la zanja. Era algo por lo que Syd me reprendía todo el tiempo. «Dios, qué ganas de complacer a la gente». La imaginé mirándome con sorna e intenté cerrar la boca. Pero no pude.

—Pues mi mamá se unió a un culto religioso cuando yo tenía ocho años y no volví a verla. Literal, nunca. Ni una llamada, ni una carta ni nada. Y estoy casi segura de que se le zafó un tornillo, escuchaba voces o lo que sea, pero no puedo hablar con mi papá de eso porque él parece que se niega a reconocer la existencia de mi mamá en este universo. Y se dedica a buscar vida en otros planetas, lo que me parece algo, ya sabes… trágico o algo por el estilo —le dije todo eso al campo vacío, y volteé a ver a Nick—. Así que sé un par de cosas sobre «complicaciones».

Nick volteó a verme.

—¿Un culto religioso? ¿Cómo supercristiana?

—No. Desde antes estaba loca por Jesús, cuando era supercatólica. Supongo que Jesús dejó de satisfacerla —expliqué, y Nick sonrió—. El Jardín… es como iluminación-meditación-budismo falso. Pero es un culto de verdad. Puedes buscarlo en internet. Tiene un gurú. Se llama Solomon. Mal tipo. Mi papá y mi tío intentaron hacer que volviera a casa. Pero nunca volvió. Después, el Jardín hizo que nunca pudieran volver a comunicarse con ella. Lleva ahí... veamos, diría que diez años, tres meses y cuatro días... No, cinco.

—Qué locura. —Nick me miró de reojo—. Perdón. Qué... horror.

—Bueno... Por lo menos la señora se compromete, ¿no crees?

Pensé que se reiría de mi chiste tonto, pero cuando lo miré, su expresión era solo de empatía, así que tuve que apartar la vista o arriesgarme a perderme en sus ojos por siempre. Intenté volver a subir la guardia.

—Sí. Es un horror. Estoy segura de que ya lo sabías. Todo mundo sabe todo sobre todos en este pueblo.

—No lo sabía.

—Ah.

Podría ser cierto, pensé. Para cuando Nick llegó, en el primer año de preparatoria, mi mamá ya era cosa del pasado. Incluso las pequeñas ancianas católicas, las *viejitas* como la señora de La Cocina, habían dejado de persignarse al oír su nombre como si fuera el diablo encarnado. Era refrescante pensar que había una persona a la que podía contarle la historia con mis propias palabras, una persona que no conociera ya todos los terribles detalles.

—Bueno, ya lo sabes.

De pronto, Nick hizo una mueca de dolor y cerró los ojos con fuerza.

—Está bien, olvídalo. Sí lo sabía. Tomás me lo contó. No sé por qué te dije que no lo sabía.

—¿Qué? —Me sentí como una idiota: yo, desnudando mi alma; él, jugando un estúpido juego—. Dios. ¿Quién hace algo así? ¿Por qué lo hiciste?

—No lo sé. —Examinó el suelo con la mirada—. Estaba avergonzado.

—¿Vergüenza? ¿Por mí?

—No. —Clavó los ojos en sus zapatos.

—Yo no me avergüenzo —disparé en respuesta—. Como sea, todos tenemos algo un poco extraño, ¿no? ¿Cierto? Como que tu mamá sea más cercana en edad a ti que a tu papá. Qué vergüenza. Me provocas mucha vergüenza.

Miré hacia el frente y dejé que me hirviera la sangre. Nick se quedó a mi lado, en silencio. Cuando me atreví a usar la vista periférica, estaba segura de que él también estaría enfurecido. Deseé que lo estuviera. (Syd habría estado tan orgullosa: «Perra nivel máximo. ¡Eso es todo!»).

Pero no, en cambio, tenía los ojos entrecerrados. Estaba pensando.

—Guau. —Me miró y sonrió—. Tienes razón. Hice las cuentas. Sí está más cerca de mi edad. Sí es una vergüenza.

Aunque no quería hacerlo, sonreí. Me imaginé a Syd negando con la cabeza y cambiando mi nivel de perrez de máximo a insatisfactorio.

—Que quede clara una cosa —dijo Nick; su peculiar franqueza había vuelto a reflejarse en la voz y el rostro—. Siempre estoy avergonzado. Es mi estado natural: torpe y avergonzado. Eso quise decir.

—Está bien —respondí.

—No sentí vergüenza por ti.

—Sí, sí. Ya entendí. —Vi cómo un cuervo brincaba de un invernadero a otro, cada vez más alto, y estudiaba el campo vacío con su ojo cristalino—. ¿Es maestro? Tu papá.

—Profesor de matemáticas, sí. Enseña cálculo y cosas así. Pero es experto en algo que se llama teoría de la recursión. Es uno de los tipos que más sabe de eso en el país.

Hay solo como siete personas que entienden de lo que habla cuando habla de sus cosas.

—Qué deprimente.

—No, de hecho, las matemáticas puras son bastante *cool*.

—Qué asco. ¿Qué son las matemáticas puras? Suena peor que las matemáticas normales.

—En realidad, ni siquiera son matemáticas. Es como… ideas, casi como metáforas. No es como el álgebra, como hacer ecuaciones. Ni siquiera son números. Se trata de lo que está debajo de los números, las ideas que los números representan.

—Ah. Qué loco.

Odiaba tanto las matemáticas que nunca pensé que los números pudieran representar algo más que tortura. Pero lo que Nick acababa de describir era hermoso. Sonaba casi como rezar, ir debajo de la superficie, buscar el gran y sagrado *cero* que encontré cuando era niña y luego perdí. Tal vez había solo siete personas en el mundo que podían hablar con Dios. Tal vez el resto de nosotros solo iba por la vida resolviendo ecuaciones, sin merecer las verdades más grandes que están debajo de la superficie. Tal vez yo no tenía la inteligencia necesaria. Tal vez mi problema era que no me gustaban las matemáticas.

—No es por ser grosera, pero si tu papá es una de las personas más inteligentes del mundo, ¿por qué trabaja en la NMSU?

—Ya sé —respondió Nick—. Bueno… es complicado. —Sonrió—. Comenzó en Berkeley. Ahí obtuvo su doctorado y empezó a dar clases. Fue donde nacimos mi hermano y yo. Luego nos mudamos a Chicago. Trabajó en la Universidad de Chicago. —Se encogió de hombros—. No obtuvo una plaza. Así que nos mudamos aquí. Pero está buscando otro trabajo.

—¿Te vas a mudar? —El temblor en mi voz me mortificó.

—No, no. No antes de graduarnos. Pero supongo que sí. Para ir a la universidad. —Me miró de reojo—. ¿Te vas a ir lejos a la universidad?

Pensé que oía la misma angustia en su voz, pero supe en ese mismo instante que había sido mi imaginación.

—Es probable. A Albuquerque. A la Universidad de Nuevo México.

—*Cool* —dijo Nick.

—Sí —respondí—. No tengo grandes planes.

Me negaba a preguntar a dónde iría él a la universidad. *Me negaba.* El mundo estaba a los pies de Nick. Apestaba. Sentí que me sacaban el aire de los pulmones cuando pensé que no volvería a mirarle la nuca en clase de Francés ni lo vería sonreír o reír en los pasillos. La patética verdad era que lo extrañaría todo, hasta mis continuos intentos fallidos por odiarlo. En la universidad tendría que depender de las redes sociales para estar al corriente, y Nick era malísimo en redes. Nunca había publicado una foto suya en Instagram. Hacía siete años que tenía una cuenta y lo único que había publicado eran unos cuantos atardeceres excepcionales y un par de cañones majestuosos. Puras porquerías.

Sabía que en un año yo no sería más que una historia que Nick Allison les contaría a sus amigos en una universidad de élite. «La chica a la que planté en el baile». Devastador. Y no había nada que pudiera hacer para evitarlo. En cuestión de meses perdería a Nick, que iría a conocer el mundo, así como perdería a Syd… o quizá ya la había perdido en esa irreal y horrenda mañana.

—¿Qué fue lo que pasó? Con Syd. Ayer estuvo más loca que de costumbre.

—Sí. —Resistí el impulso de disculparme en nombre de Syd por humillarnos a los dos frente a sus padres—. No lo sé. Se fue. No me dijo nada. Nos peleamos... después de lo que pasó en el restaurante. Esta mañana, se había ido. —Fijé los ojos en el otro extremo del campo, en una torre de agua con las palabras «Agricultura PLC» escritas con pintura roja que ahora era más bien rosa. Sentí que Nick me miraba, pero no decía nada. Era enervante—. ¿Qué? —dije, al fin, tras voltear a verlo.

—Lo siento, Miranda —dijo.

Oír mi nombre salir de su boca era electrizante.

—Ah. No pasa nada —dije.

—Lo siento por todo. Siento lo de anoche. Mi mamá. Y lo siento... por todo.

Hizo el gesto de acomodarse el cabello detrás de la oreja una vez más, pero esta vez no había mechones sueltos.

Volví a concentrarme en la torre, en su techo de metal corrugado que resplandecía bajo el brillante sol de la mañana.

—Está bien.

¡¡¡¿Está bien?!!! Ni en mis sueños más locos habría imaginado que dejaría que Nick saliera tan bien librado. De hecho, en varias de las complejas fantasías que había elaborado en los últimos ocho meses, siempre que articulaba esas precisas palabras le daba una bofetada. Fuerte. O decía algo con una maldad tan precisa que él se marchitaba. Sin embargo, en la mayoría de las fantasías la disculpa era solo el primer paso. Luego, la bofetada. Entonces, después de eso, me daba una razón más que decente por haber hecho lo que hizo. Luego yo aceptaba la disculpa. Después nos besábamos.

El beso era, por mucho, el final más común siempre.

A veces me pedía que le diera otra oportunidad. Me rogaba que saliera con él… tal vez, incluso me volvía a invitar al baile. Yo decía que no. «No seas idiota». Pero me suavizaba. Y, justo cuando él se alejaba, abatido y triste, le gritaba: «Oye». Él se daba media vuelta, con expresión de arrepentimiento, y yo decía: «Da igual. Está bien. Vamos». Y él esbozaba una de sus sonrisas perfectas, puros labios, sin dientes.

Después nos besábamos.

Sin embargo, las fantasías siempre se arruinaban por un molesto detalle: llevaba ocho meses intentando pensar en una razón poco más que decente que Nick pudiera darme por haber hecho lo que hizo. En ocho meses no encontré una sola.

La campana sonó y me hizo dar un saltito. En los pocos segundos entre el sonido de la campana y el sonido de la gente que se desbocaba hacia el edificio, Nick y yo nos quedamos sentados ahí, mirándonos. Era doloroso y glorioso, pero también una completa insensatez, como mirar un eclipse sin lentes.

—Tengo que irme. —Nick rompió el silencio.

—Yo también —murmuré.

Nos pusimos de pie.

—Nos perdimos el examen —recordó él.

—Ay, mierda. —No había pensado en Francés.

—Madame Spencer dijo que nos daría puntos extra si veíamos una película en el Fountain Theatre —dijo. Lo miré a los ojos—. ¿No dijo eso? —Apretó los labios—. Podríamos ir… a eso.

—¿Juntos? —pregunté, demasiado perpleja como para sentirme avergonzada por preguntar.

—Está bien —sonrió igual que antes: puros labios, sin dientes—. Estaba pensando en ir el viernes en la noche.

—¿Viernes en la noche?

—Sí —contestó.

Tal vez eran todas las fantasías, todos los besos llenos de disculpas y anhelo, pero esa extraña seminvitación a ver una película por puntos extra era, de cierta forma, peor que nada.

—Eh, no —dije.

—Ah. —Jugueteó con el tirante de su mochila.

—No creo que podamos volver a ser amiguitos de Francés, ¿sabes? —Me rompía el corazón decirlo, pero era cierto.

Sabía que no podría sobrevivir a otro golpe.

—Sí —contestó—. Entiendo.

—¿Sí lo entiendes? —Me mordí el labio para intentar detenerme, pero fue inútil—. ¿Sabes lo horrible que fue el último año para mí?

Se echó la mochila al hombro.

—Sí —dijo—. De hecho, creo que sí lo entiendo.

Eso me enfureció. ¿Había él sufrido durante el último año? Claro que no. En la asquerosa y distorsionada economía social de nuestra escuela de pueblo chico, el que me plantara para ir al baile solo sirvió para elevar su estatus de las fronteras de ñoño (atardeceres en Instagram, el Decatlón Académico, «Es cosa de Ciencias») a una incipiente popularidad.

—No debí de haber preguntado —Se acomodó otro mechón fantasma de cabello detrás de la oreja—. Nos vemos después. —Dio media vuelta y trepó por la ladera de la zanja hacia el brillo del sol.

—Oye —le grité como le había gritado en todas aquellas fantasías.

Pero cuando volteó y me miró, no dije «Da igual. Está bien. Vamos». Protegí mis ojos del sol que destellaba sobre su hombro.

—¿Qué quiso decir Syd? Sobre decirme la verdad.

Miró al campo por un largo momento. Luego se encogió de hombros.

—Quién sabe. —Enganchó los dedos en los tirantes de su mochila—. Tu amiga es un misterio para mí.

Entonces se dio media vuelta, cruzó el puente y llegó al otro lado de la zanja; se perdió entre la multitud de cuerpos que entraban y salían del ala de Matemáticas. El corazón me estalló en el pecho como un globo ponchado. Me puse de pie y esperé a que el dolor cediera. Luego alisé la nota que tenía en la mano y la leí de nuevo. «Le gustas». Tomé mi teléfono y le envié otro mensaje.

MIRANDA:

¿¿¿¿NICK ALLISON????
¿QUÉ CARAJO?

Trepé la ladera y atravesé el puente. Desde arriba, me asomé para ver si lograba distinguir la cabeza de Nick en la multitud. No pude.

Era mejor así, me dije. Bajé la cabeza y me sumergí entre la gente, agregando un cuerpo anónimo más al mar de cuerpos, y me abrí camino hacia el desastre que me esperaba después.

6

En el almuerzo, compré un burrito en la cafetería y fui a esconderme en mi auto para comerlo. Llamé a la oficina de Letty en el Servicio de Protección a Menores en Santa Fe. Me alivió mucho escuchar su voz, aunque no tuvo nada esperanzador que decirme. Syd tenía más de dieciocho años. No era menor de edad. No estaba perdida. En términos legales, se había escapado. Y, en Nuevo México, escapar no era ilegal. Las autoridades no iban a ser de mucha ayuda. Al igual que Tonya, Letty estaba segura de que Syd había hecho su tarea.

—Lo planeó, Miry —me explicó—. Puso lo más importante en su nota: «No estoy perdida». ¿Sabes? —Lo único que pude ofrecerle en respuesta fue silencio. Se quedó en la línea un largo rato. Luego volvió a hablar, con una voz más suave—. De cierta forma, tu Syd es justo el tipo de persona que se escaparía, ¿sabes? Su vida familiar era horrible y su mamá no estaba. Digo, sé que Syd era muy buena en la escuela. Se esforzaba mucho, cariño. Pero veo estas cosas todo el tiempo. A veces, las cosas son demasiado abrumadoras para los jóvenes. ¿Entiendes lo que te digo?

La cosa era que no lo entendía. No entendía lo que decía. Sabía que esos datos sobre la vida de Syd eran técnicamente ciertos. Pero me era imposible pensar en ella de esa forma. No era una víctima. No era una niña problema. Era una campeona. Era la fundadora y presidenta del jodido Club de Vida. De lo que Letty hablaba eran las estadísticas. Y Syd había hecho pedazos las estadísticas desde hacía mucho.

—Estaba esperando respuesta de Stanford sobre la admisión temprana. ¿Por qué se escaparía? Para mí no tiene sentido.

—Pasa. Lo veo todo el tiempo. Autosabotaje del más clásico.

—Pues mi mamá se fue. —Soné petulante, como una niña, y me odié por ello—. Y yo no me voy a escapar.

—Sí, tienes razón —replicó—. Pero Syd no tiene lo que tú tienes, Miry.

—¿Cómo qué? ¿Quieres decir que es pobre o lo que sea? Porque...

Estaba a punto de recitar una versión abreviada de la incisiva perorata de Syd sobre el dinero, el poder y la clase, y sobre cómo eso no necesariamente define a las personas, pero Letty me interrumpió.

—No, cariño —dijo—. Me refiero a tu papá.

Había una sonrisa en su voz.

—Ah —susurré.

Hablando del rey de Roma. Para el final del día, mi padre me había enviado treinta y dos mensajes. Cada vez que mi teléfono vibraba, sentía un sudor frío en la frente. Pero nunca era Syd. Siempre era mi papá. Durante la clase de

Historia, escribió para preguntar si Syd tenía activado «Encontrar mi teléfono» en su celular. Respondí que no. Sabía que no lo tenía.

PAPÁ:

¿Tú lo tienes en el tuyo 🦀?

MIRANDA:

No.

PAPÁ:

¿Lo podrías activar, por favor?
⚡

Mi padre era un entusiasta y confuso usuario de emojis. Me volvía loca. Nunca sabía lo que quería decir. Decidí que ese pequeño rayo dorado intentaba transmitir que la solución a nuestro problema con Syd aparecería como una ráfaga, de la nada, un relámpago.

Cada uno de sus mensajes requería una respuesta. Hacía una pregunta sobre Syd o me preguntaba cómo estaba. Si no le contestaba de inmediato, me escribía de nuevo.

PAPÁ:

¿Qué pasa? ¿Todo bien? Hola, hola.

En cuanto crucé la puerta de la casa al final del día, lo vi relajarse. Solía llegar a casa varias horas antes que él, pero ese día lo encontré sentado en la mesa de la cocina, acompañado de una taza de café.

—¿Noticias?

—No.

—Está bien. Ven, siéntate —me pidió.

Me senté y dejé que mi mochila se azotara contra el suelo. Mi papá tenía enfrente una libreta amarilla llena de garabatos. Había recorrido todo el internet. Entró a algunos foros de padres con hijos desaparecidos. Había llamado a la policía él mismo. Esperaba que su diligencia diera como resultado una larga lista de cosas que pudiéramos hacer. Pero lo único que se le ocurrió fue que colgáramos letreros en la escuela y en el campus de la NMSU y que contactáramos a todas las personas que tuvieran una relación con Syd. La idea básica era hacer circular la noticia. Mi papá había leído que algunas personas se sentían tan responsables de la desaparición de alguien que dudaban en comunicarse. Los paralizaba la vergüenza y el miedo. Esa era gran parte del problema. Mientras más tiempo pasaba, menos probable era que la persona volviera. Este no iba a ser el caso, me aseguró mi papá.

—Está bien. —Pasé saliva.

Había mentido todo el día cuando la gente me preguntaba por Syd. Dije que estaba en su casa, enferma. La única persona a la que le dije la verdad fue a Nick, y eso fue solo por la nota. ¿Estaba llena de vergüenza y miedo? ¿Era gran parte del problema? Pasé todo el día pensando en cómo le había gritado a Syd la noche anterior, en cómo miraba por la ventana, abatida, y en cómo me alejé antes de que siquiera cruzara la puerta de la casa rondante, a pesar de que dijo me amaba y me besó en la frente. Y pensé en que yo no se lo dije a ella.

Mi papá releyó sus notas. Preguntó de nuevo si Syd estaba involucrada con algún chico. Aunque yo ignoraba muchas cosas, sabía que Syd no *se involucraba*. Los chicos eran un pasatiempo. Además, ¿qué chico podría ser? ¿Medio Guapo?

—¿No pasó nada anoche?

—Bueno —murmuré

—¿Qué? —Sus ojos se dispararon hacia los míos.

—Nos peleamos. —Lo puse sobre la mesa, era un hecho y mi papá necesitaba los hechos—. Anoche. Le grité. Le dije que actuaba como si fuera la única persona en el mundo.

—¿Por qué?

—Hizo algo vergonzoso. Para mí. —Sentía que estaba confesando—. Nunca antes le había gritado, papá.

—No. —Me señaló para enfatizar su argumento—. ¡NO!

—¿Qué?

—Esto no es tu culpa.

Casi me reí al pensar cuántas veces mi padre dijo esas mismas palabras durante las semanas y los meses posteriores a que mi madre se fuera, en todos los métodos que utilizó para convencerme de que eran ciertas.

Semanas después de que mi madre partiera al Jardín, me aferré a la idea de que ella quería que yo estuviera a su lado. Creía que existía algún plan secreto que implicaba nuestra reunión futura. Las cosas no terminaban ahí. En cualquier momento, llamaría para decir que iba a volver a casa… o que vendría por mí. Llamaría para decir que estaba mejor, curada.

Pero, después de más o menos un mes, esa fantasía comenzó a disiparse. No iba a volver. Éramos solo mi papá y yo, y seríamos solo mi papá y yo. Para siempre. Guardé silencio, fui obediente. No lloré ni hice berrinches. En el exterior, estaba bien. Fui *estoica*, como oí a mi papá decirle a Benny por teléfono. Busqué la palabra. Estuve de acuerdo. Mi actitud era por completo estoica. Pero por dentro estaba llena de ideas horribles, pensamientos que no podía quitarme de encima. Me preocupaba. En las noches, sobre todo, mis preocupaciones florecían, crecían en sueños, alimentadas por la lógica de mi tristeza y mi vergüenza. Me convencí de que mi padre me odiaba y se quería deshacer de mí. Mi padre, apenas capaz de mantener su propia cordura, hizo su mejor esfuerzo por ayudarme a resistir, pero incluso eso me hacía sentir fatal. Me preguntó si quería ver a una terapeuta. Respondí que no, pero me llevó de todas formas. Como la primera fue incapaz de quitarme el estoicismo, fuimos con otra, y con otra y con otra. Yo era una carga para todos. Eso era lo que sentía. Sobre todo con mi papá. Mi mamá había huido del hoyo negro de mis necesidades. Había escapado, era afortunada. En cuanto a mi papá... él estaba triste por haberse quedado atrás, con la responsabilidad. Estaba tan perdida en mis ideas que comencé a temer que me diera en adopción. Me enganché en ese pensamiento. Me atacaba en las noches, en la cama, y cualquier intento por detenerlo no hacía más que empeorarlo. Por fin, una mañana, después de haber pasado la noche en vela —sin dormir un solo segundo—, encontré a mi papá tomando café en el patio y se lo pregunté. ¿Me daría en adopción? Fuera cual fuera la respuesta, tenía que saberla. Estaría bien sin importar lo que me dijera. Lo que me mataba era la incertidumbre.

—¿De qué hablas, boba? —Lo dijo con su usual franqueza, mientras lanzaba su copia del *New Yorker* a la mesa. Supongo que la idea que le lancé no computó del todo en su cabeza. Tal vez pensó que yo no entendía lo que significaba la frase «dar en adopción».

—¿Me vas a mandar lejos? Tengo que saberlo. No me voy a enojar.

Se sintió bien decirlo en voz alta. Las palabras llevaban mucho tiempo atrapadas en mi cuerpo —en mi cerebro—, y ahora estaba afuera y flotaban por el patio. Eran libres.

Pero la forma en que aterrizaron en la cara de mi papá fue extraña. Noté el momento en que entendió a qué me refería. Que la idea lo sorprendiera me pareció prometedor. Tal vez no lo había considerado en absoluto. Luego me preocupé por haberle metido la idea en la cabeza: «Ya que lo mencionas…».

Mi padre alejó la silla de la mesa. Se arrodilló frente a mí y me tomó de los hombros con fuerza. Me miró a los ojos con mucha seriedad, yo no sabía lo que iba a pasar.

—Nunca te voy a dejar. —Me apretó los hombros al decirlo.

—Está bien. —Estaba un poco asustada.

—Necesito que me digas que entiendes que nunca te voy a dejar, Miranda.

—Está bien —repetí. Solo quería que eso terminara. Había cometido un error.

Me soltó los hombros.

—No. Escúchame, Miry. —Dio un profundo y rápido respiro. Los hombros se le desplomaron. Me miró, un poco más relajado. Y eso ayudó—. Repítemelo.

—¿Qué?

—Dilo: «Nunca me vas a dejar».

Decirlo fue de lo más difícil, casi imposible. Tuve que sacar las palabras de un lugar secreto en las profundidades de mi cuerpo. Cuando era pequeña e iba a la iglesia con mi mamá, la idea de tener un alma siempre me confundía. Pensaba que el alma era un órgano. E incluso cuando entendí que no lo era, me gustaba pensar en ella de esa forma: una pequeña glándula, en algún profundo rincón, donde cada uno de nosotros guardaba la cosa mágica que nos convertía en personas. Fue de ahí de donde tuve que sacar las palabras. Las vi aparecer sobre la cabeza de mi papá.

—Nunca. Me vas. A dejar.

—Muy bien. —Me envolvió entre sus brazos y me estrechó con fuerza—. Estaremos bien —le dijo a mi cabello, luego se alejó un poco y me miró a los ojos—. Ay, Dios. ¿No te lo había dicho? —Me encogí de hombros—. Bueno, pues es cierto. Sin importar lo que pase, estaremos bien.

—Está bien —dije. Fue todo un alivio.

Sentía como si hubiera corrido durante días y días y al fin —*al fin*— alguien me había dicho que podía parar. Estaba bien. Podía dejar de correr.

Y fue entonces cuando comencé a llorar.

Lloré durante dos horas seguidas, sentada en el sofá con mi papá. Fue como si me hubiera intoxicado y vomitara. Él solo me acompañó y me dejó llorar. De vez en vez, decía algo como «Eso. Está bien». Y yo comenzaba a berrear de nuevo. Se levantó dos veces: una para traerme un vaso con agua y otro para ponerme una compresa fría en la frente.

—No sé por qué te traje esto. —Sonrió, dobló el trapo en tres y me lo puso en la frente—. Mi mamá siempre nos ponía una compresa fría cuando nos enfermábamos.

Cuando terminé de llorar, parecía un poco sorprendido, un poco conmocionado, como si dijera «¿Y ahora qué?».

Me llevó por un helado al Dairy Queen a pesar de que eran las diez y media de la mañana. Éramos los únicos ahí. Yo seguía en pijama. Nos sentamos en un gabinete. No dijimos una sola palabra. Mi padre se veía feliz… o no feliz, pero bien. Y no se había visto bien en mucho tiempo. Me quedé dormida en el auto de camino a casa. Mi papá debió de cargarme hasta mi habitación y cerrar la puerta. Cuando desperté, era de noche. Mi habitación estaba oscura y fresca. Todo se sentía mejor. No bien, pero mejor. Alcanzaba a oír en el pasillo que mi padre había encendido la máquina de ruido blanco que tenía en su recámara. Era el oleaje del mar, una sola ola, duplicada, que iba y venía una y otra vez. No sabía en dónde estaba él. Pero sabía que estaba ahí. Volví a dormir hasta el día siguiente.

Qué absurdo era pensar que, diez años después, estaríamos en el mismo lugar. Abandonados. Pero era Syd de quien mi papá hablaba ahora.

—No te dejó porque le gritaste. Lo sabes, ¿verdad?

—Supongo —respondí.

Esa noche hice los carteles. Me preocupaba que colgarlos sería como gritarle al mundo que Syd se había ido y haría que los rumores comenzaran a volar. Me aterraba que la gente lo supiera, en parte porque haría que todo se volviera más real. Si nadie lo sabía, aún quedaba la posibilidad de que no fuera cierto. Syd llegaría al día siguiente con las estúpidas notas de Laboratorio impresas para Erin Harris. Sin embargo, si colgar los carteles era lo único que podía hacer, tenía que hacerlo.

Usé una fotografía de Syd tomada la semana anterior, después de que ella terminara de jugar tenis y yo acabara mi tarea en la biblioteca mientras la esperaba. En ella, Syd aparecía sonriendo; la piel le brillaba y sus mejillas redondas estaban rosadas por entrenar en el frío, y su loco cabello estaba anudado en una cola de caballo.

—Di whisky —dije cuando la sorprendí con el teléfono mientras se acercaba a mi auto.

—¡Whisky de pipííí! —gritó mientras yo tomaba la foto.

Llamé a Ray antes de ir a la escuela y le conté de los carteles. No sé por qué, pero sentía que necesitaba su permiso. Estaba distraído, hablando con un distribuidor de cerveza. No había oído nada. No sabía nada. Me pidió que me mantuviera en contacto. Luego colgó antes de que yo pudiera decir algo más. Pensé en lo que había dicho Letty sobre la vida familiar de Syd. «Pasa todo el tiempo». Saqué las palabras de mi cabeza.

Recibí doce mensajes antes de la primera campana. Sabía que llegarían. Supe que, en cuanto la gente viera los carteles, Syd se convertiría en el tema de conversación de toda la escuela. Me escabullí al baño; me senté en uno de los cubículos y revisé la avalancha de mensajes. «¿Qué diablos?» parecía ser la pregunta básica que todo el mundo tenía en mente. Ser la parte proveedora de la sorpresa era peor que ser la única que sabía que Syd se había ido. Era como si ella fuera nuestro animal de concurso —nuestra Gracie la cerdita en forma humana—, y yo la hubiera dejado escapar por un agujero en la barda un día antes de la feria estatal.

Esa tarde mi papá me recibió en la puerta, igual que el día anterior. Me dijo que todo estaría bien. Hizo berenjenas a la parmesana para cenar. El resto de la semana caminé por los pasillos de la escuela con la cabeza agachada, intentando ser invisible, pero me di cuenta de que no podía dar cinco pasos sin que alguien me detuviera para preguntar si había oído algo de Syd o si el Club de Vida se reuniría de todas formas el viernes. Me convertí en la vocera *de facto* de Syd, pero no tenía respuestas para nadie. Era un *no lo sé* con pies.

La presencia de Nick se volvió más confusa que nunca. Después de ese momento que compartimos en la zanja, se dio a la tarea de sonreírme cada vez que entraba a clase de Francés. Yo juraba que había empatía genuina en su sonrisa y, sin Syd a mi lado para lanzarle insultos, con frecuencia me descubría cayendo, obsesionada con el posible significado de su sonrisa, y me debatía entre las ansias de que significara algo, lo que fuera, y entre el deseo de que no me importara.

Para el miércoles había tomado una decisión crucial para mi vida en la nueva normalidad que era la ausencia de Syd. No me convertiría en la persona que almuerza sola en su auto a diario. Aquello habría sido lo más fácil, y supe desde el principio que tendría que luchar contra eso. Así que me abrí paso hacia la cafetería, me obligué a llevar la frente en alto y me preparé para enfrentar la marejada de preguntas. Pero, para entonces, solo algunas personas me detuvieron para hablar de Syd, y la mayoría fueron muy lindas al respecto. Todos estaban tan asombrados como yo de que hubiera escapado.

Durante un par de días comí con Marcy Ellis, una chica mormona que fue mi amiga en la primaria, antes de que Syd llegara en tercer grado y las dos abandonáramos a la pobre Marcy. Como era alta, delgada y amigable a morir, la preparatoria era su hábitat natural. Era su planeta Ricitos de Oro. No era superinteligente, pero sí talentosa en el arte de ser una persona y, por consiguiente, Syd la detestaba. «Pobre», me dijo una vez después de que Marcy me detuvo en el pasillo para hablar. «Ni siquiera se da cuenta de que, en verdad, la preparatoria es el punto máximo de su vida».

Marcy y sus amigos se sentaban en el mismo lugar de la misma mesa todos los días. Sus chistes eran impresionantemente sosos y, cuando rezaban antes de comer, sus plegarias eran como un alardeo de humildad, tan discretas y sinceras que llamaban la atención. Todo el tiempo que pasé con ellos no hice más que imaginar cómo le describiría la experiencia a Syd, cómo devoraría todos los detalles, echando la cabeza hacia atrás y riéndose. De cierta forma, al comer con Marcy y los mormones, me sentía como una terrible persona y una perdedora al mismo tiempo. Era horrible. Y me hizo extrañar a Syd como loca. Nada me hacía ansiar su regreso tanto como ver a esos extraños rezar sobre sus bolsas de Doritos.

El viernes me escondí de los mormones y evité la cafetería por completo. Pero no fui a mi auto. Decidí dar pasos pequeños. Escapé al pedazo de concreto abandonado frente a la sala de música con Will Carey, quien le daba fumadas en secreto a su cigarro electrónico mientras yo comía mi sándwich. Estaba feliz de que lo acompañara, y para mí estaba bien alejarme de todo el mundo durante media hora y perderme en los detalles de las imposibles complicaciones de los *fanfics* de Will. Sin embargo, desde antes de que pudiera abrir mi Sprite, quedó claro que Will había abandonado su fijación con los personajes ficticios y la había reemplazado con un ser humano de la vida real.

¿Y quién era ese ser humano?

El chico alto con cola de caballo de la clase de Francés.

A Syd le habría parecido hilarante la forma en que me atraganté con el jamón y el queso cuando Will enunció el nombre de Nick. ¿Cómo era posible que aún hubiera una persona en la Tierra que no supiera del Suceso Nick Allison? O tal vez Will lo sabía y no le importaba. Como fuera, escuchar a otra persona obsesionarse con él sin tapujos era una agonía. No dejaba de hablar de su cabello y la adorable forma en que se sonrojaba cuando le pedían hablar en clase y cómo recibía con alegría las bromas de Madame Spencer cuando lo molestaba por su pronunciación un tanto desastrosa. Will incluso me preguntó si había notado que Nick había entrado a clase el lunes, justo antes de que Madame Spencer llegara, pero luego tomó sus cosas y nunca volvió. Estaba tan enamorado de él que ni siquiera se dio cuenta de que yo tampoco regresé.

Will también se equivocaba en algunas cosas sobre Nick, y sus descuidos me enfurecían. Tuve que morderme la lengua de perfeccionista cuando se quejó de que Nick saliera con Camila Giménez. Él no salía con nadie. Will era un principiante. Yo sabía que la asociación de Nick con ella era solo profesional: los padres de Camila le pagaban a Nick para que le diera tutorías de matemáticas. Se reunían en la biblioteca después de clases los martes y los jueves; yo esperaba a Syd en la biblioteca todos los jueves para observarlos a la distancia. Camila no tenía interés alguno en Nick ni en las matemáticas, y revisaba su teléfono cada cinco segundos o solía perder la mirada en el vacío mientras Nick intentaba explicarle algo. Desde hacía mucho había investigado esa relación a profundidad y había diagnosticado que era inofensiva. Incluso había visto a Camila darle dinero a Nick.

Aun así, me sentía fatal por Will. Por fin había encontrado algo que amar en el mundo real. Pero lo que encontró era mío: Nick era *mi* obsesión secreta y yo no iba a ceder ni un centímetro para hacer lugar a la de Will. Tras quince minutos, tuve que inventar una excusa para escapar y dejarlo en su nube de vapor y anhelo.

Para el final de la semana, había orbitado las orillas de casi todos los grupos sociales en el campus. Incluso los chicos de agricultura, que seguían agradecidos por la publicidad que le hice a su cerdo, me recibieron con los brazos abiertos. Supongo que la gente había empezado a tenerme compasión. El personal del periódico fue particularmente lindo. Repartí las tareas para la semana y me quedé con la más sencilla: un texto sobre la cena de enchiladas del Club Feminista. Sabía que podría dejarlo para el último momento.

Le envíe cientos de mensajes a Syd, algunos desesperados, otros no. Lo intenté todo. Le pregunté si había sabido algo de Stanford. Intenté ser graciosa y le dije que me estaba orillando al mormonismo. Ya había pedido por internet la ropa interior mágica. Conforme la semana avanzaba, su ausencia fue pesando más y más. Antes de abrir los ojos en las mañanas, la verdad me aplastaba; me levantaba de la cama de un brinco y corría hacia el alféizar de la ventana en busca de mi teléfono, a revisar si lo imposible había ocurrido y Syd había escrito.

Pensé que todo sería más fácil si veía que no lo había hecho. Pero no era así.

Ya que no podía hacer nada al respecto, me concentré en las cosas que Syd dijo en las últimas semanas para intentar encontrar una explicación a por qué se había ido. Recordé que, de camino a la reunión del Club de Vida el viernes anterior, dijo que deseaba no haberlo fundado. Cuando bromeé con que estaba ayudando a mucha gente a sacarse la cabeza del culo, suspiró: «En serio. Lo único que he logrado es hacer que gente que estaba de lo más feliz esté tan neurótica y estresada como yo. ¿De verdad necesita eso el mundo?». La forma en que lo dijo —sin seriedad, con su acostumbrado cinismo— no me llamó la atención en el momento. Parecía malhumorada y cansada. Estaba molesta debido al hambre.

¿Y ahora?

La idea me daba vueltas en la cabeza sin parar. ¿Estresada y neurótica? Jamás habría descrito a Syd con esas palabras. Era una fuerza imparable, una perra incontenible. ¿Así era como se veía a sí misma? ¿La rebasó la presión que se impuso a sí misma? Parecía imposible. Pero todo parecía imposible. Tal vez Syd me había dado pistas durante años. Tal vez me había pedido ayuda a gritos. Y tal vez yo era la peor amiga del mundo, incapaz o sin ánimos como para permitirle ser nada más que la superestrella invencible de la que dependía.

Después de una semana sin ella, Syd se había convertido en un auténtico misterio para mí. Las palabras de Letty —«Tu Syd es justo el tipo de persona que se escaparía»— invadieron mis pensamientos hasta que se mudaron para vivir ahí de forma permanente y se grabaron en mi cerebro en letras mayúsculas.

Me alteraba a más no poder no recordar qué le contesté aquella tarde de camino al Club de Vida.

Seguro solo me reí.

Seguro le dije que se comiera un sándwich y se dejara de dramas.

¿Y ahora?

Tuve una idea mientras miraba la nuca de Nick en Francés. Fue la única que tuve en toda la semana, así que me pareció que debía ser buena. Decidí dejar de escribirle a Syd durante veinticuatro horas. Dejaría de llamar y de enviar mensajes desesperados. Tal vez eso convencería a Syd de contactarme. Tal vez necesitaba un poco de silencio, una señal de que yo no haría alguna locura —como llamar a la policía o contarle a Ray— si me escribía para decirme que seguía viva. Ya había hecho todo lo que estaba en mis manos. Escribí a Patience. Puse carteles en la escuela y en la NMSU. Tuve la conversación más incómoda del universo con Isaac Chávez, misma en la que descifré que él era, en efecto, Medio Guapo, pero que no tenía idea de por qué ni a dónde se había ido Syd. Ellos coqueteaban. Eso era todo. «Ni se te ocurra», dijo con las manos en alto cuando entendió lo que insinuaba. «No hay forma de que se haya escapado por mi culpa».

Hice todo lo que se me ocurrió, pero nada me ayudó. No dejé de ser un ataque de ansiedad andante. Cuando Madame Spencer me puso una mano en el hombro después de la clase del viernes, me di vuelta tan rápido que estuve a punto de noquearla. Me sentí fatal, sobre todo porque lo único que quería era decirme que pensara en ir a la película en el Fountain por los puntos extras. Perderme el examen fue mala idea. Temía que mi diez del semestre desapareciera y esa noche era la última en que la película estaría en cartelera.

Por ende, todo era casi perfecto. La peor semana de la historia terminaría con un viaje solitario a ver la película que me había negado a ver con Nick.

De camino a casa, decidí pasar a casa de Ray y averiguar si sabía algo. Había sonado tan desinteresado por teléfono el martes que pensé que podría saber algo y no se le había ocurrido decírmelo. Además, una parte de mí quería ir ahí, ver el cementerio y la casa rondante, y recordar que

Syd Miller había existido en la vida real hasta la semana anterior.

Pero cuando llegué ahí, la camioneta de Ray no estaba, y Tonya abrió la puerta vestida en pants y sandalias. Se veía fatal y eso la alteraba, lo cual me dio una pizca de felicidad.

—¿Qué quieres? —preguntó, como si fuera una desconocida o una invasora.

—¿Está Ray? Solo pasaba a preguntar si sabían algo.

Pensé en preguntar si Syd había recibido correspondencia, de Stanford tal vez, pero el rostro de Tonya disuadía de cualquier conversación.

—No, nada. Y, si sabes de ella, dile que vamos a cancelar su teléfono. Y reportamos su auto como robado.

—¿Reportaron su auto como robado?

Una vez más, tuve la sensación desconcertante de que Syd era un misterio para mí, un misterio que ocurrió a mi lado a diario durante años. ¿Qué me imaginaba que pasaba cuando Syd cerraba la puerta de la casa rondate? ¿Solo desaparecía? En las horas que pasábamos separadas, ¿dejaba de existir?

—Ese auto es de Ray. Está a su nombre —explicó, altanera, satisfecha.

—El auto es de Syd —contesté.

Sentí tensión en la mandíbula.

—Bueno... —Tonya sonrió—. Dile que puede decirle eso a la policía. —Sacudí la cabeza. Era lo único que podía hacer—. Y dile que nos vamos a mudar. Y que ya tiré casi toda su mierda.

Quería reventarle la cara a golpes. Intenté pensar en lo que mi papá haría en esa situación. Sería civilizado y fuerte. No perdería la calma.

—Por favor, pídele a Ray que me avise si se entera de algo —dije.

Me di media vuelta, bajé la escalera y oí la puerta cerrarse antes de estar a medio camino a mi auto.

Cuando llegué a casa, mi papá estaba en la cocina preparando la cena. Entré y me quedé en el umbral de la puerta viéndolo durante un segundo antes de que volteara y me mirara por encima del hombro.

—Hola —saludó—. ¿Dónde estabas? ¿Qué pasa?

—Fui a casa de Syd. Tonya estaba ahí.

Se limpió las manos con una toalla de cocina.

—¿Qué pasó?

—¿Qué harías si yo desapareciera? —pregunté.

Estaba de pie con la mochila aún al hombro y las llaves en la mano.

—Todo —contestó al instante—. Lo que fuera.

—¿Sí? —dije.

—Claro. Miranda. Sí. ¿Qué pasó?

Meneé la cabeza. Pasé las llaves de una mano a otra. Quería contarle lo grosera que había sido Tonya, que sentía que yo había sido la peor amiga del mundo, que cada vez me convencía más de que Syd se había ido para siempre. Pero, antes de que pudiera frenarla, otra pregunta se me escapó de la boca.

—¿Hiciste todo por encontrar a mamá?

Hizo una mueca. Lo había tomado desprevenido. Nunca hablábamos de mi mamá. No creo que fuera una decisión suya. A mi padre le encantaba hablar. Se había sentado a tener conversaciones difíciles a lo largo de los años, incluidas algunas incomodísimas sobre la menstruación y el sexo seguro. Y a la fecha hablaba con frecuencia y total libertad de cuánto extrañaba a sus propios padres, quienes tuvieron a sus hijos cuando eran un poco mayores y murieron antes de que yo pudiera conocerlos.

Tal vez fue porque mi madre no era un *tema*. No era algo que podíamos sentarnos a discutir con un platón de helado, que fue justo como abordamos lo de la compra de mi primer brasier y los peligros prácticos y espirituales de enviar *nudes*. (Mi papá había leído un artículo en el *New York Times* y estaba a punto de hiperventilar). Pero la partida de mi madre era más grande que una conversación. Había sido el rasgo definitorio de nuestras vidas desde hacía mucho tiempo. Era *lo nuestro*. Mi papá intentaba hacerlo más pequeño. Tal vez temía que muriésemos enterrados en ello, aplastados por el peso de cualquier esperanza de que volviera. *Algún día*. Benny y Letty creían que sucedería. Pero no podíamos darnos el lujo del *algún día*. Así que mi papá permitió e incluso alentó que los detalles de lo cotidiano cubrieran poco a poco el agujero donde mi madre había estado. Nuestra casa se transformó gradualmente. Sus cosas desaparecieron, al parecer pieza por pieza, un libro por aquí, una fotografía por allá. Luego, cuando aprendió a cocinar, remodeló la cocina. Compró muebles nuevos. Hace algunos años, cuando fui a visitar a Benny y a Letty, pintó la habitación de visitas, la habitación en la que había crecido mi madre. Cuando volví, la revisé. Había cubierto la parte interna de la puerta del armario donde, cuando mi mamá era niña, había garabateado «I ♥ Morrissey».

—Tu mamá no desapareció —dijo. Se echó la toalla al hombro y se llevó las manos a la cadera—. Tu mamá no está perdida, Mir. Se fue.

—Sí —respondí.

Ni siquiera sabía por qué lo había mencionado.

—¿Crees que se casó de nuevo?

Agachó la cabeza y le habló al piso.

—No lo sé.

La pregunta lo hirió y eso me hizo sentir mal.

—No importa —dije.

Nos evité la siguiente pregunta lógica: «¿Crees que tenga más hijos?».

—¿Tonya dijo algo de tu mamá?

—Ah —exclamé—. No. Me dijo que reportaron el auto de Syd como robado. Tiraron sus cosas.

—No puede ser cierto.

—Sí —confirmé.

—Dios. —Negó con la cabeza—. Quiero que te alejes de ellos.

Me quité la mochila, me senté a la mesa y dejé caer ahí las llaves.

—El otro día, Letty dijo que Syd era el tipo de persona que escaparía. Por su vida familiar. Pensé que estaba equivocada. Pero tal vez tenía razón.

—No ha pasado ni una semana —disparó mi padre en respuesta—. Qué gente. Han pasado cinco días. Podría volver.

—Sus cosas no van a estar.

Me apuntó con el dedo.

—No vuelvas ahí. No quiero que regreses ahí.

—No —dije.

—Voy a hacer pizza —anunció con firmeza, como si la pizza fuera un castigo por nuestro injusto mundo.

—¿Desde cero? —Me puse de pie, levanté la mochila y la lancé hacia el pasillo.

—Por supuesto —contesto con falsa indignación.

7

Pensé en preguntarle a mi papá si quería ir a ver la película, pero no lo hice. Le pareció una buena señal que saliera de casa.

—Te hará bien salir.

Dijo cosas parecidas en los meses posteriores a que mi mamá se fuera. Me despertaba los sábados en la mañana y anunciaba que pasaríamos el día en El Paso o en Silver City. Me engañó una cantidad alarmante de veces para ir de caminata.

Lavé los platos de la cena y fui a mi recámara a prepararme. Me cambié de ropa una docena de veces, y por fin me conformé con un par de jeans y una playera vieja de mi papá, una playera *vintage* de R.E.M. y su legendaria gira Green. Mi padre fue con mi mamá al concierto en el Centro PanAm en la NMSU cuando tenían diecisiete años. Le cambió la vida. Lo sabía porque me lo había contado millones de veces. Era mi playera favorita. Se había deslavado de negro a gris oscuro y tenía el nivel perfecto de suavidad sin llegar a deshilacharse.

Me revisé en el espejo del pasillo.

—Nos vemos en un rato —grité.

Miré el teléfono una vez más para comprobar que, hasta ese momento, mi plan con Syd seguía siendo un fracaso absoluto.

—¿A qué hora? —gritó mi papá en respuesta.

—No muy tarde.

Abrí la puerta principal. Pero entonces pensé en «Le gustas». Recordé que le había preguntado a Nick si la nota era terrible, y él dijo que no. ¿Ese *no* quería decir que no, no era terrible que me gustara? ¿O quería decir que no, la nota en sí no era terrible porque no estaba llena de insultos y amenazas de muerte?

—Te escribo si me tardo más, ¿sí? —grité mientras cruzaba el pasillo—. Creo que algunos chicos de mi salón van a ir. No sé. Tal vez salgamos después.

Sabía que era una estupidez, pero el simple hecho de abrirle un poco la puerta a la posibilidad me mareó.

—Está bien. Pero sin café, Mir.

La mayoría de los padres esperaban que sus adolescentes no fumaran piedra o no se embarazaran. Al mío le preocupaba que tomara café después de las de las siete de la noche porque sabía que no me dejaba dormir y que más de una vez había estado a punto de provocarme un ataque de pánico.

—Sí, oficial —respondí.

—Oficial mi trasero —gritó de regreso—. Tú eres la que me despierta porque tiene taquicardia. Y no has dormido en toda la semana.

—Está bien. Da igual. Te quiero. ¡Adiós! —me despedí mientras cerraba la puerta.

—Yo también te quiero —lo oí gritar desde el interior de la casa.

En el auto, me pregunté si debía escribirle a Nick para advertirle que estaría en el cine. Decidí que era mejor no hacerlo. Podía haber decidido no ir. Como fuera, era mejor que creyera que se me había olvidado que estaría ahí. Lo mejor era que creyera que yo no pensaba en él para nada, aunque sí lo hiciera todo el tiempo, aunque me hubiera puesto maquillaje y esperaba que me preguntara por mi playera. Ya había ensayado lo que le diría, que mis padres viajaban a festivales por todo el país y que estuvieron en Lollapalooza, el primero que hubo, el segundo y el tercero. Que mi papá fue a MIT y mi mamá se quedó aquí, pero que por alguna razón el volvió para su último año y se graduó de la NMSU. (Pista: la extraña razón nació nueve meses después. Qué inoportuno). Que se casó con su novia de la preparatoria, y consiguió un trabajo en la NASA y no hacía más que diseñar lo que yo llamaba *chunches*, que eran aburridos y complicados, hechos de casi puras matemáticas, y no tenían ninguna aplicación práctica en el campo de la tecnológica aeroespacial… hasta que fueron seleccionados para reemplazar los chunches ineficientes en la antena de alta capacidad del telescopio espacial Kepler, que fue lanzado cuando yo tenía ocho años y descubrió Kepler-186f, el primer planeta Ricitos de Oro viable en otra galaxia. El descubrimiento fue confirmado de forma oficial el día que cumplí quince. Alguien llamó a mi papá y él comenzó a llorar ahí mismo, en nuestra mesa en Cattle Baron, mientras Syd y yo y todo el restaurante mirábamos. Luego obtuvo un gran ascenso y se convirtió en el director de un equipo a cargo de hacer chunches para el telescopio espacial James Webb. Como todas las partes de ese telescopio, los chunches de mi papá eran distintos a cualquier otro chunche en la historia. Nunca habían sido siquiera imaginados. Comenzó a tener teleconferencias en Skype con el Centro de Vuelo Espacial Goddard en Maryland. Construyó mejores chunches, chunches más eficientes, chunches más resistentes. Pero se quedó aquí, en la pequeña oficina de la NASA en el sur de Nuevo México, a tres mil kilómetros de donde se construía el telescopio Webb. Nunca recibió ningún premio. Nunca estuvo en una conferencia de prensa de la NASA. Solo mantenía un perfil bajo y hacía sus chunches y, a veces, en las tardes, escuchaba a R.E.M., o a los Smiths o a Violent Femmes mientras cocinaba la cena para nosotros dos.

Sí, bueno. Tal vez no le diría todo eso a Nick si preguntaba por mi playera.

Tal vez diría gracias y nada más. A todo esto, ¿por qué sentía como que tenía que hablar con él? No necesitaba decirle nada. Todavía me arrepentía de haberle contado mi triste historia en la zanja. No podía bajar la guardia.

Me estacioné en la parte más lejana en el terreno detrás del Fountain y, antes de salir, bajé el espejo del visor y me miré a los ojos.

—Sé fuerte. No seas tonta. *No seas idiota.*

Entrecerré los ojos ante mi reflejo; me sentía fuerte, pero entonces caí en cuenta: esas eran las palabras que Syd diría. Me estaba Syd-ificando. El impulso por escribirle se volvió más fuerte que nunca, pero me quedé ahí sentada y dejé que pasara.

—Me lleva el carajo —le dije a nadie en voz alta. Fue entonces cuando escuché un golpeteo en la ventana y al darme vuelta me encontré de frente la cintura de Nick. Claro. ¿Por qué me pasaba eso? Durante ocho meses logré evitar con éxito cualquier contacto significativo con esa persona. Ahora parecía imposible.

Se agachó para asomarse por la ventana.

—Hola. —Su voz sonaba lejana detrás del cristal, aunque su cara estaba solo a unos centímetros de la mía.

Levanté el visor y tomé mi bolso. Me estiré para abrir la puerta, pero me di cuenta de que todavía traía el cinturón de seguridad puesto. «Ay», pensé. «¿En serio?». Respiré. Volteé al otro lado, desabroché el cinturón y abrí la puerta de forma tan repentina que Nick tuvo que saltar para quitarse del camino.

—Viniste —dijo.

¿Estaba feliz porque había ido?

—No tenía alternativa.

Me sentí mal por ser grosera. Luego me sentí estúpida por sentirme mal. Si Syd hubiera estado ahí, ya le habría disparado una ráfaga de insultos y me habría arrastrado a otro lado. Intenté apoyarme en el recuerdo de cómo me quité el vestido para el baile el año pasado, cómo lo puse de nuevo en su gancho, y lo guardé en su bolsa y me pregunté si podría devolverlo. «¿Lo usó?», preguntaría la vendedora. ¿Qué clase de respuesta le daría?

—Spencer me dijo que era la única forma de sacar diez —expliqué mientras alzaba el bolso.

—¿Has sabido algo de Syd? —preguntó.

—No.

Odiaba el sonido de mi voz. Reverberaba en mi cráneo como una nota agria.

—¿Puedo caminar contigo?

El corazón se me agitó dentro del pecho, debilitado.

—Me da igual —respondí tan indiferente como pude.

¿Por qué tenía que portarse así? ¿Tan caballeroso? ¿Tan estúpidamente decente? ¿Y por qué tenía que traer puesta su sudadera verde bosque, la que más me gustaba de todas sus prendas?

Caminamos en silencio, pero noté que cualquiera que nos viera a la distancia concluiría de forma lógica que estábamos juntos, un dúo, una pareja. La idea resplandecía en mi interior con el brillo de las estrellas que cubrían el cielo sobre nosotros. Lo odiaba.

—¿Y de qué trata la película, a todo esto? —pregunté.

—De que la vida es una mierda, creo —contestó él—. Es en blanco y negro.

—Genial —murmuré.

La película sí trataba sobre lo mierda que es la vida. Literalmente, no pasaba nada. Nick y yo conformábamos la mitad del público y éramos los únicos que estábamos sentados juntos en toda la sala. De inmediato me preocupé tanto por estar sentada junto a Nick que no pude prestarle mucha atención a la película. Cedí y me permití ser perversa. No había peligro. Podía pensar en cualquier cosa mientras miraba la pantalla con cara de aburrimiento. Podía pensar en cómo sería mover la mano para tocar la de Nick, por ejemplo. Estaba justo ahí. ¿Qué pasaría si lo hacía? ¿Cuánta humillación y dolor me costaría si él se alejaba de mi tacto? ¿O si, por el contrario, ponía mi palma abierta bajo la suya y escuchaba el cambio en su respiración? ¿Y si él abría los dedos y los entrelazaba con los míos? Me gustaba mucho pensar en eso teniéndolo tan cerca. Se sentía bien y era peligroso y extraño, todo al mismo tiempo. Mi cerebro, lleno de mis pensamientos, estaba a treinta centímetros de su cerebro, lleno de sus pensamientos.

No podía hacer todas esas cosas raras y además leer los subtítulos. Así que abandoné mi objetivo de seguir la trama. También pensé en otras cosas. Pensé en Syd y me pregunté si se habría dado cuenta de que llevaba doce horas sin escribirle. Me pregunté cuándo le cancelaría Ray el teléfono y cortaría mi única posibilidad de entrar en contacto con ella. Me pregunté si habría tenido noticias de Stanford. Pero mi mente no dejaba de regresar a la persona que estaba a mi lado. Le acariciaba el cabello. Él ponía una mano tentativa en mi cintura y sus dedos cruzaban lentamente la barrera de la playera de R.E.M. Hacia el final, le había perdido el hilo a todo. En la última escena de la película, algo ocurrió. Debió de ocurrir, porque Nick me miró como para preguntar si podía creer lo que veíamos en la pantalla. Me encogí de hombros para fingir desconcierto. Y entonces la película terminó. Las luces se encendieron y tuve que regresar a la realidad. Batallé para ponerme de pie antes de que Nick lo hiciera. Se paró, estiró los brazos por detrás de su espalda y me preguntó de la manera más casual si quería ir por un helado a Milagro, del otro lado de la calle. Quise decir que no, pero no pude. Esa era, a final de cuentas, la fantasía que había imaginado cuando le dije a mi papá que le escribiría si tardaba más en volver.

Las calles estaban vacías y calladas. Atravesamos la calle Principal y caminamos por la banqueta.

—Esa película fue una porquería.

—A mí me pareció un ejemplo clásico del existencialismo nihilista francés —comenté.

Volteó a verme.

—¿En serio?

—No —dije—. Me distraje tanto que les perdí la pista a los personajes.

—Momento. ¿Tenía personajes? —preguntó.

Reímos.

En contra de mi propia voluntad, corrí el riesgo de pasármela bien. Intenté resistirme, pero fracasé. A Syd le habría parecido patética; habría cuestionado mi moralidad, mi amor propio y hasta mi feminismo por reírme con un chico que había hecho hasta lo imposible por lastimarme. «No solo te hirió», podía oírla en mi cabeza, «¡Fue abusivo!». Pero no pude resistirme. Tal vez era débil. Tal vez era una pésima feminista que se odiaba a sí misma. Sin embargo, mientras Nick pensaba qué helado pedir, tomé la decisión de disfrutar el resto de la noche. No todo era una emergencia. No todo era un viacrucis al que debía sobrevivir. Era posible que dos personas fueran por un helado sin compromisos.

Mientras ese debate se desarrollaba en mi cabeza, Nick preguntó qué quería.

—Ay. Perdón. Chocolate —le dije a la mujer detrás del mostrador.

Escarbé en mi bolsa en busca de mi cartera, pero, para cuando logré sacarla, Nick le había dado ya un billete de veinte. La Syd en mi cabeza se volvió loca. «¿Ves? ¡Quiere comprarte por el precio de un maldito helado!».

—Espera. No. —Alcé un billete de diez como una idiota. La mujer detrás del mostrador dejó de teclear en la caja registradora—. Puedo pagar mi propio helado —afirmé con tono de acusación.

Ella parpadeó y miró a Nick. Nick me miró. Yo lo miré a él y después a ella. No sabía qué hacer.

—Yo te invito. —Me dio un pequeño empujón en el hombro con el suyo.

Mi resistencia volvió. En cuanto su hombro tocó el mío, volví a verme con el vestido del baile, asomada por la ventana de la cocina hacia la calzada oscura, esperando. Como me habían empezado a doler los pies, me había quitado los zapatos y los había dejado junto a la puerta con la idea de ponérmelos en cuanto viera las luces del auto.

Esperé.

Pensé en escribirle, pero ya había escrito en la tarde para asegurarme de que el plan fuera sólido. Nuestro plan era sólido. Era perfecto, como salido de una película. Ni siquiera se suponía que iba a ir al baile con Nick. Syd había arreglado que fuera con Quinn Johnson, un amigo de Matt Martínez, el chico con el que ella iría. Quinn no me gustaba, ni siquiera lo conocía muy bien. De hecho, no estaba muy segura de quién era cuando Syd lo sugirió. Ella lo conocía solo porque estaban juntos en el equipo de tenis. Tuve que investigar quién era. Casi todas sus fotografías eran de él sin camisa sobre el cofre del Mercedes de su papá. Usaba tanto gel en el cabello rubio que parecía filoso. Luego me acordé. Habíamos tomado Literatura Norteamericana juntos. Lo único que recordaba de él era que usaba la palabra *literalmente* cada dos oraciones. Pero, a pesar de todo, acepté. No podía culpar a nadie más que a mí misma por Quinn. Me acobardé y no invité a Nick. Hice un plan. Fijé una fecha. Y, entonces, en la mañana en que suponía que lo haría, después de Francés, me puse tan nerviosa que terminé por parlotear sobre la tarea. Luego hui. Nick podría ser raro y estar siempre avergonzado, pero yo era una cobarde, e ir al baile con Quinn Johnson era *literalmente* el precio de mi cobardía.

Pero entonces ocurrió el milagro. Estaba segura de que se lo debía a san Judas Ryan Gosling. Había estado leyendo sobre él la noche anterior. Dos días antes del baile, a Quinn Johnson le diagnosticaron mononucleosis (igual que a Marissa Torres, quien era novia de Philip Virgil. Ups). Escuché la noticia y comencé a hacer planes nuevos, impulsada por la idea de que era el destino. Ese viernes en la mañana le conté a Nick sobre Quinn, sobre lo terrible que era que ya «había comprado un vestido» y que de verdad tenía «algo de ganas de ir». Él hizo justo lo que yo había soñado que haría: me preguntó si tal vez querría ir con él, pues no tenía cita para esa noche. De hecho, había planeado ir a acampar con Tomás y otros chicos. Cancelaría. «Sí, claro», dijo. «No hay problema». Y una sonrisa instantánea apareció en su rostro; tuve que mirar a otro lado o me desmayaría.

Syd estaba furiosa. Dijo que debí de haberla consultado, pues ella había hecho con mucha cautela los planes para el baile y eso lo arruinaría todo. ¿Cómo? No lo sabía. Pero discutí con ella con mucho gusto. Le dije que la pasaríamos genial y, con el tiempo, dejó el tema por la paz.

Le escribí a Nick horas antes del baile para decirle que había puesto los boletos de Quinn a mi nombre. Si ya había conseguido un esmoquin, estábamos listos. Respondió y dijo que había conseguido «el último esmoquin en la Tierra». Llegaría a mi casa a las siete. Se ofreció a ser nuestro conductor designado. «No soy bueno bebiendo».

Le di mi dirección.

Le agradecí a san Ryan.

Alabé al dios de la mononucleosis.

Luego, al ver que ya era demasiado tarde y que nos perderíamos la cena con Syd y Matt, escribí a Syd para decirle que los alcanzaríamos en el baile. «No ha llegado. Ya me puse nerviosa. ¿Debería mandarle un mensaje?», escribí. «¡No! ¡Relájate!», respondió ella. «Los chicos son idiotas». Me hubiera gustado que me diera más consejos. Me senté en el sofá con mi papá, los dos estábamos perplejos. Comenzamos a ver *Dateline*. Una mujer había matado a su esposo encerrándolo en el congelador de su carnicería durante días. ¿O no fue ella? Eso era lo que *Dateline* averiguaría. Mi papá se esforzaba tanto como podía por disimular lo mal que se sentía por mí. Después de un rato, fue a la cocina e hizo palomitas. Las puso entre nosotros, pero comenzó a devorarlas todas por la ansiedad.

No lloré. Ni siquiera después de entrar a mi recámara, quitarme el vestido y colgarlo. No lloré porque no quería arruinar mi maquillaje. Por si acaso. Patético.

A las nueve y media mi papá comenzó a preguntar qué podía hacer. ¿Qué podía hacer? Para entonces yo ya tenía puesta la pijama y lloraba sin reservas.

—¿Quieres que llame a sus padres? —preguntó.

—Por Dios, papá. No. —Me reí de él entre mis lágrimas.

Al demostrar la patética felicidad que le causaba verme sonreír, volví al llanto. Le había escrito a Syd, y prometió que vendría en cuando dejara a Matt en el baile. Le dije que no. No quería arruinar su noche. Escribió: «CÁLLATE. Voy en camino». Entró a las nueve cuarenta y cinco, despampanante, con su alocado cabello en toda su salvaje y ondulada gloria, un ramillete prendido del increíble vestido rojo que había encontrado en una casa de empeño. Su ira fue lo único que me hizo sentir mejor esa noche. Me contó que ella le había escrito a Nick, pero él no respondió. Le pregunté qué le había dicho. «Le dije que lo iba a destruir». Me envolvió con sus brazos y me dejó llorar sobre su cabello.

«¿Usó este vestido?», preguntó mi vendedora imaginaria. Era un vestido hermoso, verde oscuro, sin tirantes y con una falda larga y ondulada hasta los talones. Cuando salí del probador para mostrárselo a Syd, casi se le salieron los ojos. «Ese vestido fue hecho para ti», dijo. «Tus pechos desafían la gravedad». Me vi en el espejo y supe que era el indicado. Pero, en vez de Quinn Johnson, imaginé que era Nick quien me lo veía puesto. Tal vez él también iría al baile. Tal vez al menos podría verlo, aunque fuera con alguien más. «Ay, Jesús», dijo Syd. «Quinn se va a mojar». Se rio de su propio chiste y volvió a su teléfono.

«¿Usó este vestido?».

Era demasiado como para olvidar.

La mujer hundió la cuchara en la superficie intacta del helado de chocolate.

—¿Sabes qué? —pregunté, y ella alzó la mirada—. No quiero helado. Perdón.

Me asomé por la vitrina de cristal, para ver los botes de helado de color pastel. Me sentía desorientada, como si me hubieran teletransportado a ese momento en contra de mi voluntad.

—Dios, ¿qué estoy haciendo? —dije más bien para mis adentros. Miré a Nick—. No puedo.

Me obligué a no decir más. Volví a mirar a la mujer, quien parecía extasiada, como si no pudiera esperar a contarle a alguien sobre esta extraña experiencia en cuanto pudiera tomar su teléfono.

—Perdón —repetí.

—No hay problema —logró mascullar ella.

—Nos vemos en Francés.

Intenté no verlo demasiado. Me fui directo a la puerta, me adentré en la fría noche, caminé hacia el final de la cuadra, crucé al otro lado de la calle Principal, junto al Fountain, y llegué al estacionamiento, ya vacío. No fue sino hasta que llegué al auto que volteé para asegurarme de que Nick no me había seguido. No lo hizo. Estaba sola. Completa y absolutamente sola. «El último esmoquin en la Tierra».

El único otro auto en el estacionamiento era el de Nick, estacionado a unos espacios de distancia. Arriba de mí, un farol zumbaba una única nota sorda de electricidad. El cielo nocturno florecía lleno de estrellas. El farol era lo único que estaba entre el universo y yo. («El multiverso, Miry», oí decir a mi padre en su habitual tono de broma-en-serio, siempre ansioso por ampliar mis horizontes y corregir mis pueblerinos conceptos de la realidad). Sabía que no podía quedarme ahí mirando hacia arriba, sobre todo porque las lágrimas que me salían a mares de los ojos ya me habían arruinado el delineador.

Nunca devolví el vestido. Permanecía colgado en el fondo de mi clóset, envuelto en su bolsa gris. Había olvidado cómo se veía y por qué me gustaba tanto. Ahora, lo único en lo que pensaba al recordarlo era en la imagen de mi padre atragantándose de palomitas y en la carnicería acordonada por la policía. Syd llegó antes de que *Dateline* terminara. Ni siquiera me enteré de quién mató al pobre carnicero. Pero sí sabía quién había matado al vestido, envuelto en una bolsa como un cadáver, como un recordatorio de la peor noche de mi vida. Fue Nick Allison.

«¿Usó este vestido?», imaginé que me preguntaba la vendedora.

Y por eso nunca lo devolví.

No soportaba la idea de tener que responder.

«No», tendría que contestar. «Nunca tuve la oportunidad de hacerlo».

8

—Llegué.

Lancé mis llaves al tazón. No quería cruzar el pasillo y tener que explicarle a mi papá la hinchazón de mis ojos aunque, con lo nefasta que había sido la semana, tenía razones de sobra para llorar. Jamás adivinaría que era por un chico. Sobre todo, no por ese chico. *Ese chico* era como mi papá se refería a Nick siempre que salía a colación. «¿Se disculpó ese chico?», «¿te dio alguna explicación ese chico?».

—¿Cómo estuvo *le cinéma*? —Le bajó el volumen a la televisión.

—Bien. Raro. Superfrancés. —Intenté sonar normal—. Me voy a dormir.

—Está bien —respondió—. Descansa.

El sonido volvió: el familiar chillido de un partido de basquetbol y el publico gritando «De-fen-sa». Había escapado de su radar emocional. Por lo menos hice una cosa bien.

—Buenas noches —dije.

—Te quiero —gritó.

—Yo a ti.

Cerré la puerta de mi recámara y me vi de reojo en el espejo sobre mi cómoda. Estaba hecha un desastre. Mi delineador había pasado a la historia. No tenía la energía física ni mental para recorrer el pasillo y lavarme la cara y los dientes. Había sido una de esas noches. Lo único que quería era que terminara.

Me puse la pijama y me metí a la cama. Era agradable estar debajo de las cobijas, rodeada de silencio. Pensé en leer sobre algunos santos, pero estaba demasiado exhausta como para saber de martirios y estigmas o intentar descifrar a partir de las notas al margen si mi madre estaba loca o no. Apagué la luz, recité un par de Discursos de Gettysburg y estaba a punto a quedarme dormida cuando escuché que mi teléfono timbraba desde adentro de mi bolso, del otro lado de la habitación. ¡Un milagro! El teléfono ni siquiera estaba en el alféizar. Había recibido un mensaje adentro de mi bolsa en el piso. ¡Otro milagro de san Judas Ryan Gosling! ¡Lo *imposible* había sucedido! ¡Mi plan había funcionado! ¡Pasé quince horas sin escribirle a Syd, y ella había reaccionado! ¡Era una genio con ideas geniales!

Pero no era ella. Y entonces me desinflé.

El mensaje era de un tal Imbécil de Mierda. Había olvidado que Syd curioseó en mis contactos el año pasado y le cambió el nombre a Nick. Me hizo sonreír. Luego vino la profunda y cortante tristeza: mi plan no funcionó. No era una genio. Extrañé tanto a Syd en ese instante. No era mi mejor amiga, era *la* mejor amiga. ¿Quién más tomaría mi teléfono para cambiarle el nombre al chico que me hirió por Imbécil de Mierda?

Fue entonces que procesé el hecho de que Nick me escribía. Me acerqué a la ventana, presioné la pantalla y entrecerré los ojos, como si tenerlos poco abiertos le fuera a ayudar a mi cabeza y a mi corazón a digerir mejor las palabras.

IMBÉCIL DE MIERDA:

Eh... ¿Qué fue lo que pasó?

Miré las palabras. ¿No sabía lo que pasó? ¿Era un completo idiota? Comencé a redactar una respuesta («¿Es en serio?») pero, antes de terminar, recibí otro mensaje suyo.

IMBÉCIL DE MIERDA:

Debí ser más claro en la zanja.

Quería ir a la película contigo, como... juntos. No soy bueno para estas cosas.

Me tomó unos quince segundo leer el mensaje sesenta millones de veces. No había forma de malinterpretarlo, aunque me esforcé por hacerlo.

No, me recordé. «No». Ayudaba que el nombre en la parte alta de la pantalla fuera Imbécil de Mierda. Pensé en el vestido. Pensé en mi papá intentando hacerme olvidar el desastre y concentrarme en un horrendo asesinato. Entonces respondí:

MIRANDA:

No.

No puedo.

IMBÉCIL DE MIERDA:

¿Por qué no?

Comencé a escribir. «Syd tenía razón. Me gustas». Lo escribí. Pero sabía que jamás podría enviar eso, así que lo borré y escribí:

MIRANDA:

¿Recuerdas...?

Pero no logré descifrar cómo terminar la oración. Nick lo recordaba. Claro que lo recordaba. Se había disculpado en la zanja. «Por todo». Pero no tenía sentido, las cosas no cuadraban. No plantas a alguien para el baile, no te disculpas ni explicas, evitas a la persona casi un año y luego, *¡bam!*, quieres ver cine francés como si nada hubiera pasado. Solo había una cosa por hacer y eso era terminar con todo. Él me había obligado a hacerlo.

«No confío en ti. Nunca voy a confiar en ti». Lo escribí deprisa y dejé que las palabras se quedaran en la pantalla hasta que estuve segura de que eran ciertas. Borré la segunda oración: «Nunca voy a confiar en ti». Volví a reescribir.

Intenté encontrar una razón para no enviar el mensaje, pero, antes de lograrlo, *clic*, ya lo había enviado.

MIRANDA:

No confío en ti.

Las palabras se quedaron ahí, brillando en su burbuja azul.

Puse el teléfono a mi lado, sobre el alféizar. Brillaba en la oscuridad como un oráculo. Esta vez, Nick se tomó unos segundos antes de empezar a escribir. Respondió al fin:

IMBÉCIL DE MIERDA:

Está bien.

El corazón se me fue al suelo. Pero entonces comenzó a escribir de nuevo. Me quedé ahí parada, esperando. Los tres pequeños puntos parecían estar hirviendo. Le tomó tanto tiempo enviar el mensaje que esperaba un párrafo, pero, cuando por fin llegó, lo único que decía era:

IMBÉCIL DE MIERDA:

¿Podemos hablar?

MIRANDA:

¿Ahora?

IMBÉCIL DE MIERDA:

Está bien.

Me había malentendido. Quise decir «¿Ahora?» en el sentido de «¿Estás loco?».

MIRANDA:

¿Por teléfono?

IMBÉCIL DE MIERDA:

No.

MIRANDA:

Tendría que escaparme.

Me sorprendió haber escrito eso. No sabía qué hacer. Era justo el tipo de situación que Syd manejaba a la perfección. Ella no necesitaría pensar, sino que sabría cuál era la única forma correcta de actuar. Y eso haría.

IMBÉCIL DE MIERDA:

Sé lo que Syd quería decir cuando me pidió que te dijera la verdad.

MIRANDA:

¿QUÉ?

El corazón me retumbaba en los oídos.

MIRANDA:

DIME.

IMBÉCIL DE MIERDA:

No puedo hacerlo en un mensaje.

Inhalé profundo y contuve la respiración.

MIRANDA:

Hay un huerto de nogales en el camino de terracería junto a mi casa. Nos vemos ahí en cinco. EN SILENCIO. El huerto no es nuestro.

IMBÉCIL DE MIERDA:

Voy para allá.

Me paralicé un momento, aturdida. Pensaba que había sobrevivido a la peor semana de mi vida, pero estaba equivocada. La semana insistía en continuar. Al demonio. Entré en acción. ¿Por qué le había pedido solo cinco minutos? Miré mi reflejo en el espejo. Me veía del carajo. Supuse que afuera estaría oscuro. No importaba cómo me veía. Me volví a poner los jeans y la playera de R.E.M. Me puse mis Vans y escarbé en mi bolsa en busca del último pedazo de chicle de menta que estaba en el fondo. Le quité la pelusa y me lo llevé a la boca.

Intenté decidir cuál sería la mejor manera de salir de casa, ya que mi padre seguía despierto y se encontraba al final del pasillo. Opción uno: podía pasar por la sala y decirle que saldría a dar un paseo. Salir a caminar de noche no era poco común en nuestra casa. Sabía encontrar los cráteres de la luna solo con un par de binoculares. Podía tomar el par que colgaba junto a la puerta principal y colgármelo del cuello para ser más convincente. El cielo estaba despejado y se alcanzaba a ver la luna. La vi entre lágrimas mientras conducía de regreso a casa. «Menguante», lo noté por costumbre. Tal vez se lo creería. A fin de cuentas, fue él quien me enseñó las fases de la luna y cómo encontrar los cráteres. Me había enseñado a mirar el caos del cielo nocturno y encontrar orden en las constelaciones.

Los paseos nocturnos tampoco eran inusuales para él. El año después de que mi mamá se fue, a veces despertaba en medio de la noche y descubría que la casa estaba vacía. Lo esperaba en el pórtico y le gritaba cuando lo veía acercarse, con los audífonos conectados a su Discman. Se disculpaba. Siempre había algo que sucedía en el cielo y él siempre tenía que buscarlo. Pero aun a los nueve años sabía que lo que estaba haciendo afuera era vagar, perdido, mientras se preguntaba si volveríamos a ver mi mamá.

No. No funcionaría. De ninguna manera. Era demasiado tarde. Si entraba a la sala y anunciaba que saldría a caminar, me diría: «Eh, no, no vas a salir». O lo más probable sería que apagaría el televisor y tomara su abrigo, emocionado de ver Tycho con los binoculares. «Luna menguante», diría. «Allá vamos».

Tenía otras dos opciones: podía escapar por la puerta principal o podía arriesgarme a bajar por la ventana. La puerta principal era mi método preferido, pero solo cuando mi padre ya estaba dormido: era antiquísima, rechinaba, y el pasador estaba puesto. Y mi papá seguía despierto. Así que me quedaba solo el peor escenario posible: tendría que abrir la vieja y pesada ventana de madera de mi habitación y bajar por ahí sin quedar empalada en los agaves gigantescos que mi papá había plantado debajo, sin duda para evitar que hiciera justo lo que estaba por hacer en ese instante. La ventana era traicionera. Solo lo había hecho una vez, con Syd, cuando Benny y Letty estaban de visita y mi papá estaba dormido en la otra habitación. Era más fácil con Syd. Era hábil y fuerte. Ella salió primero y me dirigió mientras yo lo intentaba, y terminó por jalarme las piernas en diagonal para alejarlas de las filosas espinas de los agaves.

Fui a mi clóset por mi abrigo. Mientras lo tomaba, estuve muy consciente de la bolsa con el vestido que estaba en las profundidades. «¿En serio?», parecía preguntarme. «¿Vas a bajar por los malditos cactus para ver a ese chico?».

Sacudí la ventana para abrirla, centímetro a centímetro, en un intento fallido por ser sigilosa. Por fortuna, no tenía un mosquitero enfrente, solo el cielo encima y el mar de agaves debajo. Tomé la silla de mi escritorio y la puse bajo la ventana; me subí al alféizar y pasé una pierna con cuidado. Recordé que Syd me dijo que lo más importante al escapar era hacerlo rápido. Puedes hacer ruido, siempre y cuando seas veloz. Son los ruidos lentos y persistentes los que llaman la atención. Una vez ahí, me asomé al espinoso abismo. «Tú puedes», imaginé que Syd me decía. Giré con torpeza sobre el vientre y pasé la otra pierna. Intenté mantenerme lo más cerca posible de la casa al caer.

De milagro, caí de pie. No morí empalada. Pasé de puntitas alrededor del agave hacia el jardín lateral y salté el pequeño muro de adobe junto al camino de terracería. Miré hacia la calle y no vi señales del auto de Nick, así que me di vuelta y caminé hacia el huerto con la luna menguante asomándose entre las copas de los árboles. Sentía que flotaba. Alcé la mirada y encontré a Orión, luego a Casiopea. Me tranquilizaron. Me cerré el abrigo. Hacía frío, pero se sentía bien. Me sentía viva. Llegué al huerto. Esperé. Me tragué el chicle. Me amarré el cabello en una cola de caballo con una liga que tenía en la muñeca.

Volví a mirar al cielo. Era una noche perfecta. Si hubiera sido un poco más oscura, si me hubiera encontrado a unos treinta kilómetros de las luces de la ciudad, podría haber visto la Vía Láctea. Intenté producir una pequeña plegaria («Hace ochenta y siete años»), pero estaba demasiado nerviosa. Me asomé al camino. Pensé en volver por donde había llegado. Tal vez Nick se había perdido. Di un paso y sentí algo extraño y caliente en la pierna. En ese mismo momento, un dolor agudo me recorrió ahí mismo. Me asusté. Lo primero que pensé fue que me había mordido una serpiente cascabel. Al vivir en el desierto, mi peor miedo era que me mordiera una de esas, y había visto bastantes. Pero no oí nada. ¿Podía morderte una serpiente cascabel sin que te enteraras?

Busqué mi teléfono, encendí la linterna y la apunté a mi tobillo. Dos hilos de sangre fluían desde la parte de arriba de mi pie hasta mis zapatos. Enrollé la pierna de mis jeans y apunté la linterna a una herida de diez centímetros que me recorría el tobillo. La palabra que me vino a la mente fue *profuso*. Ese era un sangrado profuso. En cuanto vi la herida, el dolor se multiplicó. Oí la voz de Syd decir «No vomites, ¿sí?», como cuando me había pinchado con el seguro.

—Ay, Dios. —Me senté en el suelo— Ay, Dios.

Estaba segura de que iba a vomitar, o a morir, o las dos.

—¿Miranda? —oí una voz.

No supe si era Nick o mi papá.

—Aquí estoy —respondí.

Apunté la linterna en dirección a la voz. Escuché unos pasos, moví la luz y vi a Nick ahí, con los ojos entrecerrados.

—¿Qué pasa? —preguntó.

—Me corté la pierna. —No mencioné lo cerca que estaba de vomitar, aunque ese parecía ser un problema mucho más grande e inmediato.

—¿Cómo? —Se acuclilló junto a mí.

«No vomites, no vomites, no vomites».

—Bajando por la ventana.

—Okey.

Tomó mi teléfono e iluminó mi pie. La autoridad con la que lo hizo fue extraña.

—Ven.

Se sentó, me estiró la pierna y se la puso en el regazo. Enrolló mis jeans con cuidado hasta que la herida quedó expuesta. Era tan monstruosa que parecía falsa.

—Caray —exclamó—. Está horrible.

—Muchas gracias —contesté, con más náuseas que nunca.

—Perdón. No mires —me pidió—. Mantén los ojos fijos en mí.

Por un momento, sus ojos se encontraron con los míos; asintió y me olvidé del dolor. No le quité los ojos de encima. Buscó algo en el bolsillo de sus pantalones. En un principio, pensé que sacaría su teléfono para... ¿hacer qué? ¿Tomar una foto para su extraño Instagram? Pero, cuando su mano reapareció, sostenía un pedazo de tela cuidadosamente doblado. «¿Un pañuelo?», pensé. «¿Quién carga con un pañuelo?». Me sentí mareada y no supe si era por la rara perfección de Nick o porque había comenzado a desangrarme. Presionó el pañuelo con fuerza sobre la herida. Apreté la mandíbula, pensando que dolería más, pero no fue así. De hecho, me sentí mejor.

—Voy a aplicar presión durante varios minutos —explicó, y sostuvo mi pantorrilla con una mano mientras presionaba el pañuelo con la otra—. ¿Qué pasó? ¿Rompiste la ventana?

Me reí.

—No —contesté—. Hay un cactus afuera de mi ventana.

—Ya veo —dijo—. ¿Un agave?

—Guau, Sherlock —exclamé—. ¿Voy a sobrevivir?

—Eso creo. Pero tendrás que limpiarte la herida con peróxido y ponerte una curita. Si tienes uno de esos broches de mariposa, estaría perfecto. ¿Sí sabes cuáles? Tal vez necesites dos, en realidad. Tal vez necesites puntadas si no deja de sangrar.

—Sabes mucho sobre el cuidado de heridas. ¿Causas muchas heridas?

Intentaba no distraerme con la forma en que sostenía mi pantorrilla y la presionaba con la otra mano. «Amable», pensé. «¿Cómo puede alguien tan amable ser tan cruel?».

Me miró y sonrió.

—Bueno, ya que es probable que no sobrevivas, no importa que lo revele, pero tienes que jurarme que no le vas a decir a nadie.

—¿Qué?

Levantó el pañuelo y miró la herida un momento.

—Soy Explorador.

Me partí de risa.

—No te creo. Qué chistoso.

—Sí. —Estaba avergonzado.

Me sentí como una idiota.

—¿Eres un niño explorador?

—No. Digo, sí, era. Ahora soy Explorador Águila, el rango más alto.

—¿Es en serio?

—Creo que es bastante obvio que es en serio. —Vi el sonrojo de sus mejillas bajo la luz de la luna.

—Ay, Dios... —murmuré. Un silencio incómodo se hizo presente—. Qué... interesante.

—De hecho, es bastante ñoño. Lo sé. Entré cuando era muy pequeño. Es casi lo único que hago al aire libre.

¿Cómo diablos no me había enterado de esta joya? Había visto todas las fotos de Nick que existían en internet. Rara vez aparecía en primer plano, pero podía encontrarlo. En cualquier lugar. El Instagram de Tomás era mi mina de oro. «Un Allison en su hábitat natural» era el pie de foto de mi favorita. En ella, Nick estaba sentado sobre un tronco bajo la luz de la mañana, apenas despierto, con las manos entre las piernas intentando encender una fogata. En total, había visto esa foto unas tres horas.

¿Había sido un viaje de los Exploradores?

—Mmm. —Intenté grabar la información a mi cabeza. ¿Qué podría parecerme sexy de un Explorador adulto?—. ¿Usas el disfraz?

—Es un uniforme. Y no. Solo cuando es superobligatorio. Lo he usado como una vez.

—Guau.

Supuse que sería como la cola de caballo. Jamás creí que amaría a un Explorador. Ahora no tenía opción.

—Supongo que conseguirás tu insignia de primeros auxilios por esto.

Levantó el pañuelo, que, en el contexto de su revelación exploradora, cobró algo más de sentido. Expuso la herida. Era de una precisión extraña y rojo brillante. Esperé que la sangre comenzara a borbotear otra vez, pero se quedó en su lugar. Había funcionado aquello de aplicar presión durante varios minutos.

—Ya tengo mi insignia de primeros auxilios. —Sonrió—. Es decir, ya las tengo todas.

—Ya —susurré—. Claro.

Quería preguntarle dónde las guardaba. ¿Estaban cosidas a una banda como las de las Chicas Exploradoras?

Usó el pañuelo para limpiar los hilos de sangre en mi pierna. Lo hizo con tal ternura y cuidado que casi fui capaz de verlo sin querer vomitar. Casi, porque en realidad no pude. Lo miré al rostro. «Su cara está justo ahí», pensé. Me miró a los ojos. Por un segundo, parecía que íbamos a besarnos —¡íbamos a besarnos!—, como si eso fuera lo que realmente sucedería a continuación. No tenía sentido, pero así se sentía.

Pero fue él quien rompió el contacto y desvió la mirada.

—¿Me odias? —escupí de la nada.

—No —respondió sin aspavientos.

—Yo creo que de verdad me odias.

—No es el caso. —Me miró la pierna de nuevo—. ¿Puedo preguntarte algo?

—¿Qué? —Se me aceleró el corazón.

—¿Tienes alguna enfermedad de transmisión sanguínea?

—¿Qué?

—El *Manual del Explorador* indica que debo preguntártelo. —Pareció entender de inmediato que había hecho un chiste extremadamente soso.

—Ah... —Solté una risita falsa—. Qué simpático. —Me sentí como una tonta; un segundo antes había creído que podría besarme—. Entonces, ¿qué es lo que pasa? No puedo quedarme aquí, desangrándome, toda la noche.

Parecía que un peso enorme había vuelto a cernirse sobre los hombros de Nick. Movió con cuidado mi pierna hacia el suelo y se sentó a mi lado en el huerto. Se abrazó las rodillas. Había pasado mucho tiempo desde la última vez que regaron aquel lugar. Las capas superiores de la tierra estaban cuarteadas como piezas de un enorme rompecabezas. Nick tomó una pieza del rompecabezas que se desmoronó en sus manos. Dio la bocanada más profunda del mundo y exhaló. Miró a las ramas desnudas de los árboles. Yo ya no aguantaba más.

—¿Sabes en dónde está Syd?

—No —respondió—. No. Pero tengo que decirte algo. Sobre el año pasado. Sobre lo que pasó. —Parecía sufrir de verdad.

—¿Qué? —Intenté suavizar mi voz—. Solo dímelo.

—Esa noche. Ya sabes. No vine a tu casa.

Se detuvo, no quería o no podía continuar. Comencé a impacientarme.

—Recuerdo bien los detalles de esa noche, Nick.

—Sí. Bien. Pues... fue Syd —expulsó las palabras de su boca con tal fuerza que fue casi un grito—. Ella me pidió que no viniera.

—¿Qué? —Estaba desconcertada.

—Me escribió. Me dijo que habías cambiado de opinión —explicó. Debía de verme como si mirara una tele sin sonido, intentando descifrar el diálogo leyéndole los labios. Como no intervine, continuó—: Me dijo que no te escribiera. Que te dejara en paz. Y eso hice. Pensé que estabas enferma o algo, pero no me quiso dar explicaciones. Y, entonces, al día siguiente, empezó a hacer todas esas cosas. Las llamadas. Los mensajes. Lo que le hizo a mi casillero. Todos me decían que era un imbécil. No sabía qué estaba pasando.

Lo miré fijamente. Lejos, en algún lugar, tal vez en la luna, la pierna me dolía.

—Eso es lo que quiso decir en la nota —dijo.

—«Dile la verdad». —Parpadeé con fuerza y miré hacia las estrellas—. ¿Y entonces?

Me preparé para enfrentarme a la verdad.

—Entonces tenía que decírtelo. Te lo debí haber dicho en la zanja. Te lo debí haber dicho el año pasado.

—Espera. No... Quiero decir, ¿por qué?

—¿Por qué qué?

—¿Por qué hizo eso?

Nick me miró, confundido.

—No tengo idea.

—Bueno.

Había pasado ocho meses intentando encontrar una explicación decente a lo que sucedió esa noche. No logré hacerlo. Ahora, ahí estaba y era más absurda que cualquier cosa que pudiera haber imaginado.

—¿Ibas a venir?

—Sí —respondió—. Me estaba vistiendo cuando Syd escribió.

—Ah.

Las lágrimas se me acumularon en los ojos. Las dejé caer. Recordé que, cuando le pregunté qué hacer esa noche, Syd me aconsejó que no le escribiera a Nick. «Los chicos son idiotas», había dicho. Y no escribí. Syd tenía mucha fe en mi obediencia. Solo esperó a que yo le preguntara qué hacer.

—Les dije a mis papás que te estalló el apéndice.

Me limpié las lágrimas.

—Ah, mi viacrucis.

Nick estiró una mano y la puso en mi rodilla. Era la primera vez que me tocaba de forma no relacionada con los primeros auxilios. La primera vez en la vida. Su mano estaba tibia.

—Debí decirte la verdad. —Me apretó la rodilla—. Y no lo hice. Y lo siento.

—Está bien.

Intenté decidir cómo sentirme. No pude. Mi instinto natural era querer preguntarle a Syd qué hacer. Pero, de pronto, Syd era justo lo que no entendía. Ella era el problema. Sentí como si me hubieran abierto por la mitad, como una ventana, y el aire me atravesaba. Increíblemente, comencé a reír entre lágrimas.

—¿Qué? —Nick me miró como si estuviera loca.

—Ah. Nada. Recordé que me preguntaste si había roto mi ventana.

Sonrió. La situación era insoportable.

—Ah, sí —murmuró—. Estaba confundido.

Cuando supe que Syd había desaparecido, fue lo peor. Pero al menos sabía cómo sentirme. Al menos sabía que podía comenzar a preocuparme, a agonizar, a buscar, aunque todo fuera en vano. Sabía que estaba bien sentirme cien por ciento terrible, aun si eso se sentía cien por ciento terrible. Pero ¿esto? Esto no tenía sentido.

—¿Puedo ver sus mensajes?

—Los borré —contestó Nick—. Quisiera no haberlo hecho. Pero era demasiada popó de perro. Terminé por borrar toda la conversación cuando dejó de mandarlos.

—Sabía que lo hacías a propósito. —Lo miré, no tenía duda de que me estaba diciendo la verdad—. Querías que ella supiera que los habías visto.

—Era lo único que podía hacer: decirle que sabía que lo que estaba haciendo era una mentira. Era una locura. Pensé que estaba loca.

—No lo puedo creer.

—Supuse que tú eras parte de todo el asunto —dijo—. Digo, no al principio. Al principio lo pensé como: «Oye, me invitó al baile y me dejó plantado. Eso apesta». Pero, cuando Syd empezó a hacer todas esas cosas, concluí que debías saber qué estaba pasando. Y luego te veía y me daba cuenta de que no sabías. Quería decirte. Pero es tu mejor amiga.

—Sí —murmuré.

—Francés ha sido un infierno. No sé si para ti también. Pero para mí ha sido un infierno.

—Sí —dije mientras le lanzaba una mirada—. Ha sido un asco. —Oí que la voz se me quebraba y me recompuse. —Por cierto, Will Carey está superobsesionado contigo, por si no te habías dado cuenta.

—Ay. —Sonrió—. Sí, sí sé. Es muy buena persona. No es mi tipo. Pero créeme, no sabe disimular.

—Sí. —Quise detenerme, pero me dejé llevar—. ¿Yo lo hago mejor? —Le miré la barbilla, incapaz de hacerlo a los ojos—. ¿Disimular?

El silencio bajó de los árboles. Cuando por fin tuve el valor para voltear a verlo, noté que sus mejillas estaban rosadas. Pero se quedó callado.

—¿Y qué se supone que hagamos ahora? —pregunté para intentar escapar de mi extraña confesión.

Si no lo sabía antes, ahora sí. Syd tenía razón. «Le gustas».

—No sé. —se llevó la mano a la nuca y jugueteó con su cola de caballo. Estaba nervioso. ¿Lo había puesto nervioso?—. Digo... —Me miró de reojo—. Me gustaría mucho... ¿besarte?

—¿Qué? —Una ola de anticipación me revolcó.

Pero Nick se congeló.

—Dios mío, qué raro estuvo eso. ¿Por qué dije eso? Perdón.

—Ay. —Intenté no sonar devastada—. Sí.

¿Por qué no me acerqué y lo besé? Me acobardé de nuevo.

—Pero, bueno, ¿puedo decir algo? —preguntó—. Ya que estoy diciendo cosas raras. ¿Antes de que esto termine y se me vaya el valor?

Pasé saliva con fuerza.

—Dilo.

Me miró a los ojos, firme.

—Quiero otra oportunidad.

—¿Otra oportunidad?

—Sí. Una oportunidad para comprarte un estúpido helado después de ir a un estúpido restaurante a cenar, o algo.

O tú me puedes comprar el helado, porque… pues… feminismo.

—Bueno. —Me reí y asentí—. Segunda oportunidad feminista concedida.

Sonrió.

—¿Mañana? —preguntó.

—¿Mañana?

—¿Demasiado pronto? —respondió—. No. Perdón.

—No —dije—. No. Mañana está perfecto.

—*Cool*.

Nos quedamos en el huerto, sentados en silencio. Estaba cobrando consciencia de mi pierna ensangrentada y la asquerosa herida, que requería atención. Punzaba. Me incliné hacia el frente y desenrollé la tela del pantalón. Después de eso, no supe qué más decir o hacer. No quería que se acabara. No quería irme.

—¿Y a dónde vas a ir? ¿A qué universidad?

—Ah. —Sonó aliviado de que hubiera hablado, pero poco emocionado por la pregunta—. Bueno, es un poco complicado.

—Dices mucho eso.

—No conoces a mis papás. —Me lanzó una mirada—. No. Eh… Envié solicitud a Harvard. Y a Tufts. Mis papás… Mi papá quiere que vaya a Harvard. Obvio. Él fue ahí y es como lo máximo. Mi hermano Jason está en Tufts. Por eso Tufts. Pero también solicité a la UNM. Pero no se lo voy a decir.

—¿Por qué no?

—No sé. —Acarició la tierra con la mano—. ¿Quizá no soy lo que mis papás creen que soy?

—Diablos, ¡eres un hombre lobo! —exclamé—. Lo sabía.

Se rio.

—Sí, no. Mi papá quiere que estudie matemáticas como él. Piensa que tengo un don.

Puso los ojos en blanco. Pude ver lo difícil que le resultaba hablar del tema. Me rebasaba. Mi papá jamás me había sugerido qué debía estudiar.

—Jason quiso entrar a Harvard. No lo aceptaron. Así que ahora es… como mi turno en el patíbulo. —Se aclaró la garganta—. Es como… la prueba. ¿Sabes? ¿Quién hará enorgullecer a mi papá?

—Las matemáticas son muy difíciles —comenté—. No todos tienen un don. Yo no lo tengo, Camila tampoco.

La cara se le arrugó.

—¿Cómo sabes de Camila?

Quería responderle: «Porque lo sé todo de ti, tonto. Ahora bésame».

—Los he visto en la biblioteca —dije en vez de eso.

—Los jueves —disparó en respuesta—. Estás ahí los jueves, pero no los martes. —Nos miramos a los ojos por un largo momento, pasó saliva—. Yo también te veo.

Podía sentir cómo se me enrojecía la cara.

—¿Y qué es lo que quieres estudiar? ¿Tu secreto es que quieres escapar con el circo? —pregunté.

Sonrió.

—No sé. La UNM tiene un programa de silvicultura. Creo que quiero trabajar para el Servicio Forestal. He leído mucho al respecto. —Me miró de forma vacilante, como si lo que acababa de decir fuera una barbaridad—. Literalmente, nunca se lo había contado a nadie.

—Mmm —susurré—. Es bastante genial.

—Es que… me gusta estar aquí —explicó—. No quería que nos mudáramos aquí cuando estábamos en Chicago. Mi mamá y yo nos peleábamos mucho por eso. Pero luego llegamos y todo cambió. Es difícil de explicar. Pero no me quiero ir, ¿sabes?

—Sí —respondí—. Sé perfecto a qué te refieres. Este es... tu lugar. —Quería decir «tu planeta Ricitos de Oro», pero habría sido demasiado extraño y ñoño.

—Exacto —dijo.

Intenté cruzar las piernas, pero cuando flexioné, una oleada de dolor me hizo retorcerme.

—Esto es lindo, Miranda. Me da mucho gusto que estemos hablando —dijo Nick en su habitual tono dulce y franco—. Pero el Explorador en mí dice que deberías ir a curarte la pierna.

—Sí. —Intenté ocultar la decepción en mi voz.

Cuando me puse de pie, la pierna me dolió más que nunca. Comenzamos a caminar despacio. A la distancia, alcancé a ver que las luces de la casa estaban apagadas. Mi padre se había ido a la cama. Intenté no cojear y me cohibí, pero Nick no pareció darse cuenta. Sus palabras seguían dándome vueltas en la cabeza. Creo que nunca había oído a nadie hablar del futuro así, con tanta simpleza y claridad. No saber, no tener que estar seguro, provocaba una extraña sensación de libertad.

—A veces pienso que me gustaría ser monja. —Me reí en cuanto la oración se me escapó de la boca—. Nunca se lo he dicho a nadie.

—¿En serio?

—Sí. —No podía dejar de reírme—. Pero, digo, es una ridiculez. No voy a la iglesia. Ni siquiera sé si creo en Dios.

Pensé en contarle del Dios *cero* de mi infancia. Nick era un genio matemático. Si había alguien capaz de entenderlo, era él. Pero no. Era demasiado raro, personal y nefasto. Si empezaba por ahí, terminaría contándole la verdadera razón por la que estaba recitando el Discurso de Gettysburg en la zanja aquella mañana. Y nadie necesitaba saberlo, mucho menos Nick.

—Ahora que lo digo, suena a una locura.

—Da igual —dijo—. Está *cool*.

Al conversar así en ese momento, recordé qué fue lo que me atrajo de él el primer año y lo que extrañé tanto durante los últimos ocho meses de tensión. A Nick no le disgustaba nada. No juzgaba a nadie. Era abierto... hasta su expresión era abierta. Era posible ver todo de él a través de sus ojos. Probablemente era lo mismo que traía loco a Will. Nick era lo más parecido a un personaje de *fanfic*, refinado por varias mutaciones, del tipo que jamás pisaría la preparatoria Las Cruces. Era tímido y prudente, pero, una vez que llegabas a sus ojos, estabas dentro. En ese sentido, era el extremo opuesto de Syd, quien confiaba en sus ideas y opiniones por encima de todo. Tenía razón en casi todo y era brutalmente honesta, pero no era abierta. Jamás le habría dicho a Syd lo que acababa de decirle a Nick. Se habría reído en mi cara. Luego se habría lanzado a una perorata sobre la estructura patriarcal de la iglesia. «Vamos, no quieres ser monja. Las monjas se joden. Sé un sacerdote. Ah, claro, NO PUEDES». Desecharía la idea en cosa de minutos.

Me di cuenta de que, de cierta forma retorcida, eso era lo que hacía que mi amistad con Syd fuera tan sencilla: nunca tuve que ser yo misma, solo tenía que ser la amiga de Syd.

—No sé —murmuré—. Mi papá quiere que la universidad sea una gran experiencia de vida para mí. Ha ahorrado toda mi vida para que pueda ir a una escuela maravillosa y tenga una gran... lo que sea. —Me encogí de hombros—.

Ni siquiera sé si quiero ir a la universidad. —Lo miré—. Tampoco le había dicho eso a nadie.

—Yo también lo he pensado —dijo—. Escapar y ya. Podría vivir en una tienda de campaña, ¿sabes? Entrar un día al bosque Gila y no salir nunca.

—Podrías ser uno de esos tipos que vive fuera de la sociedad y come frutos del bosque y serpientes, y no usa más que ropa interior de cuero.

—Exacto. —Sonrió.

—Podrías volver a la civilización, pero solo a visitarme en el convento.

—Hecho.

Los dos reímos.

—Syd se moría por escapar de aquí, entrar a una buena universidad, alejarse y ser la mejor, ganar millones de dólares. Estaba obsesionada. Pero, ahora que no está, veo que yo nunca me hice una opinión al respecto. ¿Me explico?

—Algo. Creo que sí.

—Lo que digo es que seguro es horrible lo de tu papá. Lo entiendo. Sí suena muy complicado. Pero también me parece genial que no estés como… en piloto automático, ¿sabes? No solo avanzas por miedo o lo que sea.

—Sí, claro —dijo—. No me dan miedo los calzones de cuero.

Nos reímos de nuevo.

—No te pareces a nadie que haya conocido —dije. Su mirada se fue al suelo. Lo había cohibido—. Es algo bueno —agregué.

—Ah, está bien —dijo.

Nos detuvimos antes de llegar a mi casa.

—Tengo que volver a entrar ahí —afirmé, señalando mi ventana con la cabeza.

—¿Quieres que te ayude? —preguntó.

—Para nada —respondí—. De hecho, ¿me prometerías algo?

—Sí —contestó.

—Prométeme que no me verás intentar volver a entrar por la ventana. No va a ser lindo. Habrá mucho trasero de por medio, demasiado trasero.

—Te lo prometo —dijo con una sonrisa—. ¿Tú me prometes algo?

—¿Qué?

—Que no te harás monja

Sonreí, luego me reí.

—Ay, Dios. —Puse los ojos en blanco.

Nick se dio vuelta y quedó justo frente a mí. Era obvio lo que iba a suceder. Era obvio que nos íbamos a besar. Eso no podía terminar de otra forma.

Pero no sucedió. De nuevo. Los dos éramos malísimos para esas cosas. Nick pasó saliva y se llevó las manos a los bolsillos.

—Entonces, te escribo mañana.

Sacó una mano del bolsillo, la levantó y me obligó a participar en el choque de manos más incómodo de la historia.

—Genial —exclamé—. Buenas noches.

Nick sonrió. El corazón se me aceleró. La pierna me dolía.

—Buenas noches.

Dio media vuelta y se alejó. Yo me quedé en donde estaba hasta que entró a su auto, se despidió con la mano y se fue. Salté el muro y alcé la mirada hacia la ventana abierta.

Cuando bajé por esa ventana, mi vida era otra.

Caminé por detrás del enorme agave, usé la pequeña llave del agua como escalón y pasé mi pierna buena por la ventana. Me quedé colgada ahí un momento, toda trasero, como sospechaba. Tuve que usar toda mi fuerza de voluntad para levantar mi pierna herida. Fue agonía pura. Me quedé sentada con ambas piernas del otro lado de la ventana, recuperándome. Luego me deslicé hacia la silla y apoyé los pies en el suelo. Cerré la ventana de forma tan silenciosa como fue posible. Como la había dejado abierta, la habitación estaba helada.

Lo primero que hice fue tomar el teléfono y pararme junto a la ventana. Tenía que escribirle a Syd. Tenía que hacerlo en ese instante. Esa era la herida que tenía que atender primero. Abrí la conversación, y la hilera de mensajes azules disparó una llamarada de ira por mi cuerpo. Le había escrito toda la semana rogándole que se pusiera en contacto. No le importaba un carajo que su desaparición hubiera puesto mi vida de cabeza. Yo estaba desvelada y apenas había comido. Pero ni siquiera le importaba lo suficiente como para informarme que estaba viva. El cursor pulsaba. Pensé en el vestido guardado en mi clóset. Pensé en Nick, teniendo que quitarse «el último esmoquin en la Tierra» y volviendo a colgarlo, explicándoles a sus papás que no iría al baile después de todo, inventando una estúpida historia sobre mi apéndice. Pensé en los meses que siguieron, la punzada que sentí justo esa mañana cuando caminé junto a él en clase de Francés.

Pensé en Syd entrando a mi casa, con su vestido, furiosa. «Le dije que lo iba a destruir». Lloré sobre el cabello que cubría su hombro. Pasó la noche conmigo y, en la mañana, me dio una nalgada y me dijo que tenía que salir de la cama. Estaba curando la herida que ella misma causó. Pero ¿por qué lo hizo?

«Estás muerta para mí», escribí en el recuadro.

El cursor pulsaba, me preguntaba si había terminado.

Había terminado. No tenía nada más qué decir.

Mi pulgar flotó sobre el botón de «Enviar».

Pero no pude hacerlo. No pude bajar el pulgar. Pensé en Ray. Estúpida Tonya. Pensé en mi papá y sus páginas llenas de notas. Eché el cursor hacia atrás y este devoró el mensaje, letra por letra, hasta que el recuadro quedó en blanco de nuevo.

Era complicado.

Necesitaba dormir. Necesitaba apagar el teléfono, dejarlo estar muerto. Necesitaba esperar a que timbrara y me cambiara la vida. Pero, justo mientras presionaba el botón de apagado, timbró.

Era Imbécil de Mierda.

IMBÉCIL DE MIERDA:

¿Entraste sin problemas?

MIRANDA:

Sí.

IMBÉCIL DE MIERDA:

Quisiera haberte dicho la verdad antes.

MIRANDA:

Vamos a olvidarlo.

IMBÉCIL DE MIERDA:

También quisiera haberte besado.

El corazón me dio un vuelco.

MIRANDA:

Yo también.

IMBÉCIL DE MIERDA:

Te escribo mañana.

Mañana: la palabra era perfecta, tan jodidamente profunda. Brillaba en mi oscura habitación dentro de su burbuja plateada y significaba todo.

Otro mensaje.

IMBÉCIL DE MIERDA:

Caray. ¡La razón por la que escribí!
Quería decirte. Tu playera está increíble.
Me encanta R.E.M.

Miré el teléfono. Era imposible creer que hacía una hora odiaba a esa persona. Ahora decía todo lo que siempre quise que dijera.

MIRANDA:

Cool.

Tal vez pensaría en otro cumplido que debía decirme, como «Tu aliento olía a menta. Me alegra que te hayas quitado el maquillaje. Tu herida estaba linda y me gustó limpiarte la sangre».

Pero como nada más llegó, fui a su información de contacto y la cambié.

Nombre: Nick. Apellido: Allison.
Lo observé un largo rato antes de guardar los cambios.
«Lo voy a besar», pensé.
«Mañana».

9

La pierna aún me dolía al día siguiente. Miré debajo del curita y casi vomité. Me pregunté si debía enseñársela a mi papá, pero no quería que me preguntara cómo me había lastimado así mientras dormía. En fin, la pequeña ráfaga de dolor que sentía cada vez que apoyaba el pie izquierdo era evidencia de que la noche anterior había sido real. No había sido un sueño.

Mi padre estaba encantado de verme adormilada.

—¡Dormiste!

Estaba doblando una montaña de ropa recién lavada sobre la mesa de la cocina mientras escuchaba a los Smiths en el estéreo. Revisé el reloj de la estufa y me sorprendió ver que eran casi las diez y media.

—Ay, carajo. —Vi que me había dejado una taza de café; caminé hacia el refrigerador y encontré la leche—. ¿Ya saliste a correr?

—Sí. Fui solo. Necesitabas dormir. —Lanzó una toalla doblada hacia una de las varias pilas de ropa—. ¿Qué tienes en la agenda para hoy?

En ese momento recordé que Nick dijo que me escribiría mañana.

Ya era mañana.

—Ay, mierda —exclamé al dejar de nuevo la taza en la mesa y corría a la habitación.

Tomé mi teléfono, lo encendí y vi que ya había escrito.

NICK ALLISON:

Ya es mañana.

Fue todo lo que escribió.

Sentí como si flotara.

—¿Qué pasa? ¿Es Syd? —Mi padre apareció en mi puerta con una expresión de pánico y una playera bajo el brazo.

—Ah. —Alcé la mirada—. No.

—¿Qué pasa? Y, por favor, sin groserías en la casa.

—Tengo que contarte algo muy loco, papá.

—¿Qué?

—Anoche hablé con Nick, el chico del baile.

—¿Ese chico? ¿Qué dijo en su defensa? —Se cruzó de brazos.

—No me plantó. Syd le pidió que no viniera.

Mi papá lo reflexionó un par de segundos. Luego agitó la cabeza.

—No. Es mentira, Miranda. Vamos. Syd se fue. Te está mintiendo. Es un psicópata.

—Okey, un poco dramático —contesté, y mi papá se encogió de hombros en señal de desacuerdo—. No es mentira. Syd le dejó una nota. Decía que me dijera la verdad. Esa era la verdad.

—¿Y por qué ese chico no te dijo nada hasta ahora?

—Syd hizo cosas. Hizo que todos en la escuela pensaran que él tenía la culpa. No tengo idea de por qué. Pero estoy segura de que es la verdad.

Mi papá se puso la playera al hombro. Estaba anonadado. Examinó el piso con la mirada.

—Carajo —murmuró.

—No sé qué hacer.

—Pues... —Exhaló con fuerza; intentaba mantener la calma—. Yo tampoco. Estoy enojado. Estoy muy decepcionado y estoy enojado. —Le costaba trabajo continuar—. Pero somos lo único que Syd tiene, Mir. ¿Sabes? Te tiene a ti, Miranda. Tú eres su gente. Su mamá es una borracha y su papá... digo, ese tipo es una mierda de persona. Perdón por la grosería. No podemos alejarla. Aunque queramos.

—Pues ya se fue, así que...

—Aunque se haya ido.

—Uy, qué cristiano de tu parte.

—Lo siento.

—Creo que la odio.

—Y eso está bien. Pero creo que ese no es el punto ahora.

—¿Por qué? —Sentí que mi papá estaba del lado de Syd en vez del mío.

—Porque no tratamos así a la gente, Mir.

—Ya sé —contesté.

De repente estuve al borde de las lágrimas, pero no quería estarlo. Quería odiar a Syd. Pero no podía. Era un fracaso. Mi papá me tendió los brazos y yo caminé como zombi a abrazarlo.

—Vendrá en la noche —le dije a la axila de mi padre.

—¿Quién? —Dio un paso atrás—. ¿Ese chico? ¿A qué va a venir?

—Vamos a salir —le dije al piso. Cuando alcé la mirada, mi padre me miraba fijamente—. ¿Qué? —pregunté al fin—. Ay, ya. Basta. —Parpadeó con fuerza unas cuantas veces. Luego esbozó una sonrisa boba—. No, no —murmuré—. ¡No!

—¿Era él? —Asintió en dirección de mi teléfono.

—Ay, Dios mío. Te odio. —Lo empujé y caminé hasta la cocina dando pisotones para tomar mi café.

Me siguió de cerca. Abrí el refrigerador y me pasmé viendo el interior.

—Tienes una cita. Nunca has tenido una cita.

—Tú no sabes lo que hago.

—¿Has salido con alguien?

—No. Pero, de todas formas, no sabes. —Azoté la puerta del refrigerador.

—Lo que sé es que conoceré a tu galán. —Hizo un bailecito estúpido.

—No es mi galán.

—Oh, vaya. —Me pegó con la playera y después dijo con pésimo acento en español—: *Pos, mi'jita,* vas a una cita.

—Como latina, eso me resulta ofensivo. —Intenté mantener una expresión seria.

—¿Segura que no es una porquería de persona?

—No, no lo es. Es un buen tipo. —Sonreí en contra de mi voluntad—. Por favor, en serio, no hagas locuras.

—De acuerdo, de acuerdo.

—Por Dios. No vuelvas a hablarme. —Miré el teléfono e intenté dejar de sonreír.

—Escríbele al galán. Dile que llegue a las siete. ¡En punto! Se le aplicará una prueba de alcoholímetro.

Volvió a la ropa mientras agitaba la playera con un gesto celebratorio.

Miré el teléfono.

—Creo que a las ocho. —Como mi padre no respondió, agregué—: A las ocho está mejor, ¿no?

—Ah, ahora sí quieres que te ayude.

—No. —Lo pensé un segundo más—. Te estoy diciendo que a las ocho.

—Como sea —replicó—. Dios proveerá.

Conforme pasaron las largas horas del día, lo que Syd hizo comenzó a acomodarse en mi cabeza. Volví a sentir una opresión en el pecho. La noche anterior estaba lista para no volverla a ver en mi vida. Era una herida limpia y dolorosa pero directa, como la cortada que me hice en la pierna. Pero ahora todo estaba revuelto otra vez. Debió de tener una razón para hacerlo.

¿Estaba enamorada en secreto de Nick? Desde el principio despotricó en contra de que me gustara. Cuando comencé a hablar de invitar a Nick el año pasado, arregló mi cita con Quinn en menos de una semana. Sabía que odiaba a Nick, pero siempre pensé que era porque él era su principal competencia académica. Los pocos semestres en los que Syd no obtuvo las calificaciones más altas de la generación, las obtuvo Nick. Cuando él se convirtió en capitán del equipo de Decatlón Académico el año pasado, ella renunció. Era la primera vez que Syd renunciaba a algo. Cierto, que Nick le gustara no tenía sentido. Nick era el extremo opuesto de los chicos que solían gustarle. Era tímido, lo que a ella le parecía una debilidad. De hecho, había enumerado con lujo de detalle sus múltiples cualidades repelentes: las colas de caballo eran de perdedores; usaba unas ñoñas botas de senderismo para ir a la escuela; no tenía estilo, que era peor que tener un estilo malo; y, en lo que a ella respectaba, no tenía personalidad. En general, su valoración de Nick era lo peor que podías ser a los ojos de Syd: aburrido. Parecía poco probable que estuviera enamorada de él. Sin embargo, en ese momento todo parecía poco probable. Y, para mí, tenía todo el sentido del mundo. No entendía por qué no todo el mundo estaba enamorado de Nick. Había comenzado a pensar que Will y yo lo habíamos descifrado. Éramos genios. Y, de alguna forma, yo logré ser la persona a quien Nick recogería en unas horas para salir. No podía esperar.

Pero luego, quince millones de años después, cuando dieron las ocho, me di cuenta de que podría haber esperado sin problemas. Podría haber esperado toda mi vida. No quería salir de mi habitación. Sin Syd para decirme qué hacer, descubrí que ni siquiera podía elegir qué ponerme. Me había probado todas las prendas que tenía, pero, mientras más me probaba, menos sabía qué usar, cómo debía actuar, si debía seguir respirando o simplemente detenerme y perecer en silencio en el piso de mi habitación, entre las pequeñas montañas de atuendos desechados. Lo único que me hacía ver bien era un suéter negro que Letty me había regalado la navidad pasada, pero era demasiado formal y, además, cuando me lo probé, recordé por qué nunca antes lo había usado. Picaba muchísimo. Me decidí por unos jeans, una playera negra lisa y una sudadera gris. Era un no-atuendo, en realidad. No llamaba la atención. No tenía opiniones propias. Fue lo mejor que logré hacer.

El reloj de la habitación marcó las ocho. Hora de la verdad. Me senté en la cama, exhausta.

Entonces dieron las ocho cinco. Nick estaba retrasado. Entonces dieron las ocho seis y supe que me dejaría plantada de nuevo. Estaba *segura*. Todo había sido una mentira.

Nick planeó su venganza por lo de las toallas sanitarias durante ocho meses. Mi pierna sangrienta. El pañuelo. Los varios minutos de presión. Mentiras, mentiras, mentiras, mentiras.

Pero luego oí sus llantas sobre la grava. Y deseé que pasaran otros quince millones de años antes de tener que salir de mi habitación y abrir la puerta. Mi padre se me adelantó para recibirlo, lo cual estuvo bien. Estaba tan nerviosa que incluso unos cuantos segundos eran valiosísimos. Me vi una vez más en el espejo. Tenía el cabello oscuro asentado detrás de los hombros, y los pómulos me brillaban.

Salí de mi recámara justo cuando mi papá giraba la perilla de la puerta. Me guiñó un ojo.

—No ayudas —le susurré.

Abrió la puerta y ahí estaba Nick, con jeans oscuros y camisa.

Traía puesta una corbata. ¿Por qué se puso una corbata? Me tomó un milisegundo más procesar que había otra diferencia. La cola de caballo se había esfumado. *La cola de caballo se había esfumado*. Traía el cabello corto, como me encantaba, y el pequeño colchón de rizos obedientes estaba de vuelta en su cabeza.

—Te cortaste el cabello —anuncié con demasiado volumen, como una niña de cinco años.

—Ah, sí. —Dos segundos y ya quería morirse.

—¿Cuándo?

—Hoy. —Se tocó la cabeza, cohibido, como para verificar que seguía ahí.

—Ah.

Quería decirle que me gustaba, porque me gustaba. Me encantaba, pero ni siquiera sabía cómo hacer que mi voz saliera a un volumen razonable. Hubo un silencio agónico que se volvió todavía peor por el hecho de que mi papá estaba parado entre los dos.

—Hola —saludó Nick al fin a mi papá.

Noté la expresión de terror en su cara cuando se dirigió a él. Me había escrito más temprano para preguntar si mi papá lo iba a matar. Le dije que no. Luego hizo una segunda y pertinente pregunta cuando le dije que mi papá buscaba vida en otros planetas: «¿En la NASA o solo está loco?».

—Ay, mierda, perdón.

—¡Miranda! —Mi papá me volteó a ver como si estuviera loca.

—Perdón.

Di una paso hacia Nick mientras le lanzaba una mirada amenazadora a mi papá y lo quitaba del camino. Luego, para justificar el movimiento, le di un extraño medio abrazo a Nick.

—Papá, él es Nick. —Miré mi ropa como si estuviera cubierta de vómito—. Vamos a ir a dos lugares diferentes.

—No, no. Te ves muy bien. —Nick vio de reojo a mi papá, nervioso—. Te ves bien.

Los tres estábamos a una distancia ridícula el uno del otro. ¿Cómo habíamos llegado ahí? Quería volver a comenzar desde el principio. Desde el principio de mi vida.

Vi que los ojos de Nick pasaban de mi cara a la de mi papá y de regreso. No sabía si estaba nervioso o estaba intentando ubicarnos en el espectro de color de piel y entender la relación entre ambos. Mi papá le tendió una mano.

—Gusto en conocerte. Soy el papá de Mir, Peter. Dime Peter, si quieres. Y sí, Nick: soy el hombre más blanco en la faz de la Tierra. Y sí, Miranda es mi hija. Se parece a su madre.

Sentí que me sonrojaba de pies a cabeza, hasta las uñas de los pies. Me preparé para algún chiste sobre el baile, pero, ¡oh, milagro!, no llegó. Mi papá volteó a verme.

—¿A las doce?

—Sí —contesté—. Te escribo si llego más tarde.

—Está bien. Pero no mucho más tarde.

Le tomó el hombro a Nick. Parecía que estábamos en una película. Las uñas se me volvieron a sonrojar.

—Pásenla bien.

Luego hizo lo más increíble que ha hecho en la vida. Tomó su cerveza de la mesa del pasillo, donde la había dejado para abrir la puerta —debió haber corrido para abrir, sin siquiera tomarse el tiempo para poner su Tecate en la mesa de centro— y caminó de vuelta por el pasillo hacia la sala y desapareció, absorbido de nuevo por un partido de basquetbol.

En cuanto se fue, la puerta —¿o fue el universo entero?— se cubrió de silencio.

—Tú papá es genial. —Nick parecía estar incluso más nervioso que yo.

—No, no lo es. Créeme. —Señalé mi playera de nuevo—. Me voy a cambiar.

—No necesitas cambiarte. —Se acomodó cabello invisible detrás de la oreja.

—Solo me pondré otra playera. —Me dirigí a mi habitación mientras lo decía para que no pudiera detenerme.

Todas y cada una de las playeras que tenía estaban en la cama y en el piso. Me las probé todas. Tomé lo primero que vi que no era una playera: una blusa de franjas rojas y azules de seda. Era de Syd, uno de sus mejores hallazgos en una tienda de segunda mano. No podía usarla. Necesitaba que la noche estuviera lo más libre de Syd posible. La lancé de vuelta la montaña y tomé el suéter negro que me regaló Letty. Me lo puse, aterrada.

¿Por qué estaba aterrada? ¿Acaso no habíamos tenido la mejor y más honesta conversación del mundo la noche anterior? ¿Acaso no había dicho que quería besarme y yo que quería ser una monja?

Encontré a Nick en el mismo lugar donde lo había dejado, con la puerta medio abierta, por la que se metía el aire frío a la casa. Tomé mi abrigo, y Nick me miró mientras me lo ponía. Pareció llevarme una hora.

—Ya —anuncié.

—Muy bien.

Nick pareció darse cuenta justo entonces de que estaba parado frente a una puerta abierta. Dio un paso al costado y me dejó pasar antes de cerrarla detrás de nosotros.

Había lavado su auto. Hasta eso me puso nerviosa por alguna razón. De camino al restaurante (La Hacienda, alta cocina mexicana… qué bueno que me cambié), hablamos de lo que habíamos hecho ese día (bueno, no mucho, salvo porque él había cambiado su apariencia por completo). Me preguntó si había sabido algo de Syd; le dije que no, y él no hizo más preguntas ni comentarios. No podía pensar en una sola cosa de la cual hablar. No solo sentía que Nick era un desconocido, sino que yo también era una desconocida, paralizada por mis inhibiciones. Comencé a arrepentirme de la terrible decisión de usar el hermoso suéter negro. La comezón había alcanzado niveles de tortura.

—Bueno —dijo después de haber conducido dos kilómetros en silencio—, me di cuenta de que no te pregunté a dónde vas a aplicar.

—¿Qué? —No tenía idea de qué hablaba ni si lo había dicho en mi idioma.

—A la universidad. No te pregunté. Anoche.

La universidad era lo último de lo que quería hablar.

—No lo sé —contesté—. Enviaré solicitud a cuatro. —Me saqué el número de la nada—. Pero casi seguro iré a la UNM.

—¿De verdad? —preguntó.

Sonaba sorprendido.

—Sí. —Me rasqué el cuello y juré que pondría el suéter en la caja para donaciones en cuanto llegara a casa—. ¿Por qué?

—Me parece que podrías ir a cualquier lugar. Eres muy buena escritora.

—¿Cómo lo sabes? —Sonó como si lo acusara de haber leído mi diario.

Deseé poder cambiar las palabras que salían de mi boca. Deseé poder cambiar todo de esa noche hasta ese momento, incluido el hecho de que Nick se había cortado el cabello y se había puesto una corbata. ¿Por qué se había cortado el cabello? Parecía un gesto importante y extraño, como si lo hubiera hecho por mí, como si supiera que había aceptado la cola de caballo en mi corazón a regañadientes. ¿Quería yo que se cortara el cabello por mí?

—Siempre leo lo que publicas en el periódico. Me gustaron mucho las notas sobre el cerdito. Esa serie. ¡Me encariñé con él! Y creo que fue por cómo escribiste acerca de él.

No podía creer que Nick hubiera leído mis artículos sobre Gracie, la cerda. Pensaba que nadie más que mi papá y los chicos de agricultura lo habían hecho.

—Ella —disparé de inmediato.

—Ah. —Noté una pequeña herida en su cuello, se había cortado rasurándose—. Perdón. Cerdita. Cierto.

—Y se fue al matadero después de la feria.

«Ay, Dios, detente».

—Ah —murmuró.

—Se llamaba Gracie.

—Rayos.

—Sí.

«¿Qué me pasa?».

—Esos ensayos eran periodismo de investigación de altura.

Había comenzado a sudar debajo del abrigo, y el sudor empeoraba la comezón de forma exponencial. No había forma de sobrevivir toda la noche. Nick soltó una risa nerviosa sin quitar los ojos del camino. Se veía tan miserable como yo me sentía.

Encima de la ansiedad abrumadora, comencé a sentir que había cometido un grave error. Estaba arruinando la imagen perfecta de Nick que había creado en mi cabeza. Ahora estaba en la vida real, después de vivir tanto tiempo en mi imaginación, donde mis interacciones con él consistían de forma casi exclusiva en bofetadas y besos apasionados, y no en él manejando como una anciana y yo regañándolo por asumir el género de una cerda.

—Me parecieron muy buenos. —Su voz se volvía un poco más aguda cada vez que hablaba. Me lanzó una mirada rápida y nerviosa. ¿Había empezado a sudar también?

—Mi papá me está casi obligando a enviar solicitud a Brown y a Vassar.

—Increíble.

—No realmente —dije.

—Seguro que te aceptan.

—¿Por qué? —dije bruscamente.

—No lo sé. Porque eres inteligente. No lo sé.

La idea de sentarme a cenar en La Hacienda con Nick y ese suéter me comenzó a dar náuseas.

Pero era demasiado tarde. Entró al estacionamiento y metió el auto a un cajón. Cuando lo apagó, el motor hizo unos cuantos ruidos amables que hicieron que el vasto y terrible silencio que nos rodeaba fuera aún peor. No podía creer que las cosas hubieran resultado así. Miré a Nick. Se veía abatido.

Pero entonces...

—Tengo una idea —dijo.

Estaba segura de que su idea sería admitir la derrota, cancelarlo todo y llevarme a casa para que ambos empezáramos a olvidar cuanto antes que todo esto había sucedido. Y, a decir verdad, se lo habría agradecido. Se me ocurrió incluso bajarme del auto en ese momento y pedirle a mi papá que me recogiera. Así todo terminaría aún más pronto.

—¿Cuál? —le pregunté a su corbata.

—¿Podemos volver a empezar? ¿Ahora mismo? —sugirió—. ¿Una segunda oportunidad de la segunda oportunidad? Esto... no va muy bien, creo.

Me obligué a verlo a los ojos. Sonrió, y esa sonrisa me sacó de mi mente y me arrastró al presente. Estaba sentado justo ahí. Su cabello se veía muy lindo, sí, de verdad.

El alivio fue instantáneo, como si las luces se hubieran encendido en un cuarto oscuro.

—Sí, por Dios, por favor —dije.

Entrecerró los ojos, pensativo.

—¿Cómo se llama el lugar de burritos adentro del Pic Quick?

—Santa Fe Grill. Sí. Por favor. Vamos. En serio, nunca había tenido tantas ganas de tirarme un burrito encima enfrente de alguien como quiero hacerlo ahora. *Vámonos* —dije, con un pésimo acento en español. Nos reímos—. No sé qué acaba de pasar.

—No importa —dijo mientras encendía el auto de nuevo—. Está bien si somos pésimos para esto.

Se aflojó la corbata, luego se la sacó por encima de la cabeza y se desabrochó el primer botón de la camisa. Alcancé a ver que traía puesta una playera gris clara debajo de la camisa. *Bingo.*

—¿Te puedo pedir un favor de lo más raro?

—Claro. Ya veré qué tan raro es.

—Este suéter me quiere matar. Creo que soy alérgica o algo. —Señalé el pequeño triángulo de algodón gris que se asomaba por debajo de su camisa—. ¿Me puedo poner tu playera?

Nick sonrió.

—No es raro.

Entonces, sin advertencia alguna, se desfajó la camisa, se desabotonó y la jaló por las mangas. Se puso las manos en la espalda y se quitó la playera con un solo movimiento para revelar sus sorprendentemente musculosos brazos y pecho. Le dio vuelta a la playera y me la entregó.

—Ten.

Justo en ese instante, una pareja mayor pasó junto al coche. Cuando la mujer volteó y vio a Nick sin camisa, le tomó el brazo a su marido y desvió la mirada. Ambos nos reímos.

—No tenías que hacerlo así, digo, aquí.

—Ya me di cuenta. —Metió los brazos en las mangas de la camisa y se la abotonó.

—Veo que tienes ahí una situación bastante musculosa. Hice un gesto con la mano abierta en dirección de sus brazos y su pecho.

—Escalo. Rocas. Ya sabes. Creo que es por eso.

—No tienes que explicármelo —dije—. No es algo malo.

Sostuve la playera, todavía tibia, en mis manos. Resistí la tentación de llevármela a la nariz. El corazón se me aceleró y, por primera vez en esa noche, no fue por ansiedad pura.

Salió del lugar de estacionamiento y revisó sus espejos una y otra vez. Su forma ultracuidadosa de conducir ahora me parecía más adorable que enervante.

—¿Quieres saber la peor parte de la historia de Gracie la cerdita?

—¿Peor que la parte en la que se fue al matadero?

—Bueno, sí, esa es una. Pero, después, la FFA me quiso dar tocino.

—No. —Su rostro volvió a ser familiar, abierto y amable—. ¡No! ¿Tocino de Gracie?

—Tocino de Gracie. —Me sentí mal por reírme—. Y lo acepté.

—¡No! —Se incorporó a la avenida después de mirar a ambos lados dos veces—. Eres un monstruo.

—Bueno, fue como un regalo de agradecimiento. No podía decirles que no. Se lo di a mi papá y él se lo comió. Fue como: «Sí, señor, tocino gratis».

—¿Tu papá se comió a Gracie?

—Es un hombre con puntos débiles. Te lo dije.

Después de eso, la noche se pasó volando. En cuanto llegamos a Pic Quick, corrí al baño, me quité el suéter y me puse la playera de Nick. Era suave y olía deliciosa, pero también me quedaba enorme, así que él se rio cuando me la vio puesta al salir del baño. Pedimos nuestros burritos para llevar y fuimos a comerlos a la plaza, en la parte vieja de la ciudad. Hablamos tanto que tuve que recordar detenerme de vez en cuando para darle mordiscos al burrito. No recuerdo si la plaza estaba llena de gente o si éramos los únicos ahí. No me enteré de nada. Solo una vez en toda la noche pensé en Syd y sentí una ráfaga de tristeza y rabia recorrerme el cuerpo. Le pregunté a Nick si tenía idea de por qué Syd había hecho lo que hizo.

—Lo he estado pensando todo el día —dije, y le di un sorbo a mi Sprite.

—Sí. Llevo pensándolo como ocho meses más que tú. —Se encogió de hombros—. No tengo idea. Syd no tenía problema conmigo hasta que dejó el Decatlón Académico el año pasado. Estábamos en las semifinales en El Paso y como que se congeló. Muy raro. Se equivocó en todas las preguntas. Perdimos. Los papás de todos estaban ahí. Pensé que tal vez se sentía mal porque, ya sabes, sus papás no estaban.

—Lo recuerdo. Tuve un evento de campo traviesa. Renunció después de eso. Cuando te hicieron capitán.

—Renunció ese mismo día. Se fue justo después de que terminó la competencia. Dijo que no volvería a los entrenamientos. Y después de eso como que empezó a odiarme. Incluso antes del baile. Pensé que tal vez estaba avergonzada de haberse congelado frente a nosotros. Pero no tenía problemas con Ian, ni con Bea ni con nadie más. Fue muy raro.

—¿Tal vez le gustabas?

—No. —Ni siquiera se sonrojó, pues así de seguro estaba—. Pensé que tal vez… tú le gustabas.

—Sí. —Me reí—. ¿Cómo en típica fantasía de niño? No. Lo siento. No es el caso.

Después de la cena, volvimos a Milagro por helado. Me alegró ver que la mujer de la otra noche no estaba ahí. Luego paseamos por el sendero que bordeaba el río. Estaba casi seco, y una solitaria vena de agua lo recorría por el centro. Sobre la pequeña colina, una larga estructura de adobe estaba adornada con luces navideñas. Nuestros hombros se tocaban cada tanto. Antes, en algún momento mientras comíamos los burritos, dejé de pensar en cuándo nos besaríamos. Iba a pasar… ¿no? Eso creía. ¿O quizá no? Pero las cosas se volvieron tan fáciles que incluso me olvidé de preocuparme por ello. Llegamos a una curva en el camino y vimos una salida que llevaba a la orilla del río.

—Mira —dijo Nick.

Tomó mi mano fría con su mano tibia. El pecho se me llenó de calor. Apuntó con la barbilla a una banca junto a la orilla del río. Caminamos hacia ella, tomados de la mano. Sin embargo, tan pronto nos sentamos en la banca, sentí el teléfono en el bolsillo. No había pensado en él en toda la noche. Lo saqué y vi la hora.

—Ay, Dios. Son las once y media. —El corazón se me fue al suelo. Estaba sentada junto a Nick bajo una luna menguante, en una banca junto al río. Pero la noche estaba por llegar a su fin. Tendríamos que caminar de vuelta al auto de Nick, conducir a casa y despedirnos—. Deberíamos volver, ¿no?

Me puse de pie y miré a Nick, quien no se había movido.

—Sí —contestó. Se levantó.

Yo había emprendido el regreso por el sendero cuando sentí su mano tomar la mía por detrás. Me detuvo. Me di media vuelta y, antes de entender lo que estaba pasando, se acercó y puso sus labios sobre los míos. Así como así. Estuvimos besándonos un rato antes de que se detuviera un momento.

—¿Está bien? ¿Que haya hecho eso?

Ni siquiera respondí. Tan solo volví a poner mis labios en su lugar sobre los suyos. Las mariposas que sentía en el estómago se convirtieron en electricidad, un calor que se esparció despacio por todo mi cuerpo. Su aroma estaba en todas partes. Me volvió un poco loca. Tuve la extraña sensación de quererle ver el pecho otra vez, y la espalda, todo. Quería saber cómo se veía cuando se ponía los pantalones o leía un libro, cuando pensaba que nadie lo veía. Quería verlo dormir, lavarse los dientes, conjugar verbos en francés. No era algo sexual, no realmente. Pero supongo que sí lo era. Quería entrar al aroma de Nick y quedarme ahí un rato. También quería arrancarle la ropa.

Cada vez que parecía que íbamos a parar, comenzábamos de nuevo, y detenernos parecía imposible. Intenté convencerme de que el tiempo no avanzaba, pero llegó un punto en el que tuve que dejar de engañarme. Imaginé a mi papá viendo el reloj, luego su teléfono y luego saliendo de la cama para ir a la sala y poner ESPN.

—Debo irme. —Me alejé y todo mi cuerpo se quejó—. Pero no quiero parar.

Bajé la mirada al suelo mientras lo decía, pero no porque fuera mentira. Se sintió bien decirlo. Parada ahí, a la orilla del río, sentí que podía decirle cualquier cosa a Nick, como si no hubiera nada que nos separara. «Quiero comerte. Quiero entrar en tu cuerpo y quedarme a dormir. Quiero tocarte el pecho con la palma de la mano y mostrarte los cráteres de la luna. Tal vez quiera lamerte las orejas. Nunca antes me había sentido así».

Nick estaba aturdido.

—Yo tampoco. —Se llevó una mano al cabello y pareció sorprenderse al no encontrar la cola de caballo.

Caminamos de regreso y, a pesar de que íbamos tarde,

Nick condujo con el mismo cuidado que antes, sin rebasar el límite de velocidad una sola vez. Se estacionó frente a mi casa a las doce quince. (Ya le había escrito a mi papá para decirle que llegaría un poco tarde. Él respondió con emojis de un piano y un aguacate. No tenía idea de qué quiso decir. Le respondí con un pulgar levantado).

—Tengo puesta tu playera —le recordé.

—Qué bueno —contestó—. Ahora tengo una razón para volver.

Le di un último beso antes de bajar del auto.

La luz de mi papá estaba apagada, así que no lo llamé desde el pasillo para avisarle que había llegado, a pesar de estar segura de que seguía despierto. Me metí a la cama, todavía exaltada. Para calmarme, leí sobre santa Lucía, santa patrona de los ciegos, quien tuvo visiones tan amenazadoras para los poderosos que el emperador ordenó que le sacaran los ojos. En muchas pinturas se le representa sosteniendo una bandeja dorada con sus ojos encima. Mi madre adoraba a santa Lucía. ¡Ojos en una bandeja!, escribió en el margen. AMO A ESA DRAMA QUEEN.

Volví a guardar el libro en el cajón y apagué la luz.

Dormí con la playera de Nick puesta.

10

Nunca le envié a Syd un mensaje de «ESTÁS MUERTA PARA MÍ». De hecho, no volví a escribirle ese año. No había nada que estuviera segura de querer decirle. Y ella, por supuesto, tampoco me escribió. Seguí esperando que las cosas se aclararan, pero nunca pasó nada. Después de un mes, podía suponer sin temor a equivocarme que Ray había cancelado la línea y que había perdido mi única posibilidad de contactar con ella.

Patience respondió una semana después de que le escribí. La nota era breve y su letra era rara, como la de una niña. No había sabido nada de Syd y me dijo que dejara el tema por la paz. Syd era una adulta, me recordó. Era capaz de tomar sus propias decisiones.

Un día antes de las vacaciones de invierno, al llegar a la escuela descubrí que los conserjes habían quitado todos los carteles, incluidos los de Syd. Fue un alivio, de hecho. Había sido insoportable que la mirada de Syd me siguiera por los pasillos durante todas esas semanas. Y que se viera tan feliz en la fotografía solo lo empeoraba. Volver a verla gritarme «¡Whisky de pipííí!» entre clases era una miseria, así que me alegré de que eso hubiera terminado. De todas formas, los carteles no lograron nada. No tenía pistas, ideas ni nada. Con cada día que pasaba, Syd se convertía en un misterio más grande para mí, cada vez más desconocida, y lo detestaba.

Se había esfumado. Pensé que el dolor de no saber dónde estaba o por qué se había ido disminuiría, pero no fue así. Y la extrañaba. Así de simple. La odiaba por lo que nos había hecho a Nick y a mí, y la odiaba por haberse ido. Pero no había dejado de ser mi mejor amiga. Nos adoptamos la una a la otra. Nos unía un pacto de sangre. No podía dejar de preocuparme por ella. Todavía pensaba en Stanford algunas veces. ¿Habría recibido respuesta de ellos? Tal vez la aceptaron.

Soñaba que algún día, en uno o dos o tres años, mis obsesivas búsquedas en Google me darían pruebas de que el plan había funcionado. Le darían un premio. Fundaría una asociación. Me convencí de que, algún día, una muestra de su éxito aparecería en los resultados de mi búsqueda. Una beca Rhodes, la Beca Nacional al Mérito o una Fulbright.

Sin embargo, también había reprobado el año escolar. Esa ironía fue más notable la tarde en que mi padre entró por la puerta con una carta dirigida a «Los padres de Miranda Black» en las manos. Cuando Syd se fue, todos los estudiantes de último año subimos una posición. Por primera vez me encontré entre los primeros cinco. Me sorprendió de verdad. Mi papá entró de inmediato en un estado de éxtasis que se acercaba al delirio. Tomó la carta como otra señal de que me aceptarían en una de las glamurosas universidades a las que me había convencido de intentar entrar.

—Y mira al galán —dijo señalando a la primera posición. «Nicholas Allison».

Ver ese nombre impreso bastaba para que los caballos en mi corazón galoparan.

En la escuela, a la gente le resultaba confuso vernos juntos, y ninguno de los dos sabía bien cómo lidiar con las preguntas al respecto. ¿Qué cambió? Me imaginé que la gente creía que Nick me tenía lástima. Mi mejor amiga me había abandonado y él me dio otra oportunidad. Pero la cosa era que no me importaba. Mi vida no era asunto de nadie. Mi vida era solo mía. Había dejado de ser la vocera de Syd. Me sentía libre. Era solo yo, y por primera vez en mi vida no me importaba lo que nadie pensara.

Nick y yo pasamos todos los días de las vacaciones de invierno juntos. Hicimos senderismo en la Sierra de los Órganos y vimos el atardecer en el Monumento de Arenas Blancas. Lo llevé al laboratorio de mi papá en la NASA y miré a mi padre maravillarse porque Nick entendía todo el palabrerío matemático e ingenieril que él usaba para explicar lo que sus chunches hacían y cómo lo hacían. Me llevó al muro de escalar en la NSMU y, aunque pasé todo el camino alardeando de que había nacido para escalar —«Mira estos brazos de simio»—, resulté ser pésima. Terminamos recostados en los tapetes, muertos de risa.

—¿Por qué soy tan mala para esto? —pregunté.

—Es difícil. Pero mejorarás. —Tenía una raya de gis en la mejilla.

—Enséñame otra vez —le pedí.

Me encantaba verlo, la forma en que estudiaba con cuidado los asideros para los pies y las manos, y armaba el rompecabezas de su ascenso antes de siquiera empezar a escalar. Luego trepaba, me veía desde arriba y sonreía.

Lo hacía ver tan fácil.

—No lo sé —grité desde el piso—. Tal vez si te quitas la playera otra vez, aprendería mejor. Necesito ver la situación musculosa en acción.

Meneó la cabeza.

—No tienes remedio —dijo.

Luego soltó una mano y los dos pies y se quedó colgado en la cima por un momento antes de dejarse caer el piso.

Cuando me pidió que pasara parte del día de Navidad con él, sentí como si fuera algo importante, como si significara algo, aunque no sabía bien qué. Nick pasaba bastante tiempo en mi casa. Mi papá y él ya eran como viejos amigos. Tal vez lo que era algo grande era ir a su casa. Creo que los dos estábamos aterrados.

Al parecer, era tradición que Tomás cenara con la familia de Nick, lo cual me pareció peculiar. Conocía a toda la enorme familia de Tomás. No era huérfano y no había una razón aparente por la cual tuviera que buscar dónde cenar en Navidad. No lo entendí, pero me alegraba que estuviera ahí. Me sentía muy fuera de lugar en casa de los Allison, así que alzar el rostro y ver una cara familiar era un alivio.

Nick le había contado a Jason toda nuestra desquiciada historia, y entonces, cuando Jason me dio la mano frente a sus padres, lo primero que hizo fue un chiste sobre mi apéndice. En cuanto entramos a la cocina, la mamá de Nick me abrazó, como lo hizo aquella noche en La Posta. Su papá solo salió de su estudio cuando llegó la hora de comer. Cuando los vi a ambos de pie, juntos, mientras la mujer decidía quién se sentaría en dónde, la diferencia de edad entre ellos me volvió a sorprender. Ella tan joven y vibrante, hacía que el papá se viera aún más serio y agrio.

La comida estuvo bien, pero sobrecocida. Era la clase de comida ante la cual mi papá habría hecho ansiosos cumplidos de más para ocultar su opinión real. La mamá de Nick había sentado al papá en la cabecera, desde donde presidía toda la cena con su fría distancia. No podía dejar de pensar en que era un genio matemático. Cada vez que miraba en dirección mía, me sentía atrapada, como si sus penetrantes ojos azules pudieran atravesarme y ver mis decepcionantes resultados en la sección de matemáticas de los exámenes de ingreso a la universidad. Recordé que Nick dijo que solo había siete personas en el mundo capaces de comprender sus digresiones matemáticas. Deseé que al menos una de esas personas estuviera ahí para conversar con él.

Tomás, gracias a Dios, podía hablar de cualquier cosa, y eso hizo. Habló de la escuela y la universidad, y le dedicó varios minutos a la lesión que sufrió en la ingle la temporada anterior de beisbol, impulsado por los «uy» y los «ay» compasivos que recibía con cada escatológico detalle. Antes de que nadie se diera cuenta, utilizó la palabra *testículo.* Fue atroz. Pero lo más extraño fue que nadie se rio, ni sonrió ni se dio por aludido. Ninguna cara se movió. Tal vez era porque todos sabíamos que, mientras Tomás hablara, aunque fuera sobre su ingle, ninguno de nosotros tendría que intervenir. Hacia el final de la cena, estaba hecha un manojo de nervios. Entendí por qué Nick había hecho aquel ruido de dolor de muelas ese día en la zanja. Todo era tan pesado, tan *blah.*

El papá de Nick se retiró a su estudio después de la cena, y su mamá y Jason volvieron a concentrarse en un gigantesco rompecabezas en la sala. Tomás, Nick y yo llenamos el lavavajillas. Y eso fue todo. La señora Allison me abrazó una vez más y me mandó a casa con una lata de galletas un poco quemadas para mi papá, pues supongo que pensó que habría pasado el día solo.

Después, cuando Tomás y yo nos quedamos un momento solos afuera, mientras Nick tomaba su abrigo y mi regalo de su habitación, le pregunté a Tomás por qué cenaba en Navidad con la familia de Nick.

—¿Es en serio? —susurró alzando la mirada del teléfono, donde veía los resultados deportivos—. Lo hago por Nick. Lo de ahí adentro es un asunto sombrío superintenso, por si no te diste cuenta. Ahora tengo que ir a comerme otra cena enorme con mi familia. —Miró hacia arriba—. No le digas que te dije.

—Qué loco —murmuré, aunque tenía todo el sentido del mundo.

La mandíbula me dolía por haberla apretado tanto tiempo.

—En fin. Perdón si no me gusta el silencio. Digo, acabo de pasar como diez minutos hablando de mis pelotas.

—Fue muy gracioso —dije.

Tomás se encogió de hombros y volvió a su teléfono. Giré para asegurarme de que no hubiera moros en la costa.

—Oye, T —dije casi en un susurro—. ¿Tú eres Explorador?

Levantó la vista de nuevo, me miró fijamente y negó con la cabeza.

—Cállate. No.

—Nick es Explorador —susurré.

—¿Y qué?

—¿No crees que es raro?

—Mir, si crees que eso es lo más raro de Nick, necesitas poner más atención. —Volvió a pasar el dedo por los marcadores de los partidos—. Lo que me parece raro es que la mamá de Nick esté tan interesada en mis bolas. Eso sí es raro —dijo, y se rio de su propio chiste.

—Tu familia es muy callada —comenté mientras conducíamos a mi casa, donde mi padre organizaba su cena navideña anual para huérfanos de la NASA.

—*Callada* es una forma amable de decirlo —respondió.

Parecía cansado, distraído. Me preocupaba que no estuviera de humor para la fiesta de mi papá.

Cuando llegamos a mi casa, había tantos autos enfrente que tuvimos que estacionarnos en la calle, más adelante. Era una tarde perfecta, fresca, nada fría, y el cielo era de un azul profundo y glorioso. Tenía el típico silencio navideño. El mundo estaba quieto.

—Te advierto una cosa —le dije a Nick mientras buscábamos dónde estacionar—. Esto es lo que más le gusta a mi papá en el mundo.

Siempre era un poco extraño que una horda de desconocidos invadiera mi casa en Navidad, pero había llegado a adorar esa tradición de mi papá de invitar a toda la gente que trabajaba en la NASA; muchos de ellos eran soldados de la base de misiles contigua que no tenían dónde pasar la Navidad. Sin nosotros, decía mi papá, comerían comida de microondas y verían *Star Trek* solos todo el día.

Sin embargo, sospechaba que lo hacía tanto por ellos como por nosotros. Existía también una versión posible de la Navidad en la que mi papá y yo pasábamos el día tristes, pensando en mi mamá, pero sin hablar de ella.

Existía una versión en la que *nosotros* éramos los huérfanos.

—¿Tus papás se divorciaron? —preguntó Nick de la

nada mientras yo batallaba por estacionarme a una cuadra de mi casa—. ¿Antes de que tu mamá se fuera?

—No —respondí—. Mi papá se divorció de ella como un año después. Fue horrible.

—¿Horrible porque no querías que lo hiciera?

—No, no. No sé. Supongo que solo quería que volviera. No sé. Tenía solo ocho años.

—Claro —murmuró.

Estaba sentado con mi regalo en el regazo. Noté que era un libro. Me dio gusto que no se hubiera dado cuenta de lo épicamente mal que me estaba estacionando.

—¿Crees que tus papás estaban enamorados o algo así?

—No tengo idea —respondí mientras sacaba el auto del espacio y enderezaba las llantas por milésima vez—. Mi papá, sí. Creo. Es raro, nunca hablamos de eso, pero estoy bastante segura. Digo... tú eres un genio matemático: los embarazos duran nueve meses, mis papás se casaron en febrero y yo nací en julio. Mi papá tuvo que dejar el MIT e ir a la NMSU. Sus papás estaban hiperfuriosos. Creo que la familia de mi mamá... a los católicos no les encanta la idea del aborto, ¿sabes? —Le lancé una mirada; me escuchaba con atención, como si estuviera por revelar la respuesta a una gran pregunta que había tenido en la cabeza—. He pensado mucho en eso. Sería un poco incómodo mencionarlo ahora, ¿no? «Oye, ¿alguna vez quisiste eliminarme de la faz de la Tierra cuando era un cigoto?». Pero lo que creo es que sí, que estaban enamorados, pero eran muy jóvenes y muy diferentes. Era un desastre latente. Yo solo fui el accidente que lo puso en marcha.

—No fuiste un accidente.

—Sabes a qué me refiero. No creo que mi papá lo piense así ahora. —Por fin logré entrar al espacio y sentí un alivio total al poder apagar el auto—. Lo que sí apesta es que incluso después de que se casaron, después de que hicieron todo lo que los demás querían que hicieran, la familia de mi madre como que nos exilió. No sé por qué. Seguro que fue algo jodido. Cosas de las que no sé nada. Luego ella se fue. Y al parecer también culparon de eso a mi papá. Mi tío Benny y mi tía Letty están aquí y tal vez vengan esta noche, pero son los únicos con los que tenemos contacto. Todos los demás nos aplicaron el «ahí se ven».

Nick miraba el cielo por el parabrisas. No parecía querer ir a ningún lado.

—Creo que mis papás se van a divorciar —dijo sin emoción.

—¿Qué? —disparé en respuesta—. ¿De verdad?

—No lo sé. Mi papá está buscando trabajos en todo el país. Pero esta vez mi mamá no ha dicho nada. De hecho, hizo mucho alboroto cuando anunció que acababa de firmar un contrato para rentar un nuevo consultorio con otra psicóloga y que iba a atender a más pacientes. Es un espectáculo extraño. Pero no sé qué significa.

—¿No puedes preguntar? ¿Preguntarle a tu mamá?

—No es algo que hagamos en mi familia, ¿sabes? Hablar y esas cosas.

—¿Jason qué piensa?

—Lo mismo. Que es raro.

Le puse una mano en la rodilla.

—Apesta.

—No sé —murmuró y bajó la mirada un poco—. ¿Sí apesta? —Parecía sorprendido por lo que acababa de decir—. Mi mamá es como… normal: edad normal, mamá normal. ¿Sabes? Mi papá es viejo. Nada en esa situación va a cambiar. A veces creo que mis papás, mi mamá, estarían mejor separados. ¿Es lo peor que podría decir sobre mis propios padres?

—No —contesté—. No realmente.

—Mi papá es... —Agitó la cabeza y se pasó las manos por el cabello. No supe qué decir, así que guardé silencio—. En fin. —Pareció quitarse el tema de encima—. Perdón. —Alzó mi regalo—. Es un libro. Ábrelo.

Era un libro titulado *La belleza debajo de los números.*

—Es un libro de matemáticas. —No pude evitar reírme.

—No. Es de teoría matemática... para legos. Parecías muy interesada. ¿Es un pésimo regalo? Mi mamá pensó que era un mal regalo.

—Es perfecto —respondí, y de verdad lo creía—. Soy tan lega como se puede ser.

Metí la mano a la bolsa y saqué su regalo. Lo abrió y me miró, confundido.

—Es un collar. —Hizo el esfuerzo de ser amable, de que pareciera que un collar era justo lo que siempre había querido.

—No, es un santo.

Le dio vuelta al pequeño medallón plateado, y ahí estaba: san Jorge, montado en un caballo parado en dos patas, con el dragón derrotado a sus pies.

—Ah. —Seguía perplejo—. *Cool.*

—San Jorge es el santo patrono de los Niños Exploradores... y de los Exploradores en general.

—Ah. —Hizo una pequeña mueca y me dio una de sus adorables y tímidas sonrisas—. Me encanta.

—No tienes que usarlo.

—Me encanta. —Lo sacó de la caja y se lo colgó al cuello.

—Mira. —Me acerqué y lo metí por debajo del cuello de su camisa—. No tienes que usarlo por fuera. No es un collar.

Se inclinó y me besó.

—Me encanta —repitió.

Los huérfanos comían postre cuando entramos. Reconocí algunas caras de Navidades pasadas, pero, como de costumbre, la mayoría de los huérfanos eran nuevos. Encontré a mi papá junto a la chimenea, resplandeciente de alegría, aunque tal vez también por el ligero exceso de vino. Gritó al vernos.

—¡Ahí está mi niña!

La casa olía al piñón de la chimenea, y pequeñas luces blancas colgaban de las vigas. Todos los asientos de la casa estaban ocupados. Nick y yo tomamos nuestra tarta de nuez y nos sentamos en la esquina de la sala, junto a la kiva, sobre el piso de baldosas. El suelo estaba caliente y agradable gracias al fuego y la casa se mantenía viva gracias a la gente.

Mientras comíamos tarta, vi a mi papá hacer sus rondas, rellenando copas de vino y recogiendo platos de postre. Como hacía todas las Nochebuenas, la noche anterior había desarmado el pequeño árbol de Navidad que poníamos todos los años. Necesitaba el espacio en la sala para la gente. Estaba tan, pero tan feliz. Después de un rato, se acercó a nosotros y se dejó caer sobre el suelo. Sacó de su bolsillo un pequeño regalo mal envuelto que le entregó a Nick. Él lo miró un instante, luego me vio a mí.

—¿Qué es eso? —pregunté.

No tenía idea de qué le había comprado mi papá a Nick.

—Ábrelo —le dijo a Nick, sonrió y me dio un pequeño empujoncito—. No son tus asuntos.

Le lancé una mirada feroz a mi papá y observé a Nick abrir su regalo. Era una magnífica navaja suiza que tenía su nombre grabado.

—Guau. —Nick se iluminó al verla—. Muchísimas gracias, señor Black.

—Es Peter, Nick. Dime Peter. Ahora, esta bestia tiene treinta y tres herramientas. Pero mira, tengo que enseñarte esta. Mi favorita. —Mi papá tomó la navaja y de un costado sacó una hoja serrada de un tamaño ridículo; la alzó, triunfante—. ¡Un miniserrucho!

—¡Está increíble!

Cuando mi papá le devolvió la navaja, Nick se dispuso a sacar todas las herramientas y, como dos niños, ambos enumeraron todos sus usos potenciales.

—¿Para qué podrías querer un miniserrucho? —Me asomé a verla.

—Para cuando necesite talar un miniárbol. —Nick hizo movimientos de serrucho en el aire.

Mi papá se dobló de la risa y le dio una gran palmada en la espalda a Nick mientras me lanzaba una mirada de arrepentimiento.

—San Jorge mató un dragón. —Me recargué en la pared—. No me preocupa.

—Ah. ¿Te dio el collar? —preguntó mi papá, alegre.

Nick volteó a verme, con los ojos bien abiertos. Yo agité la cabeza, me llevé una mano a la cara e intenté parecer ofendida, pero terminé por reírme.

—Él me regaló un maldito libro de matemáticas —dije.

—¡Bien hecho! —exclamó mi papá mientras le apretaba el hombro a Nick y se ponía de pie con un brinco—. Feliz Navidad, amor mío. —Me dio un beso en la cabeza y volvió a atender a sus invitados.

—Sí me encanta. —Nick se llevó una mano al pecho y buscó el pequeño medallón debajo de su camisa; me miró, sincero—. Me encanta.

Me acerqué y le di un beso sigiloso. Él volvió a juguetear con su navaja, absorto.

Me recargué de nuevo en la pared y lo observé un buen rato, y entendí, tal vez por primera vez, lo que estaba pasando entre nosotros... o lo que ya podía haber pasado mientras no ponía atención.

Nick ya no me gustaba. Para nada.

Estaba enamorada de él.

Jamás habría creído que los dos sentimientos fueran tan distintos. Que te guste alguien es fácil. Era una tortura leve, una pequeña molestia que no desaparecía. Pero estar enamorada era grande, filoso, impredecible. No era una molestia, *dolía*. Dolía porque era real y estaba sucediendo. La sensación era tan punzante que sentí que podía matarme, como si pudiera cortarme por la mitad y morir por lo que fuera que encontrara ahí, por lo que fuera que mi amor por Nick revelara.

Justo en ese instante, él levantó la mirada y blandió la navaja con las treinta y tres herramientas desplegadas.

—Disculpa. —Ladeó la cabeza—. ¿Tendrás de casualidad algún pescado que necesite ser descamado o cables que requieran ser pelados?

La expresión boba en su rostro lo era todo. Era él, todo Nick, sin filtros, y me lo estaba dando a mí, todo, todo él, y era mejor que cualquier libro o cualquier collar del mundo.

Luego, después de que casi todos los huérfanos se hubieron ido y ya solo quedaba el grupo de amigos cercanos que venía cada año, mi papá sacó la caja de Maratón, así que nos reunimos en la mesa del comedor, divididos en dos equipos.

—Esta es una tradición muy importante en nuestra casa —le explicó mi papá a Nick.

Sin duda estaba un poco mareado. Si hubiera estado ebrio, no habría sido gracioso. Nunca había visto a mi papá borracho. Pero, dado que estaba solo un poco achispado, era bastante divertido.

Justo cuando empezamos a preparar el tablero, escuchamos que alguien llamaba a la puerta. Letty entró, seguida de Benny, quien traía cargada a mi prima Luciana, despierta pero agotada. *Des-navidada*, le llamaba mi papá a ese estado de conciencia.

—Oh-oh —murmuró Benny con su gigantesca voz en cuanto le vio los ojos a mi padre—. Pedro se tomó unas cuantas.

—*Touché*, Benicio.

Mi papá deambuló por la sala, cargó a Luciana y ella le dio un beso. Luego le dio un abrazo a Letty y a Benny. Tanto mi papá como Benny eran altos. Pero, mientras que mi padre era delgado, Benny era un gigante. No era gordo, solo enorme, impactantemente enorme, y su enormidad solo se amplificaba junto a la relativa pequeñez de Letty. A su lado, ella se veía diminuta.

—¿Dónde están los niños? —preguntó mi papá, asomándose por la puerta antes de cerrarla para impedir que entrara el frío.

Letty miró a Benny, y Benny a mi papá.

—Se quedaron en Deming con sus abuelos —respondió.

Letty volteó a verme con expresión compasiva. Siempre había odiado cómo nos trataba la familia de mi madre a mi papá y a mí. También eran mis abuelos, a fin de cuentas. Cuando mi papá volteó a verme, noté que el labio inferior se le tensaba. Me encogí de hombros frente a los tres rostros de preocupación. No estaba herida. La verdad era que no conocía a mis abuelos lo suficiente como para que me lastimaran.

Tomé a Nick de la mano y lo arrastré para presentarle a Letty y a Benny. Fue superamable y adorable, sobre todo si consideramos que Letty fue bastante ruda y meticulosa en su evaluación.

—Miranda nos ha dicho cosas buenas de ti —afirmó con su mejor tono impasible de trabajadora social.

—Eh... —Nick me miró; se había tragado la lengua.

Letty frunció el ceño, escéptica.

—Ya. Dale una oportunidad —pedí.

Benny tomó a Nick de la mano. Lo que comenzó como un apretón de manos se convirtió de pronto en un abrazo de oso. Luciana alzó los brazos para exigirme que la cargara. La levanté, y ella apoyó la cabeza en mi hombro.

—¿Listo para perder, mi hermano? —le preguntó mi papá a Benny.

—Nací listo para perder —respondió y le dio una fuerte palmada en la espalda.

Caminamos a la mesa del comedor y nos unimos a los demás. Me senté con Luciana aún colgada de mí. Se durmió casi de inmediato.

—Oye, momento. ¿En dónde está tu amiga? —me preguntó Jerry, el compañero de laboratorio de mi papá. Su competitividad era famosa. Noté que la vena en la frente se le empezaba a saltar. Se disgustó al no ver a Syd entre nosotros—. Fue nuestra arma secreta el año pasado.

Mi papá me miró.

—No pudo venir este año —respondí—. Pero este muchacho es bastante listo. —Empujé a Nick hacia el otro equipo.

Jerry examinó a Nick.

—Tendrás que demostrármelo, hijo —dijo medio en broma, medio en serio.

Tomó a Nick de los hombros y lo sentó en una silla. Jerry conoció a su esposa, Bonnie, en una Navidad de Huérfanos algunos años atrás. En sentido estricto ya no eran huérfanos, pero aún iban a la fiesta cada año. Era una tradición. Bonnie se levantó de su asiento, junto a Jerry, y caminó a nuestro lado de la mesa.

—Demasiada testosterona —anunció al sentarse junto a mí.

Antes de comenzar, llevé a Luciana a mi recámara, la metí a la cama y cerré la puerta. Regresé a sentarme junto a mi padre, quien, mientras jugábamos, me pasó un brazo sobre los hombros. Me molestaba por mis respuestas a las preguntas deportivas («¡Derek Jeter no jugaba futbol! ¡Dios, crie a una ignorante!»), y luego ambos gritamos la respuesta a la misma pregunta al mismo tiempo. (El Mar de la Tranquilidad fue, por supuesto, donde el Apollo 11 alunizó en 1969).

No dejaba de voltear para ver a Nick mirándonos; él sonreía y desviaba la mirada. Me preguntaba si pensaría lo mismo que yo pensaba mientras lo veía jugar con su navaja, pero pensé que era más probable que estuviera pensando en su propio padre. No pude imaginarme a su papá abrazándolo.

Al equipo de Nick le tocó una pregunta de deportes y entretenimiento.

Mi papá tomó la tarjeta de la pila con un gesto dramático. La habitación enmudeció.

—¿Cuántos cuadros tiene un tablero de ajedrez? —Entrecerró los ojos al ver al otro equipo.

La vena en la frente de Jerry comenzó a pulsar, y Bonnie agitó la cabeza, divertida. Letty me tocó le hombro. Ella sabía la respuesta. Me alegró que no estuviera en el otro equipo.

—¿Alguien? —preguntó Jerry mientras miraba a sus compañeros y comenzaba a entrar en pánico—. ¿Algo?

Nick alzó la mano con timidez.

—Yo sé.

—¡Dilo, niño! —rugió Jerry—. ¡Dilo!

—Sesenta y cuatro —respondió Nick con poco volumen.

—Vamos a perder. —Mi papá metió la tarjeta en la caja, y el otro equipo estalló en un gesto celebratorio.

Benny casi levantó a Nick de su asiento.

—¡*Nerd!* —le grité en medio del barullo.

Me regaló una sonrisa tímida. Luego, metió la mano debajo del cuello de la camisa, sacó a san Jorge y lo dejó colgar por encima de su playera.

—Dominamos. —Se reclinó en la silla y ladeó la cabeza—. Veinticuatro siete.

No era muy bueno para alardear, pero vaya que se estaba esforzando. Y ahí, sentada frente a Nick, lo sentí de nuevo: el filo de ese enorme y aterrador sentimiento, el dolor genuino del amor verdadero.

«¿De verdad está pasando?», me pregunté.

«De verdad está pasando».

II

II

En abril, para conmemorar el cuarto mes desde la desaparición de Syd, conduje por la carretera Interestatal Diez hasta llegar a un lugar desde donde se alcanzara a ver el cementerio. Seguía ahí. No sabía si Ray y Tonya se habían mudado, heredándole el problema del cementerio al siguiente inquilino, o si aún no se habían ido. Quizá Tonya usó aquello de la mudanza como excusa para deshacerse de las cosas de Syd.

Me orillé en la carretera y me senté en el auto mirando hacia el cementerio. Alcancé a ver el hueco en la tierra que mi trasero escarbó frente a Manny y el de Syd frente a Isadora. Si no le tuviera tanto miedo a Tonya y a su arma, me habría estacionado, prendido las intermitentes, bajado por el peligroso terraplén y me habría soltado a llorar ahí abajo.

No sé por qué pensé que sería buena idea pasar por ahí. No lo fue. No había visto el cementerio en cuatro meses y, aunque todavía pensaba en Syd todo el tiempo, la definición de nuestra relación —su textura específica, su profunda familiaridad— había comenzado a desvanecerse. Asomarme por la ventana del auto y ver el cementerio hizo que todo pareciera fresco otra vez: la tristeza, la rabia y el enorme calambre en el estómago por no saber dónde estaba Syd ni si estaba bien. Y me hizo extrañarla más que nunca. Sentada en el auto, con las intermitentes prendidas y el tráfico zumbando a mi lado, me di cuenta de que, cuando pensaba en Syd, sentía aflicción pura. Era un duelo sencillo, impoluto. Y, por la razón que fuera, siempre que aparecía traía consigo el antiguo dolor por la pérdida de mi madre.

Lo que había aprendido de ambas era que el dolor no se debía a que alguien se hubiera ido. No era tan definitivo. De hecho, era justo lo contrario. Me dolía porque quería recuperarlas tanto que ese deseo no tenía fin y no había nadie que lo recibiera, que lo detuviera. Seguía y seguía, en una búsqueda sin fin.

Habría descrito los cuatro meses después de que Syd se fue como la peor época de mi vida, si no hubiera sido porque también fue la mejor. Todo era tan perfecto como terrible. Si alguien me hubiera dicho esa noche en los Diez Mil Postes que en cuatro meses Syd no estaría y Nick Allison sería mi novio, me habría doblado de risa. Era una locura. Absurdo. Pero eso fue lo que sucedió. En verdad sucedió. Y ahora la idea de separarme de Nick comenzaba a dolerme tanto como la realidad de estar separada de Syd. La época de migrar a la universidad se acercaba como una galaxia lejana a la que nos dirigíamos a la velocidad de la luz.

Tras horas de negociaciones con mi papá y más de mil listas de pros y contras, decidí enviar solicitudes a Brown, Vassar, Reed y Smith. Si no entraba a ninguna de esas, volveríamos a considerar las universidades estatales y otras opciones, entre las cuales podría estar tomarme un año libre para volver a intentarlo el siguiente otoño. El proceso fue agotador. Dejé que el entusiasmo de mi padre me empujara hasta el final. Pero entonces, después de haber enviado las solicitudes y de que la presión se esfumara, empecé a ansiar de verdad que me aceptaran en una de esas universidades. Mientras caminaba por el polvoriento pasillo de la preparatoria Las Cruces, me daba cuenta de que, en mi imaginación, estaba caminando por un sendero en un hermoso y frondoso campus y, como mi papá les decía a mis millones de muecas, «alcanzando mi potencial y realizándome».

Pero entonces, una noche después de una supersesión de besos con Nick, llegué a casa y me apuré a llenar una solicitud para la UNM. Encontré una beca de la Asociación Nacional de Periodistas Hispanos por la que podía competir. Requería un ensayo y dos años de experiencia en un periódico estudiantil. Era perfecta. Cuando le pedí a mi papá dinero a la mañana siguiente para pagar la cuota de la solicitud, suspiró.

—Solo para saber —dije—. ¿Y si no entro a una de tus maravillosas universidades?

—No son mis universidades —contestó.

—Es solo por seguridad —argumenté—. No es como que vaya a ir.

Pero, en mi cabeza, era obvio que sí iría. Nick se rebelaría frente su papá e iría a la UNM para estudiar silvicultura, y yo estaría ahí también. Estaríamos juntos. Era así de simple. Y no dejó de ser así de simple hasta que lo imposible sucedió y me aceptaron en Brown. Era mi universidad de *no-es-como-que-vaya-a-entrar-salvo-que-sea-en-sueños*. Incluso consideré no hacer la solicitud. Era la Ivy League, carajo. No había forma de que me aceptaran.

Me quedé perpleja. No dejaba de leer el correo una y otra vez, segura de que había alguna trampa.

Mi padre se murió cuando lo llamé al trabajo para contarle. Se *murió*. Después de gritar «¡No inventes!» durante tres minutos enteros, comenzó a correr por los pasillos y a jalar a las personas para darles la noticia.

—Ya, por favor —dije.

—¡Nada de ya! ¡Claro que no! —gritó.

Esa noche, salimos a cenar. Nunca salíamos a cenar.

—Estoy tan feliz que no puedo caminar —afirmó mientras conducía por la vieja carretera hacia Chope's, en La Mesa, a través de kilómetros de huertos, con las ventanas abajo y «Deceptacon» de Le Tigre a todo volumen, mientras los árboles a cada lado creaban un toldo verde sobre el pavimento.

—¡Quisiera poder contárselo a Syd! —aullé por encima de la música.

—¡Dios, yo quisiera poder contárselo a tu mamá! —aulló en respuesta.

Nunca hablaba así de mi mamá, como una persona viva que podía recibir noticias o a la que le importarían si las recibiera. Fue un tropiezo. Por eso supe que había perdido la cabeza de tanta alegría.

Unos días más tarde al llegar a casa encontré una carta en el buzón. Había ganado la beca de periodismo en la UNM. No era una cantidad enorme de dinero, pero solo había una beca y era mía. Basaron su decisión en un ensayo que escribí sobre crecer con un papá soltero y blanco, todas las formas en las que el mundo nos malinterpretaba y lo que él me enseñó sobre quién era yo y quién podía llegar a ser. Mi padre estaba orgulloso de que hubiera ganado la beca y soltó unas cuantas lágrimas cuando leyó el ensayo, pero no quedaba duda de que prefería Brown por encima de la UNM. Brown sería el lugar donde tendría la enorme y transformadora experiencia universitaria que él deseaba que tuviera, y para la cual había ahorrado desde que nací. Y también me gustó cuando vi el campus en internet, con sus enormes árboles, sus colinas verdes y su precisa selección de estudiantes diversos sentados en un círculo sobre un amplio pastizal, discutiendo sus grandes ideas. Me gustaba más la idea de ir ahí cuando era una imposibilidad. Pero ¿dejar Nuevo México, a mi papá, a Nick y la profunda familiaridad de Las Cruces que nunca odié, a diferencia de Syd? Sonaba fatal. Después de recibir el correo, tuve que ir a internet a refrescarme la memoria: ni siquiera sabía en dónde estaba Brown. Así que, sí, me gustaba la idea de ir. Solo no me gustaba la idea de *irme*.

El día después de recibir la carta de la beca, Nick llegó a mi casa con una carta de la UNM en la mano. Le habían ofrecido una Beca Presidencial de cuatro años, además de una subvención de matemáticas y, a través de un convenio con los Exploradores, una pasantía de verano en el Servicio Forestal Nacional. Si aceptaba la pasantía, se iría a principios de julio y pasaría un mes en un proyecto de creación de senderos en una parte remota de la Sierra de Jémez.

—¿Qué carajos? —exclamé en tono burlón—. A mí me dieron una mísera beca. ¿Qué? ¿También te van a dar un asistente personal? ¿El presidente te va a llamar todas las mañanas para despertarte?

El Explorador estaba en las nubes. Pero, cuando le pregunté si les había contado a sus padres, arrugó el rostro.

—¿Por qué me preguntas esas cosas, mujer?

Colapsó en el sillón, y yo me dejé caer a su lado y le puse las piernas sobre el regazo. Con un dedo me acarició la cicatriz en el tobillo de aquella noche en el huerto, la cual parecía haber ocurrido hacía un millón de años.

—O sea, ¿que no?

—No —confirmó con la barbilla levantada. Su mirada implicaba que había un ingrediente más en el asunto—. Hay otra cosa.

—¿Qué? —pregunté.

—Me aceptaron en Harvard. —Pude oír en su voz que no lo creía del todo.

—¿Qué? —Brinqué y lancé los brazos al aire—. ¡Ay, Dios! ¡Nick!

—Sí —dijo—. Qué loco, ¿no? Con una subvención.

—¡Qué increíble! —exclamé. Él solo asintió con pesadez—. No, no, ya sé —dije al volverme a sentar junto a él de rodillas y con una mano sobre su hombro—. Es muy triste. Entraste a Harvard. Pobrecito hombre blanco cisgénero.

Me dio un empujoncito.

—Es solo que es… ya sabes.

—Complicado —completé.

Intentó sonreír.

—Pues sí, lo es.

—¿Qué les dijiste?

—Les dije de Harvard. No les dije de UNM ni de la Sierra.

—Se emocionaron. Seguro que se emocionaron.

—No se van a emocionar mucho cuando les diga que no voy a ir.

—¿De qué hablas? ¿Ni siquiera vas a considerar Harvard? Qué ridiculez. Perdón, pero es una estupidez.

Se veía herido.

—Tomé la decisión hace mucho tiempo.

—Sí, está bien. Qué bueno. Pero… caray. Tomaste esa decisión antes de entrar a Harvard. Digo, no soy experta, Nicholas, pero creo que todavía podrías ser candidato a un trabajo en el Servicio Forestal con un título de Harvard. —Le di un empujoncito para intentar aligerar su sombrío humor, pero no funcionó.

Estudió el piso con los ojos.

—Tú estás considerando la UNM por encima de una universidad de la Ivy League —dijo.

—Sí, así es. Lo estoy pensando. Pero yo no… ¿Sabes? Yo no estoy basando mi decisión en un extraño miedo a convertirme en mi padre. —El comentario sonó más mordaz de lo que quise, Nick actuó como si le hubiera dado una bofetada—. Perdón. No es lo que quise decir.

—¿Y qué quisiste decir entonces? —Su calma era enervante.

—No sé —dije—. Perdón por decir eso. De verdad.

Y era cierto. No sabía qué había querido decir. ¿Acaso no quería que los dos fuéramos a la UNM? Estaríamos juntos. Todo resultaría tan sencillo como lo había soñado. ¿Por qué estaba luchando contra ello?

Inhaló profundo y examinó el piso de nuevo.

—No creí que me fueran a aceptar, así que ni siquiera tuve que pensar en cómo lidiaría con esto.

Algo en la forma en que lo dijo —el temblor de miedo, de derrota, en su voz— me enfureció.

—A veces no te entiendo, Nick. —Intenté suavizar la voz—. Te gustan las matemáticas. Te gusta esforzarte. Tu cerebro… no es un cerebro normal. —Me miró, malhumorado, y volvió a clavar la mirada en el piso—. Tu papá no inventó las matemáticas, no construyó Harvard.

Se quedó sentado.

—No entiendes.

—Okey. Sí. Tal vez no entiendo. Pero te conozco. Y sé que la mediocridad no te va a sentar muy bien. Así que, si quieres ir a la UNM porque es lo que quieres con todo tu ser, entonces sí: ve a la UNM. Sé feliz. Pero, si ese es el caso, ¿por qué no les puedes decir a tus papás?

Me miró, herido.

—No sé —contestó.

Le puse una mano en la rodilla.

—Sabes que es algo grande, ¿verdad? Te esforzaste muchísimo. Y sí tienes un don. Algunos dirían que es un privilegio.

—Lo entiendo. Sé que es un problema de hombre blanco privilegiado. Lo acepto. Pero eso no lo hace menos difícil, ¿de acuerdo?

—De acuerdo —contesté—. Y sí, lo entiendo perfecto.

Le puse la palma de la mano en la nuca. Aunque llevábamos juntos casi cuatro meses, todavía tenía momentos como ese, en los que seguía sin poder creer que estaba tocando la nuca que solía mirar en clase. En momentos así habría sido sencillo decir las palabras que le había querido decir desde hacía semanas, tal vez meses: «Te amo». Pero, en cuanto se me ocurría hacerlo, me acobardaba. No habría vuelta atrás después de decir esas palabras. Hasta una novata como yo lo sabía.

—Siempre podrías mentirles sobre adónde fuiste.

Por fin sonrió.

—Eso sería increíble.

—Queridos mamá y papá: me encanta la escuela. Harvard, es una buena universidad. Por supuesto, estoy estudiando matemáticas en Harvard, no lo duden. Es genial y no estoy en Nuevo México.

Se rio en contra de su voluntad. Meneó la cabeza y me empujó tan fuerte que caí sobre el sillón.

—Si de algo sirve, estoy muy impresionada —dije—. De verdad. Es algo enorme. Los dos entramos a universidades de la estúpida Ivy League. Tenemos que celebrar.

—Ah, ¿sí? —Me miró de reojo y entrecerró los ojos—. Sé de una celebración próxima a la que podríamos asistir juntos.

Conocía esa mirada.

—No —respondí.

—Ni siquiera sabes qué voy a decir.

—¡No!

Batallé para ponerme de pie, pero me tomó por la cintura y me jaló de nuevo hacia él. Giré y le puse las manos en las mejillas.

—No tienes que hacer esto, Allison.

—No, sí tengo.

Logré escapar y me eché a correr. Nick me siguió a la cocina y nos encaramos, uno a cada lado de la mesa. Puso una cara seria. Tomó el objeto que estaba más cerca a él, que resultó ser el salero hipercomplejo de mi papá, y lo alzó con un gesto extrañamente formal.

—Miranda. —Bajó la barbilla—. ¿Irías al baile conmigo?

Le arrebaté el salero de la mano.

—No.

Su expresión era de tristeza.

—¿Por qué no?

—¿Por qué sigues preguntando? Eres el peor. —Por fin logré, a medias, mantener la seriedad—. De verdad —insistí.

Me miró e intentó medir mi nivel de seriedad. Entendió que era bastante alto. Se veía auténticamente decepcionado.

—Bueno.

—No entiendo por qué tienes tantas ganas de ir al baile.

—¿En serio? Míranos. Te acabo de dar ese… ¿Qué es? ¿Salero? Eres mi chica.

—Ay —exclamé—. Así que soy tu chica, ¿eh?

Una vez más, otra oportunidad. «Oye, te amo». Casual. Pero no. Sin importar cómo planeara decirlas, las palabras se me atoraban en la garganta.

—Sí. —Se veía afligido—. Lo eres. —Me pregunté si quería decirlo tanto como yo. Éramos pésimos para eso. Los dos éramos novatos—. Ir al baile sería la venganza perfecta.

—¿Venganza contra quién? —pregunté.

Tenía curiosidad de saber si diría el nombre de Syd. La última vez que recordaba que lo hubiera dicho había sido en nuestra primera cita. Ahora era como si no existiera, como si nunca hubiera existido.

—Contra —Buscó las palabras—… los *haters* —dijo al fin, satisfecho.

—Los *haters* —repetí.

Los dos nos echamos a reír.

—Pero, en serio. —Me tendió una mano—. Quiero otra segunda oportunidad.

Le puse el salero en la mano.

—Ay, Dios. ¿Cuántas segundas oportunidades necesitas?

Nick me había pedido ir al baile una docena de veces, pero yo no cedía. Una vez me preguntó si todavía tenía el vestido del año pasado. ¿No sería increíble poder usarlo al fin? Si no estaba decidida entonces, esa pregunta fue la gota que derramó el vaso. Ni siquiera podía imaginarme sacando el vestido de su bolsa y poniéndomelo. La idea me provocó náuseas de verdad. El vestido no solo era un recordatorio de la peor noche de mi vida, sino que se había convertido también en el símbolo de la traición de Syd. «Tus pechos desafían la gravedad». Odiaba pensar en él. Y odiaba el vestido. Estaba maldito. Lo único bueno del baile era que se celebraba ese sábado. Unos cuantos días más y Nick tendría que dejar de preguntármelo.

Oí las llantas de mi papá sobre la grava afuera de la casa.

—Oye, no le cuentes a tu papá de Harvard, ¿sí? —Nick parecía avergonzado.

—¿Qué? Ay, da igual.

Me molestaba que Nick viera a mi papá de esa manera, como alguien que existía para aprobar o desaprobar sus decisiones.

—¡Hola, adolescentes! —gritó mi padre al entrar y dejar una pila enorme de correo sobre la mesa del pasillo; se quitó el gafete de la NASA y lo lanzó al tazón junto con sus llaves—. Miranda. Toma.

Entró a la cocina y me dio un sobre dirigido a él de Seguros Allstate.

—¿Qué es esto? —dije.

—¿Qué crees que sea? —preguntó.

—¿Quieres que pague el seguro de mi auto?

—Ay —exclamó mi papá—. Sí, me encantaría. Pero, dado que no eres una fuente confiable de ingresos… No es el recibo. Es el tarjetón. Para la guantera.

—Ah. —Lancé el sobre encima la mesa y me dejé caer en una silla.

—Miranda —dijo mi papá con tono impaciente—. Hazlo ahora. Antes de que lo olvides.

—¡Sip! —Me puse de pie y tomé el sobre de nuevo.

—Debería irme a casa —dijo Nick.

—¿Ves? —Le disparé una mirada a mi papá—. Hiciste

que Nick quiera irse de nuestra casa y nunca volver —lo regañé—. Autócrata.

—Oye, oye —dijo mi papá mientras se arremangaba la camisa—. No me llames autocorrector.

Nick se rio del pésimo chiste de mi papá. Le disparé una mirada también a él.

—Por Dios, los dos son tan graciosos —dije.

—Iré por mis cosas. —Nick trotó hacia la sala.

Abrí el sobre y saqué dos tarjetones. El que la fecha de vencimiento de las nuevas pólizas fuera posterior a la graduación, al verano y al comienzo de mi primer semestre de universidad me provocó una punzada de ansiedad.

—Ya está. —Nick entró con su mochila al hombro y se paró a mi lado.

Mientras mi papá nos daba la espalda, Nick tomó el salero de nuevo y me lo dio. Hice una mueca y lo volví a dejar en la mesa. Luego, de repente, mientras mi papá se lavaba las manos, Nick me puso una mano en el trasero y lo apretó.

—Gusto en verlo, señor Black —dijo con su mejor voz de Explorador mientras me veía con lujuria.

Sentí una descarga eléctrica, como un relámpago que subía por mi cuerpo desde en medio de mis piernas. No era muy propio de Nick. Él siempre era quien se detenía si una sesión de besos podía —o debía— desembocar en sexo. Abrí los ojos, y sonreí y me entristecí de inmediato cuando me soltó y su mano volvió a su costado.

—Luego nos vemos. —Mi papá se dio media vuelta—. ¿Seguro que no quieres quedarte? Haré sopa de orzo con pollo.

—Muchas gracias —dijo Nick—. Tengo que llegar a casa.

—¿Quieres que ponga el tuyo en tu auto, papá? —pregunté mientras le mostraba el segundo tarjetón—. Puedes ordenarme que lo haga, si te hace sentir mejor.

—Gracias, Miry —dijo—. Adiós, Nick.

—Adiós, señor Black —contestó él.

—Deja de decirme señor Black. Es superraro.

—Perdón —dijo Nick—. Peter. —Sonó como una palabra en otro idioma.

Los tres nos reímos.

—Mucho mejor —dije, y tomé mis llaves y las de mi papá.

Nick abrió la puerta principal y salimos. Se sentía bien estar bajo la luz dorada de una hermosa tarde de primavera. Me sentía ligera, esperanzada incluso. Hacía mucho que no me sentía así. Tal vez eran las hojas ultraverdes, o el enorme árbol de nuestro jardín o los frutos de un púrpura brillante que brotaban de los cactus. Tal vez era el recuerdo de la mano de Nick en mi trasero. Tuve la necesidad de besarlo en ese mismo instante, y lo jalé al otro lado del patio, hacia la calzada, fuera de la vista de la cocina; lo tomé por la nuca y lo jalé hacia mí. Sus labios estaban suaves y cálidos.

—Mmm —dijo, por debajo del beso.

Era una completa ridiculez que no hubiéramos tenido sexo ya.

—Oye —susurré—. Mi papá tiene su cosa de hombres en la noche. Deberías volver más tarde.

—Está bien. —Seguía aturdido por el beso.

—¿Sí me entiendes? Me refiero a que *deberías* volver. Cuando mi papá se vaya.

Reconocí el instante en el que Nick entendió lo que le decía. Pasó saliva.

—¿De verdad?

El Explorador se veía un poco aterrado.

—Sí. O no sé —dije, cohibida—. ¿O no?

—Sí —asintió—. Sí.

—Muy bien. —Le di un último beso, un beso largo y dulce.

—Te escribo —dijo mientras se alejaba.

—Yo te escribo a ti —respondí.

Los dos nos sonrojamos y reímos, y luego lo vi caminar hacia su auto, subirse, salir del estacionamiento e incorporarse a la calle.

Me di vuela, abrí la puerta y volví a entrar.

Pero, en cuanto di un paso dentro de la casa, recordé que había salido por una razón.

—Rayos —dije al aire al ver los tarjetones en la mano—. Qué tonta.

—¿Qué? —gritó mi papá desde la cocina.

—Nada —grité en respuesta y abrí la puerta de nuevo.

Fui primero a la camioneta de mi papá y esculqué la guantera repleta hasta encontrar su tarjetón anterior, junto a los dos previos. Puse el nuevo encima de todas las porquerías. Tuve que azotar la portezuela tres veces antes de lograr cerrarla.

Caminé a mi auto, abrí la puerta del lado del copiloto y me senté. Era raro sentarse en el asiento del copiloto. El asiento de Syd. Siempre sería el asiento de Syd. Ahí seguía la mancha color durazno donde había dejado caer un lápiz labial abierto. Metí las piernas y bajé el visor. Me miré en el espejo. Pensé en lo que sucedería después, cuando Nick volviera. Pensé en su mano sobre mi trasero y en que me había llamado *su chica*. Había estado cerca de decirle «Te amo». Lo haría esa noche. Sin pretextos. No me iba a acobardar. Lo pude ver en mis propios ojos. Sonreí, subí el visor y abrí la guantera. Pero, cuando iba a meter el tarjetón, vi algo que no logré ubicar. ¿Era un objeto que vi alguna vez en sueños? ¿O era una alucinación? A mi cerebro le tomó unos segundos lograr emparejarse con mis ojos. Pero, cuando lo logró, no había manera de confundirlo: bocabajo, en su estuche con estampado de leopardo rosa y dorado, estaba el teléfono de Syd.

—¿Qué? —me oí preguntarle al auto vacío.

Sentí de inmediato una oleada de alegría pura al verlo ahí. No pude evitarlo. ¡Su teléfono! Era lo más cerca que estaría de ella. Pero mi alegría quedó eclipsada muy pronto por mi furia. Todos esos mensajes y llamadas de desesperación fueron a parar a un teléfono que estaba a un metro de mí mientras conducía, sin saberlo. Syd se había lanzado al mundo sin forma de comunicarse, sin forma de ser contactada. Y no sabía lo mucho que me había esforzado por encontrarla. Ni se enteró cuando dejé de intentarlo.

Estaba más lejos de lo que podría haber imaginado que estaba.

Tuve que obligar a mi mano a estirarse y tomar el teléfono. Una parte de mí quería cerrar la guantera y alejarse, dejarlo en el perfecto y cómodo olvido en el que había estado todos esos meses. Pero, entonces, cuando por fin lo tomé, no pude evitar llevármelo a la nariz y olisquearlo para saber si aún olía a Syd. No lo hacía, por supuesto. No olía a nada. Pero, cuando le di vuelta, vi que pegada a la pantalla había cuatro notitas adhesivas con forma de hot dog cubiertas de su letra diminuta y precisa. Las leí deprisa, con la ilusa esperanza de que me dijeran dónde estaba Syd y cómo podía contactarla.

El primer hot dog decía:

Mir:
Espero que encuentres esto dentro de mucho tiempo. Si es así, estoy segura de que ya sabes todo lo del baile. Si no, pregúntale a Nick. Si todavía no te ha dicho la verdad, es un cobarde y se merece todo lo que le hice. Si ya lo hizo, espero que estén lamiéndose la cara todos los días. Sé que te gusta y que siempre será tu Medio Guapo. Hoy me di cuenta de que a él también se le para cuando te ve. Así que, si no están enamorados, los odio a los dos.

Despegué el segundo hot dog.

No puedo confiar en mí si tengo mi teléfono, así que te lo dejo a ti. ¡Supongo que yo también soy una cobarde! Sé que te volveré a ver. Por favor, no te preocupes por mí. Voy a estar BIEN. PERO NECESITO QUE NO ME BUSQUES. No quiero que me encuentren. Espero que lo entiendas. Algún día lo entenderás. Espero.

Despegué el tercero.

No puedo creer lo que hice en el restaurante. Pero claro que merecía que me trataras de esa manera. PERO ESCÚCHAME: te conozco, Miranda Black, y sé que vas a pensar que me fui por lo que me dijiste en el auto. Lo que estoy haciendo no tiene nada que ver con eso. Por favor, créeme. No me voy porque me gritaste. Eres lo mejor de mi vida. Te amo. S

El cuarto decía:

POSDATA. BIEN. GRAN FINAL. ¡SUSPENSO, PERRAS!... Mira debajo del mapa de Nuevo México. (¿Por qué rayos tienes un mapa de nm en tu guantera, Mir? Es tan propio de ti. Te amo tanto).

Levanté el mapa. Debajo había un sobre grande y blanco. Lo tomé, le di vuelta y escuché un grito ahogado que resonaba en mi cerebro. Estaba dirigido a Sydney Miller, y el remitente era la Universidad de Stanford, Palo Alto, California.

Durante dos segundos, consideré la idea de destruirlo y ya. Nunca sabría lo que había dentro. Pero ya lo sabía. No envían cartas de rechazo en un papel tan elegante. La saqué y leí.

Estimada Sydney:

El comité de admisiones me acompaña en la parte más satisfactoria de mi trabajo: extenderte una oferta de admisión temprana a la Universidad de Stanford. Hemos evaluado tu solicitud de ayuda financiera y nos complace informarte que, de aceptar nuestra invitación, serás elegible para la remisión de los costos de colegiatura, así como para otras becas. En resumen, entendemos tus necesidades financieras y te ofrecemos todo nuestro apoyo en caso de que elijas unirte a la familia de Stanford.

Recuerda que esta oferta de admisión depende de la continuación de tus éxitos académicos al concluir la preparatoria. Te pedimos que no cambies el curso de tus estudios sin notificarle antes a la oficina de admisiones.

«Ups», escribió Syd. Dibujó una flecha que apuntaba al segundo párrafo.

Leí la carta de principio a fin, y luego la leí de nuevo. Y una vez más. Era, sin lugar a dudas, la cosa más extraordinaria que había visto en mi vida, aun si ya no significaba nada.

El Plan de Syd había funcionado.

Me quedé ahí sentada, aturdida. Tomé el teléfono de nuevo y presioné el botón, pero estaba muerto. Si quería encenderlo, tendría que llevarlo adentro y cargarlo. Mi indecisión me tenía inmovilizada. Leí a detalle cada uno de los hot dogs otra vez. Más allá de todo su dramatismo y el suspenso, Syd no dijo ni una sola vez que lamentaba lo que había hecho el año pasado. No se había disculpado. Tal vez era porque había pasado cuatro meses lejos de ella, pero ahora su egoísmo me resultaba evidente. Era un aroma al que había estado tan acostumbrada que ni siquiera lo notaba. Y ahora, aunque fuera muy sutil, podía olerlo con toda claridad. ¿Cómo podía decir que Nick era un cobarde si ella no me había confesado su propia traición? Me enfurecía. Nick no se merecía nada de lo que ella le había hecho, y yo tampoco. Y me había dejado su teléfono porque no confiaba en ella misma, lo que era otra forma de decir: «Ten. Toma. Este es tu caos ahora».

Miré el asiento del conductor de mi auto. En cuestión de diez minutos podría estar entregándoselo a Ray, si es que todavía vivía en Las Cruces. A fin de cuentas, era su propiedad. O, mejor aún, podía limitarme a caminar al otro lado de la casa y destruirlo con un martillo. Todo terminaría en tres minutos. Tal vez. Dependiendo de cuánto me tomara encontrar un martillo.

Podría terminar con todo antes de siquiera encenderlo.

«Tres minutos», pensé.

Deseé con todas mis fuerzas ser la clase de persona que lo hiciera. Syd era esa clase de persona. Obvio. Podía extirpar gente de su vida sin arrepentirse. Lo hizo con Patience. Acababa de hacerlo conmigo.

Pero yo no era esa clase de persona. Necesité cero minutos para entenderlo. Revisé la guantera en busca de algo más. Cuando me aseguré de que no había nada, metí el tarjetón del seguro y la cerré. Doblé la carta y metí los cuatro hot dogs ahí. Escondí el teléfono y el sobre en el bolsillo. Miré el verde brillo del árbol y recité un largo y lento Discurso de Gettysburg.

Pero no me reconfortó.

12

—¿Qué hacías allá afuera? —preguntó mi papá cuando entré a la cocina. Dejó caer un enorme cuchillo sobre una pechuga de pollo cruda. Se dio media vuelta y de inmediato notó mi actitud extraña—. ¿Qué pasa?

Intenté actuar como una persona normal.

—Nada. Estaba intentando cerrar tu guantera. Tuve que reacomodar tus porquerías para lograrlo.

Me miró a la cara durante tres segundos.

—Nada de lo que está ahí adentro es una porquería.

Mi tono grosero había sido una buena coartada. Sentí alivio. El cuchillo volvió a caer sobre el pollo.

—No sacaste nada, ¿o sí?

—No. —Intenté sonar aburrida—. Pero tienes un menú de Coop's ahí adentro.

—Me gusta Coop's. —Alzó las manos como un cirujano y se talló la nariz con la muñeca.

El pollo crudo, extendido en la tabla como si fuera parte de un sacrificio, era nauseabundo. Desvié la mirada.

—Coop's cerró cuando yo estaba en secundaria.

Caminé a mi habitación de forma tan casual como pude.

—Necesitas una intervención —grité desde mi puerta.

—Cenamos como en media hora —gritó en respuesta—. Y recuerda que voy a salir.

—Ajá.

Cerré la puerta. Saqué el teléfono y la carta de mi bolsillo a toda velocidad. Encontré mi cargador y lo conecté al teléfono de Syd. Me senté en la orilla de la cama y lo miré sin parpadear. Presioné el botón. Nada. El teléfono estaba descompuesto. O había sido desactivado. ¿Era posible? ¿Era algo que se hacía? Escarbé en mi bolsa en el suelo, tomé mi propio teléfono y corrí hacia la ventana tras lanzar el teléfono de Syd sobre la cama, pero sin dejar de mirarlo, como si fuera una bomba. Buscaba «¿Puede desactivarse un iPhone?» en mi teléfono cuando vi aparecer el pequeño círculo en la pantalla del de Syd. Dejé mi celular en el alféizar y tomé el suyo. Me senté en la cama. «Hace ochenta y siete años». Terminé cuatro recitaciones del Discurso de Gettysburg entre susurros mientras el pequeño círculo daba vueltas como un planeta que se formaba a sí mismo en el pequeño universo oscuro de la pantalla.

Y entonces:

Hola.

El mundo entero de Syd. Lo tenía en la palma de mi mano. Deslicé el dedo en el teclado, tecleé su contraseña —mi cumpleaños, veintitrés de julio— y apareció su pantalla principal.

El teléfono, por supuesto, ya no tenía servicio. De todas formas, Syd tenía cuatrocientos cuarenta y siete mensajes de texto y treinta y tres mensajes de voz nuevos. El último era de finales de diciembre. Ray cumplió su amenaza de cancelar la línea, y no esperó siquiera un mes. Qué irritante. Su propia hija. Recordé a mi papá decir que haría todo si yo desapareciera. Cualquier cosa. Letty tenía razón, después de todo. La vida de Syd era justo el tipo de vida de la que alguien huiría. Que no lo hubiera hecho antes era un milagro.

Quería leer todos los mensajes y escuchar todo lo que había en su buzón de voz, pero sentía como si fuera algo malo. Recordé haber intentado arrancarle el teléfono de las manos a Syd en el cementerio para saber a qué había cambiado mi nombre de contacto. Se aferró a él con todas sus fuerzas. Los teléfonos eran algo privado. Y yo sabía que no había punto medio. Si comenzaba, tendría que leer cada uno de los mensajes, ver todas las fotografías, escuchar cada mensaje de voz. Lo devoraría. Syd lo sabía. ¿Cierto? ¿Por qué otra razón me lo habría dejado? ¿Por qué no había cambiado la contraseña?

El teléfono era la única pista que tenía. Era lo único que había descubierto en cuatro meses. Tenía la obligación de devorarlo.

Comencé con los mensajes, pero, gracias al método de Syd para renombrar sus contactos, no pude identificar a la mayoría de las decenas de personas que le escribieron. En un principio ni siquiera pude encontrar los míos. Tuve que buscar entre las conversaciones hasta encontrar el último mensaje que le había mandado. Ya no era Buena Buenita. Sí cambió mi nombre, a fin de cuentas. Ahora era La Buena. No sabía qué significaba eso, pero al verlo se me llenaron los ojos de lágrimas. Recorrí de arriba abajo los mensajes que le había enviado. Le rogué que me llamara. Le rogué que volviera a casa. El último mensaje decía:

LA BUENA:

Por favor, solo escríbeme para decirme que estás viva y nunca te vuelvo a escribir. Te lo juro.

No podía soportarlo. Volví a la lista de mensajes. Su orientadora vocacional, la señorita Yslas, le había escrito algunos mensajes severos. Tanto Isaac (Medio Guapo) como Joe (Grandote) habían escrito. Erin Harris (Terrorista Académica) había enviado una ráfaga de mensajes la mañana después de que Syd desapareció para regañarla por las notas de laboratorio. Solo una conversación, bien abajo, entre los nombres estúpidos —T-Rex, Mate Idiota, Payasete— sobresalía. El nombre era demasiado sencillo, demasiado serio: ÉL. En mayúsculas. ¿ÉL? Presioné el nombre. Solo había un mensaje en la conversación. Había llegado a las diez cuarenta de la noche en que desapareció, menos de una hora después de que yo me hubiera ido de su casa.

ÉL:

No. Esto ya llegó demasiado lejos, Sydney. Necesitas ayuda. Voy a bloquear tu número.

Syd debió de borrar todos los mensajes anteriores. ÉL había respondido que no a algo. Ese solo era el último mensaje de una conversación.

Recordé que esa noche Syd dijo aquello de que los chicos universitarios actuaban como si tocarle los pechos fuera un acto de caridad. ¿ÉL era universitario? Estuvo revisando su teléfono de forma obsesiva esa noche. Pensé que era porque estaba en foros de College Confidential y escribiéndole a Isaac. Pero ahora sabía que no estuvo haciendo ninguna de las dos cosas.

Sin embargo, lo más extraño de todo era que él la llamaba Sydney. Nadie llamaba a Syd por su nombre completo. Lo detestaba y siempre les decía enfáticamente a los profesores el primer día de clases que le dijeran *Syd*. ¿Acaso respondía al nombre de Sydney en sus clases en la NMSU? ¿Para parecer mayor?

Mi propio teléfono timbró desde su percha en la ventana. Sentí como si fuera una señal proveniente de una galaxia lejana. Me apresuré a recibirla.

Era Nick.

NICK ALLISON:

¿A qué hora debería ir?

Me jaló de regreso a mi vida. Llevaba un rato encorvada sobre el teléfono de Syd, leyendo sus mensajes. Me sentía sucia. Había ensuciado toda la velada. De pronto, se sentía mal que Nick viniera. Asqueroso. Raro.

¿Por qué tuve que encontrar el teléfono de Syd ese día, de entre todos los demás?

Antes de responderle a Nick, apagué el teléfono de Syd y lo lancé a mi mesa de noche, aún con el cable del cargador conectado. No iba a permitir que Syd me arruinara la velada. Le respondí que a las ocho en punto. Intenté volver a animarme y convencerme de que sería la mejor noche de mi vida. Intenté sentirme bien usando solo mi fuerza de voluntad.

Nick respondió de inmediato.

NICK ALLISON:

¡En punto!

Sonreí y entonces… momento. «Momento». Syd desinfló unas llantas en casa de Nick aquella noche. ¿Por qué hizo eso? ¿Podría Nick ser ÉL? Todo mi cuerpo se calentó, como una pesada prenda que tenía que quitarme. La habitación se sentía pequeña. Tomé el teléfono de Syd de la mesa de noche, lo encendí otra vez y esperé. En el tiempo que le tomó al teléfono prenderse, me convencí de que ÉL era Nick. Mi vida era una farsa y no podía confiar en nadie a quien había amado. Me alegraba haberme acobardado todas esas millones de veces en las que no le dije «Te amo». Al menos, esas palabras seguían seguras dentro de mí. No le había dado todo. Pasé a toda velocidad por la contraseña, fui a los mensajes y busqué el teléfono de ÉL. Luego, tecleé el número de Nick en mi teléfono.

No eran iguales.

¡No eran iguales!

Claro que no eran iguales. ¿En qué rayos estaba pensando? Me sentí todavía más miserable. Me odiaba por siquiera haber verificado los números. Tal vez la que no era confiable era yo.

—Mir —gritó mi papá desde la cocina.

Me levanté de la cama con un brinco.

—¿Qué pasa? —grité de vuelta, intentando sonar como si estuviera haciendo algo normal.

—¿Puedes poner la mesa?

—Sí. —Metí el teléfono de vuelta al cajón.

Inhalé profundo. Releí el mensaje de Nick. «¡En punto!». Quería sentir que las palabras eran perfectas, pero no fue así. Hace una hora todo se había sentido tan bien. Ahora todo estaba mal. Salí de mi recámara, con la expresión más aburrida de la que fui capaz, y puse la mesa. Pero, cuando me senté frente a mi papá, mi mente se disparó de nuevo. Pensé en lo que esperaba que pasara más tarde con Nick. Pensé en el teléfono de Syd, en cómo me tomó un momento reconocerlo. Pensé en ÉL, en las notas con forma de hot dog y la carta de Stanford. ¿Aún podría ir? ¿Era posible todavía? ¿Ese *ups* era reversible? Y ¿a dónde diablos había ido? ¿Y por qué? Tanta mierda nueva y yo no tenía idea de nada.

—¿Estás bien? —preguntó mi papá.

—¿Eh? Sí. Solo estoy pensando en cosas universitarias. —Me convencí de que no era mentira, pues estaba pensando en Stanford, que, en sentido estricto, era una universidad.

—Se acerca la hora de tomar una decisión.

—Sí. ¿Qué hay de la beca en la UNM? Digo, Brown es increíble, pero conseguir una beca es como que sí me quieren ahí, ¿sabes? Y sería más barato.

Mi papá guardó silencio un momento.

—¿Y Nick irá a la UNM?

—¡Dios! —Soné mucho más hostil de lo que quería.

Eran los nervios.

Mi papá se veía sorprendido.

—Dios tú —dijo.

—Perdón —contesté—. Pero no voy solo por Nick. Sabes que no soy tan básica.

—Lo sé —dijo—. Claro que lo sé. Solo quiero lo mejor para ti.

—Y lo mejor para ti —dije, con la mirada en la sopa.

—No.

—¿Y por qué lo dijiste entonces? ¿Qué tiene de malo que me quede en Nuevo México? Tú te graduaste de la NMSU.

Para enfatizar el ya de por sí rastrero insulto contra mi papá, consideré levantarme y llevar mi tazón de sopa al fregadero. Ese era uno de los más grandes desaires que podía hacerle. Mi papá aprendió a cocinar por sí mismo. Cocinaba para mí. Su comida era su amor. Los dos lo entendíamos. Antes de la sopa de orzo y pollo, todo eran sándwiches de mantequilla de maní y mermelada, barras de granola y puré de manzana.

—¡Oye! —exclamó en tono cortante—. Estudié en MIT tres años. Y sí, me gradué de NMSU. —Me miró de frente—. Pero esos tres años fueron de los más importantes de mi vida.

—Pues *esta* es mi vida —respondí con demasiada dureza.

—Lo sé. —Me dirigió una sonrisa un poco retorcida.

—Yo también lo sé. Es lo que te estoy diciendo.

Mi papá inhaló profundo y con pesadez.

—Lo que quiero decir es que tienes razón. Lo siento. No debí preguntarte por Nick. La decisión es tuya, toda tuya, y mi opinión importa muy poco. Pero el asunto aún me puede interesar. ¿De acuerdo?

Claro que tenía que disculparse. Yo quería seguir peleando, pero me había quitado la opción, así que me vi obligada a ceder frente a su sensatez.

—Yo también lo siento —me disculpé.

Todo el aire caliente salió de mi cabeza. Comí un poco de sopa. Para mi molestia, estaba deliciosa.

Después de la cena, lavé los platos y mi papá se fue a su habitación a prepararse para su noche de parranda. Oí la rasuradora y después el cepillo de dientes eléctrico. Suponía que esas noches de los martes con sus amigos de la NASA eran el mayor esfuerzo que jamás haría por conocer a alguien. Que se rasurara y se lavara los dientes me daba esperanza y me entristecía al mismo tiempo.

En diez años, mi papá había salido con tres mujeres, de las cuales yo solo había conocido a una: una dentista alta y nerviosa llamada Ruth. Tenía cara delgada y cabello largo y rojizo. «Ay, qué lindo», respondió Syd cuando le envié una foto. «Pete ahora sale con caballos». Terminaron después de seis meses. Sin embargo, durante mucho tiempo después, aceché a Ruth en internet. No sé por qué. En menos de un año conoció a un hombre casado con un gusto particular por las polos de color pastel y quien resultó también llamarse Peter. Un año después, Ruth y su Peter tuvieron gemelos, un niño y una niña. Emma y Charlie. Vigilé a esos bebés durante meses. Supongo que me importaban porque sabía que, en un universo paralelo, mi papá pudo haber sido el Peter de Ruth, y Emma y Charlie pudieron haber sido mis hermanos pelirrojos, y los cinco habríamos sido la familia más maravillosamente extraña y étnicamente confusa.

Mi papá entró a la cocina a las siete cuarenta y cinco de la noche, mientras yo limpiaba la barra.

—¿Fajado o sin fajar? —preguntó.

—Sin fajar.

—Ni siquiera me viste.

—¿Traes una playera?

—Sí.

—Entonces, la respuesta siempre es «sin fajar» —expliqué—. Mátalas.

—No sé si «matarlas» —dijo mientras tomaba sus llaves.

—Sin babear.

—Sin babear. Entendido. Tú no te duermas muy tarde.

—Entendido —dije.

En cuanto se fue, el silencio en la casa se volvió insoportable. Era como si pudiera escuchar la erosión de los densos ladrillos de adobe de nuestra casa. No podía dejar de mirar el reloj. Terminé de limpiar la cocina. Cuando todo estuvo impecable, tallé con la manga las pequeñas manchas que quedaron en el tostador. Barrí el piso. Incluso crucé el pasillo para asomarme a la secadora y averiguar si había ropa por doblar. Nada. Casi tiré el teléfono cuando Nick me escribió a las siete cincuenta y cinco.

NICK ALLISON:

Voy para allá.

Corrí a mi habitación y tomé el teléfono de Syd y la carta de Stanford de la mesa de noche y los metí a mi mochila. Tendí mi cama. Puse mi ropa sucia en el cesto. Cuando todo se vio aceptable, regresé a la sala, me senté en el sofá y apoyé las manos sobre el regazo. Tras unos segundos, me volví a levantar de un brinco y corrí de nuevo a mi habitación, donde tomé la mochila, la lancé al fondo del armario y cerré la puerta. Volví a la sala y me senté de nuevo. Tenía un nudo en el estómago. Sabía que debía sentirme emocionada, pero esto era diferente. Esto parecía vil y vulgar temor. Cuando oí que el auto de Nick se detenía en la calzada, me levanté de golpe. Tenía la mano en la perilla de la puerta cuando yo la abrí. Lo asusté.

—Ay. —Trastabilló al entrar—. Hola. —Dio un paso más hacia el interior y cerró la puerta.

—Aquí estás —dije.

Puso las llaves de su auto en la mesa y abrió los brazos. Caminé hacia él y hundí la cara en su pecho.

—En punto —dijo.

El rostro le brillaba. Me alejé de su cuerpo y lo miré a los ojos un buen rato, pero no encontré qué decir.

—¿Estás bien? —preguntó.

—Sipi —contesté.

Era la primera vez en mi vida que la palabra *sipi* salía de mi boca. Quería meterla de regreso. Mi cuerpo no me pertenecía. Lo tomé de la mano y lo guie por los pocos escalones del pasillo hacia mi habitación. Cerré la puerta, pasé el seguro y luego me aseguré de efectivamente haber pasado el seguro. Puse música. Al principio estaba demasiado fuerte, así que bajé el volumen. Cerré las persianas y corrí las cortinas y entonces, cuando hubo oscuridad, prendí la lámpara de mi mesa de noche. Intenté seguir adelante. Había «extendido un cheque», como decía mi papá. Ahora, «mi trasero tenía que pagarlo». Fui de un lado a otro, de forma mecánica y silenciosa. Nick se quedó en el umbral de la puerta. No me atrevía a mirarlo.

—¿Segura que estás bien? —preguntó.

—Sí. ¿Tú?

Me acerqué y le arranqué la sudadera, jalándola de forma torpe por encima de sus brazos y dejándola caer el piso. Nick me miró. Su cara estaba cerca de la mía. Podía oír su respiración. Nos miramos el uno al otro un largo momento.

—Me voy a quitar la ropa —anuncié con una vergonzosa franqueza, como si le hubiera dicho que estaba a punto a vomitar.

Sus párpados revolotearon.

—Está bien. ¿Segura? —dijo, y sentí que las mejillas me hervían—. No pasa nada si no quieres, no cambia nada.

—No. Está bien. —Me esforcé al máximo para que fuera cierto.

—Entonces, ¿es un sí definitivo? —preguntó.

No me había puesto una mano encima.

—Pues... sí. A menos que sea un no. De tu parte.

Nick ladeó la cabeza y puso una expresión de confusión.

—Puede serlo... sí. Un *no* mío. Sí. Parece que el tuyo también es un *no*. De verdad. Aunque digas que es un *sí*. Solo... en serio... estoy en el nivel básico de consentimiento. Tu *sí* no parece un *sí*.

No podía creer que estuviéramos teniendo esa conversación. Syd lo arruinaba todo una vez más.

Lo miré a los ojos durante mil años sin saber qué decir. Intenté recobrar las fuerzas de nuevo. Me imaginé rompiendo el teléfono de Syd de forma muy satisfactoria bajo un martillo.

—Solo estoy nerviosa —dije.

—Sí, bueno. —Esbozó una sonrisa genuina y todo se sintió mejor—. Yo también.

—¿Los Exploradores te dieron una insignia de Consentimiento Básico?

—Cállate, por favor —dijo.

—Sí definitivo —le dije con un saludo de Explorador y lo besé—. Ven.

Lo llevé a mi cama. Nos sentamos. Pensé en el estúpido teléfono de Syd al fondo del armario. ¿Por qué no lo había sacado de la habitación? Me acerqué y le di otro largo beso. Él respondió y me acercó más. Estábamos listos para despegar. Podía sentirlo. Nick puso una mano sobre mi cintura y sus dedos se movieron hacia abajo.

—¿Podemos parar? —pregunté de repente.

Las puntas de sus dedos apenas si se habían movido un milímetro por debajo de mis calzones. Se alejó con una mirada de culpa. Parecía como si quisiera levantar las manos al aire.

—Claro. Perdón. Esto no es lo que quería... no quería presionarte. No tenemos que hacerlo. —Pasó saliva. Parecía aliviado, pero un poco frustrado también—. Eso es lo que decía.

—Lo sé. —Me llevé ambas palmas a la cara—. Perdón. Me quiero lanzar sobre ti, Nick. Con muchas ganas. Pero no puedo. Hoy no. —Pensé en mentirle... ¿Comencé a menstruar en la cena? Pero no era necesario hacerlo. Nick no necesitaba una mentira. Me quedé ahí sentada un momento. Mi cuerpo estaba muy confundido. Quería seguir, pero mi mente no se lo permitía—. Solo necesito, como, veinticuatro horas. —Le lancé una mirada—. Quizá solo doce.

Nick puso su mano sobre la mía, me dio un empujoncito con el hombro y señaló el despertador en mi cómoda.

—En doce horas vamos a estar en Francés, superconveniente.

Me reí. Se sintió tan bien. Me apoyé sobre él.

—¿Me odias?

—¿Por qué me preguntas eso si sabes que es todo lo contrario?

—¿Sí?

«¿Y qué es lo contrario al odio?». Pasé saliva con fuerza.

Ese era el momento. Iba a pasar. En ese instante. Tenía que pasar. Lo que Nick dijo había sido una invitación.

—¿Sabes…? —comencé a decir.

Pero el miedo trepó por mi columna y me detuvo.

—No. No sé. —Se mordió los labios.

Era tan malo para esas cosas como yo.

Junté las manos, apreté la mandíbula y lo intenté, pero nada llegó. Lo miré. Él me miró. Al fin, escupí lo primero que me vino a la mente.

—¿Sabes lo que es un planeta Ricitos de Oro?

Ay, Dios. ¿Qué estaba haciendo? ¿Y por qué tuve que salirme del sistema solar para hacerlo?

Pero entonces se le iluminaron los ojos. Se enderezó un poco y examinó el techo.

—Okey, espera. —Cerró los ojos—. Okey. —Se aclaró la garganta casi en silencio—. Planeta «Ricitos de Oro» es un término coloquial para designar a un hipotético exoplaneta ubicado en la zona habitable de una estrella; a menudo el término se usa específicamente para los planetas con un tamaño similar al de la Tierra, es decir, análogos a la Tierra. El nombre viene de la historia de Ricitos de Oro y los tres osos, en la que una niña elige el término medio, que resulta ser el más conveniente para ella, de entre un conjunto de tres artículos, ignorando aquellos que son demasiado extremos, grandes o pequeños, calientes o fríos, entre otros. Del mismo modo, y siguiendo este principio, un planeta Ricitos de Oro sería uno que no se encontrase ni demasiado cerca ni demasiado lejos de su estrella como para albergar vida tal y como la conocemos. Cierro cita.

Abrió los ojos. Irradiaba un aire triunfal.

Lo miré a los ojos, estupefacta.

—¿Qué carajos fue eso?

—Decatlón Académico. —Sonrió—. Lo puedo hacer con muchas cosas: los fundamentos del desarrollo microeconómico de América Latina, títulos de pinturas de Frida Kahlo, canciones del ícono de la música folclórica norteamericana y ganador del Premio Nobel Bob Dylan.

—Es una locura.

Se encogió de hombros.

—Soy muy inteligente. Primer lugar de mi generación, por si se te olvidaba.

—Sí, como sea. —Volví a la tarea que me ocupaba. Escuché el temblor en mi respiración y deseé que él no lo oyera—. He querido decirte... algo. Lo he pensado y... creo... que es como tú y yo. Es como, creo que este es mi planeta Ricitos de Oro. Creo... que estás en mi zona habitable. —Miré al piso.

Salió mucho peor de lo que había pensado. No solo no dije las palabras que se suponía que iba a decir —«Te amo», dos sencillas palabras—, sino que le eché más leña al fuego de la metáfora más estúpida del mundo y ahora destellaba con fuerza. En todo caso, al salir de mi boca sonó como si le hubiera dicho que estaba embarazada. Me encogí de vergüenza. Cuando me atreví a levantar la mirada y verlo, esperaba encontrar una cara de desconcierto total.

En cambio, Nick tenía una enorme sonrisa.

—¿En serio? —Me miró.

—En serio —susurré; dos segundos más y las lágrimas se escaparían.

Miró al cielo de nuevo, como hizo antes, como si intentara recordar la respuesta correcta.

—Bien. Sí —asintió—. Yo también te amo, Miranda.

—Guau. —Lo dijo. El corazón me estalló dentro del pecho—. ¿De verdad?

—¿Eso es lo que decías? ¿Con tu metáfora espacial?

—Sí —respondí—. Pero sin decirlo.

—Bueno, alguien tenía que decirlo primero. —Puso las manos sobre las piernas.

—Somos pésimos para esto. —Me estiré, le tomé la mano y la apreté con fuerza—. Y pues… te amo —asentí una vez, para enfatizarlo.

—Pues… yo también te amo.

Se acercó y me besó. Después, nos miramos un largo rato, como si intentáramos notar un cambio.

—Bien.

Me sentí recargada de pronto, imparable. Me di vuelta y quedé, de repente, encima de él.

—Veinticuatro horas. —Lo empujé a la cama—. Las cosas se van a poner intensas.

—Eres tan rara —murmuró, mientras me miraba, enternecido.

—Tú también —respondí.

No pude dormir esa noche. Leí (una lectura bastante apropiada) sobre mi virgen mártir favorita, santa Cecilia, quien, decidida a mantenerse casta por el amor a Dios, le dijo a su esposo que estaba comprometida con un ángel. Leí sobre san Patricio, famoso por haberse deshecho de las serpientes en Irlanda, aunque no era un milagro confirmado. *La evidencia muestra que la Irlanda posglacial nunca tuvo serpientes*, escribió mi madre al pie de la página. *Perdón, Patricio.* Leí sobre san Pedro y san Ignacio y la horrenda historia de santa Juana de Arco, con quien mi madre tenía una clara obsesión. *Estaba en mi decimotercer año cuando escuché una voz de Dios para ayudarme a gobernar mi conducta. Y aque-*

lla primera vez tuve mucho miedo. Ay, Juana. Ay, Juana. A mí mamá le encantaban las voces. Escribía tanto sobre esos santos torturados que hacía mucho empecé a creer que ella también oía voces. Tal vez estaba loca, como, obviamente, muchos en la ciudad creían. Tal vez fueron las voces las que le dijeron que se fuera. Apagué las luces e intenté dormir. Pero no pude.

Mi papá llegó a las once quince. Puso las llaves en el tazón de la forma más silenciosa posible, se quitó los zapatos y caminó a su habitación. Escuché la llave del agua abrirse y oí que se lavaba los dientes. Lo oí hacer pipí y jalar la cadena. Luego llegó el silencio sepulcral. Después de unos minutos, se sonó la nariz con tanta fuerza que me sobresaltó. Si hubiera estado dormida, me habría despertado. Sonreí e hice una mueca en la oscuridad. Me quedé acostada y me pregunté si alguna vez llevaría a alguien a vivir con él a esa diminuta casa después de que me fuera, alguien que sonriera cuando se sonara la nariz como un elefante en las noches. ¿Viviría solo en la casa de la infancia de la mujer que lo dejó? ¿Moriría ahí, un anciano solitario, en la habitación donde mi madre durmió cuando era una recién nacida?

Después de un rato, mis pensamientos se enfocaron de nuevo en Syd. Su estúpido teléfono quemaba un agujero en mi clóset. ¿A quién quería engañar? Me deshice de las cobijas, fui de puntitas a recuperarlo y volví a meterme a la cama.

Lo leí todo. Leí los mensajes de Ray, que eran todos muy directos.

RAY:

Ese auto está a mi nombre y necesito que me lo devuelvas.

Tienes un montón de correo.

El último decía:

RAY:

Voy a cancelar el teléfono.

Me rompía el corazón tanto como me enfurecía y me hacía sentir que había sido una terrible amiga para Syd. ¿Por qué no la obligué a vivir con nosotros? ¿Por qué ni siquiera se lo había pedido?

Leí los mensajes de Grandote y del Idiota de Matemáticas. Leí sus mensajes con Erin Harris. A Syd le habría encantado la forma en que el tono subía hasta llegar a un frenesí apocalíptico.

ERIN HARRIS:

¡GRACIAS POR ARRUINARME LA VIDA!

Luego, al día, siguiente, después de que colgué los carteles y todos supieron que Syd se había ido, envió uno más.

ERIN HARRIS:

Caray. Espero que estés bien. Como te fuiste, me dieron una prórroga en la tarea del laboratorio. Besos.

Leí todas las conversaciones. Vi cada fotografía. Escuché todos los mensajes de voz. Devoré todo lo que había en el teléfono, como sabía de antemano que haría. Si no hubiera borrado todas sus redes sociales y su Gmail, habría terminado con eso también.

Supongo que esperaba que el teléfono me ayudara a descifrar dónde estaba, qué hacía y por qué. Pero al final no averigüé nada. La incógnita más grande era ese único mensaje de ÉL. No podía evitar leerlo una y otra vez. ¿Qué había llegado «demasiado lejos»? Salí de la cama, tomé mi teléfono del alféizar de la ventana y tecleé el número de ÉL en un mensaje de texto para ver si alguno de mis contactos aparecía. Pero no. *Nothing*. Quienquiera que ÉL fuera, no estaba guardado en mi teléfono.

Miré el reloj. Era más de medianoche.

«Al diablo», pensé. «¿Quién eres?», escribí en mi teléfono. Entonces me di cuenta de que si yo recibía un mensaje de un número desconocido preguntándome «¿Quién eres?», lo último que haría sería responder. Lo borré. Escribí de nuevo.

MIRANDA:

¿Sabes algo de Syd Miller?

Lo dejé ahí. Reconocí que enviarlo no estaba bien. Pero presioné «Enviar». «Entregado». En cuanto la palabra apareció debajo de la burbuja del mensaje, me arrepentí. ¿Qué estaba haciendo? Me sentí asquerosa otra vez. Sucia. Borré el historial de mi teléfono e intenté fingir que nada de eso había ocurrido. Guardé el celular de Syd en mi mesa de noche, apagué el mío y también lo guardé en el cajón.

Acostada en la oscuridad, me hice tres promesas.

Primera: si recibía una respuesta de ÉL, tan solo la borraría. Salvo que ÉL respondiera con una dirección exacta y un video de Syd con un periódico de ese día y me pidiera que la recogiera de esa dirección, no le prestaría atención. No era Sherlock Holmes siguiendo pistas. Era Miranda Black, quien necesitaba aceptar que su mejor amiga se había ido. Se había marchado, por decisión propia y sin deseos de ser encontrada. «No estoy perdida», decía la nota. La otra decía: «NECESITO QUE NO ME BUSQUES». Se había borrado de su propia vida y también se había borrado de la mía. Esa era la verdad. «No estoy perdida». Tenía que empezar a recitarlo como el Discurso de Gettysburg. Necesitaba tatuármelo en la conciencia. Sí, apestaba. Pero la verdad suele apestar. Y había sobrevivido cosas peores.

Segunda: a primera hora de la mañana, sacaría el teléfono de Syd de mi habitación, de preferencia de la casa, tal vez lo dejaría en el cobertizo, y lo guardaría ahí hasta que la razón para sacarlo fuera que Syd estuviera frente a mí, en carne y hueso, pidiéndomelo. Eso de «No estoy perdida» jamás echaría raíces en mi mente si no dejaba de pasar los días investigando la vida de Syd. Era enfermizo. Me había cargado la responsabilidad de su teléfono porque no podía confiar en sí misma si lo tenía. Pero tampoco podía confiar en mí. Si el cobertizo no bastaba, tendría que destruirlo. Con un martillo o un ladrillo.

Tercera y más importante: salvo que ocurriera un desastre natural, el apocalipsis zombi o la muerte o mutilación de alguien, tendría estúpido sexo por estúpida primera vez en mi estúpida vida con el estúpido chico al que amaba, y sería estúpidamente bueno porque estábamos estúpidamente enamorados.

Punto final.
Amén.
Buenas noches.

13

Como hacía al inicio de cada clase, Madame Spencer se paró frente al pizarrón e hizo que su marcador volara por los aires mientras nos interrogaba sobre las conjugaciones verbales que era probable que nos encontráramos en el examen final. Estaba lo más concentrada posible —los verbos irregulares siempre me confundían— cuando Nick se dio media vuelta en su escritorio para verme. Todavía se sentaba tres filas delante de mí. Will no cedía. No me permitiría ni siquiera esa pequeña concesión. Dejé que mis ojos se despegaran un instante del pizarrón para ver el rostro de Nick.

«¿Qué?», le pregunté solo moviendo los labios.

Dirigió la vista hacia arriba y a la izquierda y volteó al frente de nuevo antes de que Madame Spencer se diera cuenta.

Seguí al dirección de sus ojos y encontré el reloj sobre la ventana. Eran las ocho veinticinco. Habían pasado doce horas. Contuve la risa, y Will volteó como disparado y me lanzó una mirada fulminante como para decirme que estaba interrumpiendo y descarrilando toda su carrera académica.

—Perdón —le susurré, y volvió a mirar al frente.

Y no pude dejar de sonreír.

Me había despertado decidida. Hacerme esas tres promesas la noche anterior me había dado la fuerza que me permitió seguir adelante todo el día. Después de que mi papá se fue a trabajar, puse el teléfono de Syd y la carta de Stanford en una caja de zapatos y me dirigí al polvoriento cobertizo. De forma ceremoniosa, empujé la pesada y trabada puerta de madera y escondí la caja debajo de una enorme pila de lonas para pintar que mi papá había acomodado a la perfección en un estante. Odiaba el cobertizo. Estaba lleno de telarañas y de una posibilidad latente de alacranes o cosas peores. De cierta forma, parecía una garantía suficiente de que podía dejar la caja ahí. Podía dejarla en paz.

A lo largo del día, cada timbre que anunciaba la llegada de un nuevo mensaje a mi teléfono me provocó un pequeño ataque de pánico. Era como si se repitieran los primeros días después de que Syd se fue. Pero, una vez que llegué al final del día de clases sin tener noticias de ÉL, supe que estaba del otro lado. Si ÉL iba a responder, lo habría hecho ya.

Después de la escuela, acompañé a Nick a su auto. Tenía que quedarme en la oficina del periódico, pues íbamos a publicar una edición doble por el baile y tenía que enviarse a imprenta antes de la seis. Nuestra maestra de Periodismo, la profesora Boone, estaba en plena crisis nerviosa por la hora de entrega, así que necesitábamos toda la ayuda posible.

Además, Nick le había estado dando tutorías a un niño de secundaria las últimas semanas, e iban a tener un maratón de estudio antes del examen final del chico.

—¿Qué vas a hacer después? —le pregunté.

—Nada —dijo Nick mientras contenía una sonrisa—. *Nothing*.

—Ven —dije—. En serio.

—Está bien —intentó asentir de forma casual—. Perdón: *sipi*.

Resultó que la crisis nerviosa de la profesora Boone fue una falsa alarma y el periódico estaba mucho más avanzado de lo que pensábamos. De cualquier forma, casi todo lo que quedaba por hacer era responsabilidad de los fotógrafos. Editar las historias de las preparaciones para el baile —todos esos vestidos, limosinas y reservaciones para cenar— me había comenzado a provocar ansiedad. Las imágenes no dejaban de desplegarse en mi cabeza. Hui de ahí en cuanto pude.

Pensaba que tendría algo de tiempo para dejar todo perfecto antes de que Nick llegara. ¿Encender una vela? ¿Eso es algo que hace la gente que tiene sexo? Volví a casa a toda velocidad. Pero, cuando di vuelta en la calzada, me encontré con la sorpresa de que el auto de Nick estaba estacionado en el lugar donde yo estacionaba el mío. Me acerqué y lo vi sentado en el asiento del conductor, haciendo la tarea. Levantó la vista cuando oyó mi auto. Le dirigí una expresión de confusión. Bajó su cuaderno y tomó un pequeño ramo de flores: lirios, amapolas y unos botones extraños que no logré identificar.

—Ay, Dios —exclamé, y puse los ojos en blanco.

Salimos de los autos. Me entregó las flores.

—Gracias. —Me las llevé a la nariz—. ¿Qué pasó con la sesión de estudio?

—Laringitis. —Sonrió.

—Ay. Qué increíble.

Lo tomé de la mano, corrimos a la casa y lancé las flores en la mesa del pasillo mientras trastabillábamos de camino a mi habitación. Cerré la puerta. Pasé el seguro. Nos miramos. Ninguno de los dos tenía que decir ni preguntar nada. Pero, dado que se trataba de Nick, lo hizo de todas formas.

—¿Esto es un sí? —preguntó mientras nos arrancábamos la ropa.

—Ay, carajo. —Lo miré a los ojos—. ¡Sí!

Me quité la playera. Cuando me llevé la mano a la espalda para desabrocharme el brasier, a Nick se le iluminó el rostro como si hubiera tenido una gran idea. Mi brasier cayó al suelo. Nick suspiró con fuerza. Se quitó la playera. Una vez más, sus músculos me sorprendieron. Sus hombros eran todavía más perfectos desnudos, pues estaban espolvoreados de pequeñas pecas. Me miró con tanta dulzura, tanta consideración, que el cuerpo me dolió. Debió de verme sonrojada o desconcertada, porque se acercó y me besó.

—Estoy nerviosa —admití—. ¿Tú estás nervioso?

—Sí. —Su respiración era temblorosa.

—¿Quieres parar? —pregunté.

Negó con la cabeza.

—¿Tú? —preguntó.

—De ninguna manera. —Me bajé los pantalones y los lancé; luego, los calzones—. Las cosas se pusieron intensas —dije.

Se rio. Batallé con los botones de sus pantalones y, como no pude con ellos, él se hizo cargo. Salió de entre ellos dando un paso y se quedó parado, en bóxers y calcetines. Deslizó los bóxers al piso. Nos quedamos ahí un largo minuto, sin que ninguno de los dos se atreviera a mirar hacia abajo.

—Okey. No puedo quedarme así, en calcetines —dijo.

Los lanzó con dos rápidas patadas.

Lo llevé a mi cama y lo jalé hacia mí. Estaba tan cálido. Nos besamos durante una eternidad, cada beso nos acercaba más. Se movió hacia abajo, besándome el cuello y los senos. En mi cerebro se dispararon cohetes que rebotaban contra todas las paredes de mi cráneo.

—Tengo un condón —susurró entre balbuceos—. Está en mi cartera. Pero es sabor plátano. Perdón. No me di cuenta hasta que estaba aquí afuera. Es de la Semana de la Salud.

—Está bien —dije, sin aliento—. No importa el sabor. De todas formas, creo que no se supone que me lo coma.

Nos reímos de nuevo. Se estiró sobre la cama y tomó sus jeans y su cartera del piso. Me gustaba verlo moverse sin playera: los músculos de su espalda, sus brazos, sus hombros. Abrió el envoltorio del condón con un solo movimiento, pero luego pareció no ser muy bueno para ponérselo; estuvo un rato sentado en la orilla de la cama, encorvado, mientras yo lo esperaba, acostada. Estaba a punto de preguntarle si necesitaba ayuda cuando se abalanzó sobre mí de nuevo, ansioso y hermoso. Nos dimos un beso largo y serio, y nuestras miradas se encontraron mientras su mano viajaba hacia abajo. Sentí una pequeña presión, más presión... y luego una extraordinaria onda expansiva, como si una roca gigante hubiera caído desde el cielo al centro de un pequeño y plácido lago. Era enorme y diminuta a la vez. Miré a Nick y me pregunté si me veía tan sorprendida y feliz como él. Nos movimos juntos. Después de un rato, hundió la cara en mi hombro.

—Oh —lo oí susurrar.

Y entonces, presionó la cara contra mi almohada y soltó un grave pujido. Fue un sonido tan personal, puro, como un secreto, algo íntimo y vulnerable y compuesto solo de él.

—Ay, Dios —murmuré mientras Nick giraba para alejarse y hacía algunos movimientos que yo interpreté como que se quitaba el condón y lo desechaba.

Se recostó y yo me acurruqué sobre él. Sentí cómo su pecho subía y bajaba con una profunda respiración. Alcé la mirada hacia él y él bajó la suya con timidez hacia mí.

—Lo voy a hacer mejor a la próxima. —Seguía sin aliento; ya no se veía asustado, pero estaba cohibido—. Perdón.

—¿Qué? —Le golpeé las costillas con el codo y me giré para quedar bocabajo—. ¿De qué hablas? Estuvo increíble. Quiero hacer eso todo el tiempo. ¿Por qué no lo hemos hecho todo el tiempo? Me debí lanzar encima de ti cuando te quitaste la camisa en el estacionamiento de La Hacienda aquella vez. En serio. Sí que quería. —Le besé el cuello—. Vamos a dejar la escuela para dedicarnos a esto de forma profesional.

Nick se rio.

—Creo que fue más increíble para mí que para ti. Puedo mejorar. Para la próxima.

«La próxima». Era dicha pura. Habría una próxima, y una después de la próxima. Acostada ahí, con Nick, la *próxima* de todo era infinita, abierta, un universo cuyo fin no debíamos preocuparnos por encontrar. Era tan sencillo: tan solo estaríamos juntos. La universidad, la vida y todo lo que venía en camino no eran nada. Habíamos atravesado esa puerta juntos. Cuando pensé encontrarnos del otro lado de *algo*, nos encontramos de este lado de un millón de *próximas* veces.

—Si quieres... —Flexionó el brazo y levantó la cabeza—. Puedo intentar algo.

—¿Algo? —pregunté.

—Hice la tarea.

—¡Tarea! Te amo, *nerd*. —Le besé el hombro—. ¿Me vas a decir todo lo que sabes sobre el compositor ganador del Nobel, Bob Dylan?

—No. —Levantó un dedo como para pedirme su atención—. Solo...

Indicó que debía recostarme. Luego me besó del pecho al ombligo y terminó entre mis piernas. Yo no podía creerlo.

En pocas palabras, fue lo más increíble que había experimentado en todos mis días sobre el planeta Tierra.

De vez en cuando, perdía la concentración. Pensé en Syd. Pensé en ÉL y en mi estúpido mensaje de medianoche. Pero, si cerraba los ojos, volvía a mi cuerpo, a su mismo centro, y mi cerebro se volvía a sumergir en miel. Era de lo más extraño tener un orgasmo en presencia de alguien más. Pero los fuegos artificiales en mi cabeza me impidieron cohibirme demasiado.

—Mierda —murmuré mientras Nick volvía a ocupar su lugar en la cama junto a mí—. Hola, Bob Dylan.

Nick se rio. Estaba relajado y feliz. Nos quedamos acostados en silencio un largo rato. Deseé que nos pudiéramos quedar así por siempre. Ni siquiera nos abrazamos, solo dejamos que nuestros cuerpos enteros se tocaran. Juntos.

—Creo que no se supone que esto deba pasar la primera vez. —Me di vuelta para verlo de frente—. Creo que existe la posibilidad de que yo sea una inspiración.

—¿Sí? —Nick estaba entre aturdido y somnoliento.

—Como para toda la humanidad. O todas las mujeres, mejor dicho. Una superheroína. —Nick soltó una enorme risotada—. Y usted, señor. —Le di un empujoncito—. Perdón, pero ¿de dónde sacaste la tarea?

—De internet —respondió con franqueza.

Nos reímos.

—No es lo que te imaginas. Hay muy buenos recursos para los jóvenes con un interés particular —explicó, y lo miré de reojo—. Y, bueno, también un poco de lo que te imaginas.

Nos reímos otra vez. Me recorrí y apoyé la cabeza sobre su pecho. Estaba por caer en el breve espacio que hay antes del sueño cuando su voz me trajo de regreso.

—Oye —dijo con suavidad—. ¿Puedo preguntarte algo?

—¿Qué?

—¿Quieres ir al baile conmigo? —Lo dijo con tanta ternura que tardé un instante en entender qué me había preguntado. Estaba a punto de lanzarme a la negativa habitual, pero, cuando lo miré, su expresión no tenía nada de bromista—. De verdad. Por favor.

—Está bien. —No podía creer lo que acababa de decir.

—¿En serio? —Era obvio que él también estaba sorprendido—. El baile es en dos días.

—Ya sé. Necesitamos boletos.

—Yo consigo los boletos.

—Necesitas un esmoquin.

—Yo consigo el esmoquin.

—Y… —dije—. Tengo que consultarlo con Quinn Johnson. Él tiene preferencia.

—Quinn Johnson va a tener que pelear conmigo, *literal*.

Justo en ese momento, escuchamos llantas sobre la grava. Habíamos perdido la noción del tiempo.

—Ay, Dios. Es él —exclamé.

Nick se levantó entre tropezones, se puso los bóxers y

empezó a darle vuelta a sus jeans. Yo me puse los pantalones, aventé mi ropa interior al armario y me puse la playera. Tendí la cama mientras Nick se ponía los pantalones dando brincos frenéticos. Tomé su playera y se la lancé. Éramos una máquina bien aceitada impulsada por el pánico. Abrí la puerta de mi habitación y encendí el ventilador del techo para hacer que el aire circulara; como no había sido usado en meses, nos cayó una lluvia de polvo. Mi habitación parecía una montaña después de una nevada. Apagué el ventilador. Tomé mi laptop y la abrí; veinte segundos después, Nick y yo estábamos sentados en el piso, de espaldas contra la base de la cama, descalzos, pero con apariencia de gente decente, viendo el primer video que encontré. Era de un perro chihuahua que estaba... quién sabe, no importa.

—¡Hola, adolescentes! —gritó mi papá.

—¡Hola, anciano! —grité en respuesta.

Miré a Nick. Observaba al chihuahua con tal atención y seriedad que parecía que estaba viendo una película de terror. Le di un codazo en las costillas.

—No te hubieras molestado —dijo mi papá desde el pasillo.

Oí sus llaves aterrizar en el tazón. Nick y yo nos miramos aterrados.

Caminó hacia la puerta, con las flores bajo el brazo y saludando como Miss Universo.

—Oh. Ajá. —De pronto estuve segura de que mi habitación olía como un palacio sexual de plátano. Me había olvidado por completo de las flores. No podía explicarlas. Miré a Nick en busca de ayuda.

—Se las traje a Miranda —escupió—. Por terminar el número del baile del periódico.

—Fue un número doble.

Volví al chihuahua. Me concentré tanto como pude. ¿Qué hacía? Ah, caminaba con las patas traseras. Y traía puesto un saco y una corbata.

—Este chihuahua está increíble. Tienes que verlo.

Cerré la computadora de golpe. Nick se vio obligado a alzar la vista.

—Genial —asintió mi papá.

No tenía idea de cómo actuar cerca de él.

—Nick estaba por irse —dije.

Mi papá miró a Nick y sus pies descalzos.

—¿Estaba por irse?

—Sí. Me tengo que ir. Es noche de hot dog. —Nick miró a mi papá sin chistar. Era un desastre. Debió de darse cuenta de que algo de lo que dijo no tuvo sentido, así que añadió—: Me encantan los hot dogs.

«Ay, Dios», pensé. De todas las comidas, de todas las noches, ¿por qué tuvieron que ser hot dogs?

—Eh… bueno. —Mi papá me miró—. ¿Miranda?

Volteé a verlo, con las flores en la mano, viéndome con suspicacia. ¿Sospechaba algo?

—¿Qué? —Me enderecé e intenté verme lo más casual posible.

—Las flores —dijo—. Tienes que ponerlas en agua.

—Ah. —Me puse de pie con un brinco, le arranqué las flores de la mano y corrí a la cocina, extasiada de poder estar en otro lugar y tener algo más que hacer.

—¿Metiste el correo? —me gritó desde el pasillo.

—No, perdón. Se me olvidó.

Oí que mi papá abría la puerta principal. Encontré el único florero que teníamos en el fondo de un estante. Lo llené de agua hasta la mitad. Nick apareció en la cocina, aún con cara de horror, y se deslizó hasta donde yo me ocupaba de cortar los tallos de las flores para ponerlas en el florero. Puso sus labios sobre mi oreja y habló como su fuéramos espías es una misión.

—El envoltorio del condón está en el piso, del otro lado de la cama.

La puerta principal se abrió y mi padre entró con el correo bajo el brazo.

—Okey. Adiós —le dije a Nick, con tal vez demasiada vehemencia.

A él le alegró poder irse, aunque aún tuviera las agujetas desamarradas.

—Adiós, señor Black.

—Peter —le recordó mi papá.

Nick sonrió y tomó la perilla de la puerta.

—Adiós, Peter. Peter. Perdón. Adiós. —Cerró la puerta al salir.

Estaba sola.

Levanté la mirada para ver a mi padre del otro lado de la isla, y volví a arreglar las flores como si mi vida dependiera de ello. Deseé que hubiera más. Ya las había acomodado todas. Ahora no hacía más que moverlas de un lado a otro. Mi papá se cruzó de brazos. Lo miré a la cara y luego volví a bajar la mirada. Encontré un pequeño sobre de alimento para flores pegada al envoltorio de plástico. Lo arranqué y leí las instrucciones. Mi padre me observó. Quería meterme en el triturador de basura.

—Miranda, cariño —dijo, pero no podía verlo a los ojos.

Cabía la posibilidad de que estuviera sonriendo, o tal vez tenía el ceño fruncido. No quería averiguarlo.

—¿Ajá?

Leí las instrucciones del sobre como si fueran *Guerra y*

paz, pero solo tenían un paso a seguir: «Vacíe el paquete en el agua con las flores».

—Miranda.

Lo miré, vacilante. No sonreía ni hacía muecas, tan solo me veía fijamente. Me sentí aliviada.

—¿Qué? —pregunté.

Volví al sobre, en busca de la pequeña muesca para abrirlo.

—Sabes que confío en ti.

Sentí cómo mi piel se tornaba de todos los tonos de rojo y rosado, pero me obligué a verlo a los ojos.

—Ajá —fue lo mejor que pude hacer.

Pensé que lo estaba haciendo bastante bien, dadas las circunstancias, pero justo en ese momento fui víctima de mis dedos nerviosos y abrí el sobre con tanta fuerza que estalló y lanzó una nube de polvo por todas partes.

—Ay.

Nunca dejé de ver a mi papá a los ojos. Me dirigió una media sonrisa. Estaba siendo tan lindo y tranquilo como podía. Me sentí agradecida. Mi papá. En verdad era un buen tipo. Se merecía enamorarse como yo estaba enamorada de Nick. Aún era joven. Podía empezar de nuevo, volver a casarse. Podíamos ser una familia, una familia de verdad. ¡Mi padre enamorado! Era la mejor idea que jamás se me había ocurrido. Tenía que volverse realidad.

—Quiero que tomes buenas decisiones, Miranda.

—Estoy tomando buenas decisiones —repliqué—. Digo, no en lo que respecta a alimentar las flores, pero sí en la vida.

—¿Estamos hablando de las mismas decisiones?

—Sí —contesté—. Estoy tomando buenas decisiones. —Pasé saliva con fuerza y me obligué a decirlo—: Nick y yo estamos tomando buenas decisiones.

—Muy bien.

La cara le cambió. Fue como si alguien le hubiera estado doblando el dedo casi hasta rompérselo y se lo soltara de pronto. Por un instante, pareció como si fuera a reírse, pero entonces me di cuenta de que la cosa iba en la dirección contraria.

—Carajo —exclamó. Los ojos se le llenaron de lágrimas. Todavía traía puestos la corbata y su gafete de la NASA.

—¿Estás bien? —pregunté.

—Ajá. —Recobró la compostura antes de que se le escapara una lágrima de verdad; eso también lo agradecí—. Es solo que te voy a extrañar. ¿Cuándo carajos creciste?

—No me iré a ningún lado —prometí—. Pero, sí, yo también te voy a extrañar.

Sentí una fuerte tristeza. En un universo paralelo, podría contarle todo a mi papá: la onda expansiva cubierta de miel, la forma en que Nick respondió «Sí. Yo también te amo» después de mi pésima metáfora planetaria. La forma en que los hombros de Nick me hacían querer gritar. Mi deseo secreto por seguirlo a la UNM o a cualquier otro rincón del planeta.

—Espero… —Me sacudí el alimento para flores de la mano—. Quiero que seas feliz, papá. No quiero que estés solo. Deberías conocer a alguien. Podrías tener toda otra vida después de que me vaya.

Se rio.

—No te preocupes por mí —me tranquilizó—. Me la voy a pasar de lo lindo. Tendré fiestas salvajes en cuanto pongas un pie fuera de aquí. Vendrán mujeres de todas partes: Deming, Hatch, Tucumcari.

—En serio —insistí—. Yo también quiero que tomes buenas decisiones.

—Lo intentaré —asintió—. Pero pasaré un rato viviendo a base de cerveza y alimento para flores.

—Las pobres flores. Tiré su alimento. —Barrí el polvo de la barra hacia mi mano, me di vuelta y lo tiré al fregadero—. Están lindas, ¿no?

—Sí —respondió él.

—Amo a Nick, papá. —Las palabras salieron volando de mi boca; no las habría podido detener aunque lo hubiera intentado.

—Lo sé.

—Pero es algo muy grande.

—Lo sé.

—Y duele. ¿Por qué duele?

—No lo sé. —Frunció el ceño con gesto compasivo y meneó la cabeza—. No sé por qué.

Quería preguntarle con todas mis fuerzas si había sentido lo mismo por mi mamá, si mi mamá le había hecho sentir el mismo dolor enorme y puro del amor.

—He estado pensando en mamá —dije; su rostro parecía abierto a más discusión, así que continué—. ¿Recuerdas cómo rezaba?

—Uy, sí. —Se llevó las yemas de los dedos a las sienes y cerró los ojos.

—¡Así! —Verlo hacer ese gesto tan familiar hizo que algo dentro de mí brincara—. Yo antes rezaba. Todo el tiempo. O, digo, no sé, no es como que le rezara a Dios. Como mamá. No sé. Ella me enseñó. Pero, cuando lo intentaba, yo solo veía la Vía Láctea. ¿Te acuerdas de ese día detrás de casa del tío Benny? Ay, Dios, qué tonto suena ahora.

—Me acuerdo. Me preguntaste qué tan lejos estaba.

—Cuando se fue, ya no pude rezar, ni siquiera con la Vía Láctea.

—No lo sabía —dijo.

—Sí. —No estaba tan avergonzada como creí que estaría al contarle a mi papá ese extraño detalle de mi vida, pero decidí evitarme la parte del Discurso de Gettysburg.

—Mmm. —Hizo algo con la cara que no era ni una sonrisa ni una mueca.

—No te burles.

—Nunca —dijo—. Es genial. Hablas con la Vía Láctea. Digo, es casi lo mismo que hago yo en el trabajo. Los dos esperamos lo mismo, supongo.

—Pero ya no lo hago.

—Claro. —Esbozó una pequeña sonrisa triste.

—Hubo una época en la que quise ser monja —confesé. Su sonrisa triste se convirtió de inmediato en una melodramática expresión de espanto—. No —aclaré—. Porque las monjas rezan. Quería eso. Pero todo se fue al diablo. Creo que lo que extrañaba era a mamá, no a la Vía Láctea. Ni a Dios, o lo que sea. ¿Sabes?

—Sí —asintió—. Pero, que quede claro, convertirte en monja sería ir demasiado lejos.

Dejé que pasara un largo momento en el que ambos miramos las flores.

—La UNM está supercerca.

—Está cerca —dijo.

—Cerca de ti.

—Ajá.

—Estoy harta de no saber qué hacer —admití—. Syd siempre sabía qué hacer. Hacía parecer que solo había una forma de hacer las cosas.

—Bueno, pero tú no eres Syd. —Tomó su gafete, se lo quitó del cuello y lo sostuvo en la mano; luego se aflojó la corbata—. Ya lo averiguarás. Lo he estado pensando mucho. Algunas cosas son así en la vida. Como una prueba. No solo cuando eres joven, sino toda la vida. Llega un punto en el que la gente te dice qué hacer, pero lo único que tienes que hacer es hacer caso a lo que quieres en verdad. De eso se trata. ¿Quién diablos soy yo para decirte que lo que quieres es ir a Brown?

—¿Así te pasó cuando mamá se embarazó?

Los ojos se le saltaron.

—Jesucristo. —Miró a su alrededor como en busca de refuerzos, alguien que le ayudara—. Supongo que esa es la conversación que vamos a tener.

—No soy tonta. Tuviste que dejar la escuela.

Se talló la barbilla.

—Sí, así fue. —Se quedó parado, pensando un momento—. Y vaya que sí. Había gente, mis papás, mi papá sobre todo, que me decía, que nos decían a tu mamá y a mí, que no debíamos hacerlo. Que no podíamos. —Me miró para decidir si debía continuar o no.

—Pero lo hicieron.

—Ajá. —Pasó saliva—. Y, claro, una parte de mí pensaba que tenían razón. Estaba enojado, ¿sabes? Tuve que cambiar mi vida. —Hizo una pausa—. Así que, ya sabes, si me preguntas si fue la decisión más descabellada y mal concebida que he tomado en la vida, lo más probable es que te responda con toda honestidad que sí, sin duda alguna. Pero ¿fue también lo mejor que me pasó en la vida, que jamás me pasará en la vida? Pues sí, carajo, sin duda alguna también.

La cocina estaba en silencio. Intenté absorber la magnitud de lo que me acababa de decir.

—Si voy a la UNM, puedo venir los fines de semana.

—¿Eso quieres?

—Pues… ¿tú qué vas a hacer?

—Yo estaré bien. Tal vez ni siquiera me quede aquí.

—¿Qué?

—Podría ir al Laboratorio de Propulsión de Jet. O mudarme a Goddard, en Maryland.

—¿De verdad?

—Digo, ya sabes que mis chunches son bastante importantes.

—¿En serio?

Siempre había sentido algo de pena por mi papá y sus chunches. Suponía que su contribución a la ingeniería aeronáutica era tan poca que la gente de la NASA no tenía problemas con dejarlo languidecer en el desierto, picándose el ombligo.

—Me quedé aquí porque, bueno, ya sabes… tú estabas en la escuela. Estábamos aquí.

—¿Me estás diciendo que te vas a mudar a Maryland?

—No. Digo que podría ir a Maryland. No lo sé. Lo único que digo es que no tienes que preocuparte por mí.

—¿Maryland? ¿Eso está cerca de Providence, donde está Brown?

—Miranda.

—¿Es en serio? *¿Maryland?* Ya. Ya veo cómo está la cosa.

—Ay, por Dios. Escúchame. Ese telescopio ha estado en desarrollo desde antes de que nacieras. Es tal vez el cúmulo de tecnología más sofisticado en la historia de la humanidad. —Bajó la cabeza—. Te lo aseguro, Miranda: el telescopio espacial James Webb no es una treta fraguada por la Administración Nacional de la Aeronáutica y el Espacio para que yo pueda seguirte a la universidad. —Azotó la mano sobre la barra—. Por favor. No te creas tan importante.

Nos reímos.

—Caray —exclamé—. ¿Venderías la casa?

—Nunca. No la vamos a vender nunca. No te preocupes por eso.

—Ay, Dios. ¿Participarás en las conferencias de prensa?

—No. Eso… no. Esa ni siquiera es una opción.

—Llegas, agarras el micrófono y dices algo como: «¿Quién pidió el planeta Ricitos de Oro?».

Sonrió.

—Justo como siempre lo he imaginado.

—¿Qué tan importantes son tus chunches?

—No sé. —Se encogió de hombros. Búscalos en Google.

14

Esa noche busqué a mi papá en Google. Fue muy raro. No sabía cómo se llamaban sus chunches, así que solo puse «Peter Black, ingeniero, NASA, telescopio espacial Webb». Los artículos que aparecieron eran en su mayoría demasiado técnicos como para entenderlos y solo mencionaban a mi papá de paso, o lo nombraban como parte de una larga lista de personas. Pero, enterrado debajo de esos artículos, encontré un pequeño perfil en la página de la NASA que incluía una fotografía de mi papá, además de un pequeño modelo del telescopio Kepler y otro del Webb. En una sección de preguntas y respuestas, cuando le preguntaron cuál era el logro que más lo enorgullecía, dijo que criar a su hija. «Es la bendición más grande en mi vida». Esa era la cita exacta: «la bendición más grande en mi vida». Miré la foto un largo rato. Nunca, ni una sola vez en mi vida, había escuchado a mi papá describir algo como una bendición. Era lindo, pero muy extraño. Jamás podría mencionárselo. Estaba segura de que nos avergonzaría a ambos. Si hubiera dicho «Es mi máxima prioridad», lo habría sacado a colación. Tal vez también si hubiera dicho «Es muy inteligente y estoy orgulloso de muchas de sus decisiones». Pero no esto. «Es la bendición más grande en mi vida». Debí de leer la oración un millón de veces antes de cerrar la computadora y ponerme la pijama.

En la cama, leí sobre san Juan Apóstol. Mi mamá no tenía mucho que decir sobre él (Se le supone autor del Libro de las Revelaciones), pero, a final de cuentas, era tal vez mi santo favorito. Juan era el único de los apóstoles de Jesús que vivió una larga vida y no sufrió una horrible muerte de mártir. Cuando era anciano y le pedían que diera misa, lo único que decía era: «Pequeños, ámense los unos a los otros». Eso era todo, la misa completa.

Intentaba concentrarme en Juan, pero mi mente no dejaba de volver a aquella tarde, a los hombros de Nick, a su gemido, a la forma tan dulce en la que me invitó al baile, «De verdad. Por favor», y yo cedí. Cuando mi teléfono timbró en el alféizar de la ventana, supuse que era él. Debía de estar teniendo las mismas dificultades para dormir. Pero, cuando me deslicé hasta la ventana y tomé el teléfono, descubrí que no era Nick. Era ÉL. Después de todo lo que había pasado ese día, casi me había olvidado de que le había escrito a ÉL. Encontrar el teléfono de Syd —que la herida de su ausencia se abriera otra vez— y escribirle a un extraño desde el mío… ¿no había ocurrido todo eso en otra vida? ¿No estaba ya del otro lado de la puerta? Terminado. Completo. ¿Mi vida no sería como la de san Juan Apóstol, a quien se le permitió evitar los terribles dolores y sufrimientos y envejecer en paz?

ÉL:

¿Quién eres?

Eso era todo. Miré el teléfono y recordé mi promesa: si ÉL respondía, borraría los mensajes. Sin importar qué dijeran, ya no quería saber más al respecto.

Pero ahí estaba ÉL. Y ahí estaba yo, sin poder permitir que las cosas pasaran sin más. Antes de poder convencerme de no hacerlo, escribí:

MIRANDA:

¿Quién eres tú?

Respondió enseguida.

ÉL:

¿Cómo conseguiste este número?

Pensé en decirle la verdad. Era la mejor amiga de Syd. Encontré el número en el teléfono que ella me dejó la noche que desapareció, el teléfono con un hostil mensaje suyo. Pero sabía que no era una buena idea.

MIRANDA:

Soy la prima de Syd. Guardó este número en mis contactos. ¡Perdón!

ÉL:

¿Has sabido algo de ella?

Respondió de inmediato. Comenzó a escribir otro mensaje, pero se detuvo. Noté su desesperación.

MIRANDA:

No. ¿Tú?

Le tomó un rato responder.

ÉL:

No.

Hice una pausa y pensé en el entrenamiento que la profesora Boone nos dio para olfatear una nota, sobre cómo encontrar la verdadera historia debajo de otra. ÉL esperó veinticuatro horas para responder a mi mensaje, pero respondió. Pudo haberlo ignorado, pero no fue así. O no fue capaz. Tal vez él también se hizo una promesa y la rompió, como yo, porque fue incapaz de contener su curiosidad. Tal vez era culpable de algo y le preocupaba que sospechara de él. Tal vez no. De cualquier modo, sabía que tenía que ser cuidadosa con lo próximo que dijera. No quería asustarlo. En su último mensaje, le había dicho a Syd que bloquearía su número. No quería que hiciera lo mismo conmigo. Quería que hablara. Eso era algo que la profesora Boone predicaba siempre en el periódico. «Sean abiertos y esperen. Todos hablan. Con el tiempo».

Esperé dos minutos. Los conté. Quería ver si diría algo más. Pero no lo hizo. Así que escribí:

MIRANDA:

Oye, ¿te importaría avisarme si sabes algo? Solo quiero saber si está bien, ¿sabes? ✌

Agregué un emoji de «amor y paz» para darle algún efecto al mensaje.

Esperé no haber abusado del tono casual en mi mensaje. Temí no recibir una respuesta. Pero entonces: *¡ding!*

ÉL:

Sí. ¿Harías lo mismo? Por favor, usa este número para contactarme.

Recordé lo que Syd me escribió la noche del baile: «Los chicos son idiotas». Más allá de que en ese momento me estaba mintiendo —y yo estaba mintiendo ahora—, la hipótesis parecía muy cierta, al menos para este chico en particular. Él creía que yo era la prima poco preocupada y medio boba de Syd. Escribí y presioné enviar.

MIRANDA:

¡Claro!

Esperé, pero no respondió. Puse el teléfono en el alféizar, me arrastré a la cama y volví a san Juan. Después de un rato, me di cuenta de que estaba divagando, pensando en el cobertizo, resistiéndome a la tentación de escabullirme de la cama y recuperar el teléfono de Syd del reino de las arañas y los alacranes. Ya había roto una de mis promesas. Miré la ilustración de san Juan como un anciano. Debajo, mi madre escribió: De hecho, no todos los demás apóstoles murieron como mártires. Judas cayó en su espada. Murió por suicidio.

Cerré el libro y apagué la luz.

Las arañas ganaron.

Pero resultó que mi resistencia al teléfono de Syd sobreviviría solo hasta la mañana siguiente. Después de que mi padre salió a trabajar, caminé por el costado de la casa, junto a mis enemigos los agaves, crucé el polvoriento patio y me abrí paso hacia el cobertizo. Pasé las manos por debajo de las lonas, tomé la caja, saqué el teléfono y la carta, y las metí a mi mochila. Cuando me subí al auto, saqué el teléfono y lo puse en el asiento del copiloto. Seguía apagado. Puse el auto en reversa y llegué hasta la calle pavimentada antes de recobrar la razón.

No iba a caer en mi espada. No es que Judas fuera un gran ejemplo. Pero... se entiende.

Avancé, me estacioné, tomé el teléfono y la carta, los llevé por el costado de la casa, volví al cobertizo, los guardé de nuevo en la caja de zapatos y puse la caja debajo de las lonas. Mientras me quitaba de encima telarañas visibles e invisibles, pensé en la posibilidad de estar desarrollando una relación ritualística casi obsesivo-compulsiva con el cobertizo, pero me obligué a ignorar el miedo y a sentirme orgullosa de haber devuelto el teléfono a donde pertenecía: fuera de mi vida. Afuera. San Juan.

Todo el día en la escuela intenté olvidar el teléfono y a ÉL. Llené cada segundo de mi día con actividades. Pasé a la oficina del periódico antes de comenzar las clases y, con la edición en la imprenta y nada que hacer, limpié los escritorios, borré el pizarrón y lo volví a borrar. En el almuerzo fui de mesa en mesa, como Syd hubiera hecho, para reportarme con la gente. Marcy y los mormones estuvieron más que felices de oírme parlotear durante siglos. Incluso detuve a Quinn Johnson para felicitarlo por su nominación a rey del baile. Me miró con los ojos enrojecidos y me agradeció, pero tuve la sensación de que no tenía idea de quién demonios era yo. Lo intenté todo. Pero nada sirvió. Algo del último mensaje de ÉL no dejaba de molestarme, como una astilla en el dedo; mientras más me preocupaba por ello, más se me clavaba en la piel. Mientras le decía a Heather Thomas que una fotografía suya con su vestido para el baile ocuparía la portada del periódico, mi mente se dedicaba a rumiar una única pregunta.

¿Por qué dijo «Por favor, usa este número para contactarme»?

¿Acaso «este número» sugeriría que había otro número que no debía usar?

Pasé todo el día intentando convencerme de que eran solo mis obsesiones. Pero, para cuando Nick me preguntó después de clases si quería ir a Milagro a hacer la tarea —o a besuquearnos en su auto—, estaba decidida. Le di un pésimo pretexto y conduje a casa muy por encima del límite de velocidad. En cuanto estacioné el auto, rodeé la casa, crucé el patio, me abrí camino hacia el cobertizo, metí las manos por debajo de las lonas y saqué la caja. Se me hacía agua la boca por la anticipación. Sentí que todas las arañas y los alacranes me miraban.

En cuanto saqué el teléfono y lo encendí, me sentí capaz de entender lo que Patience debió sentir al tomar el primer trago después de tantas semanas en rehabilitación. Era alivio total. De pronto, no tenía otras responsabilidades. Lo único que necesitaba era el teléfono de Syd.

Pulsé en el mensaje de ÉL. Ingresé a su información de contacto. Me desplacé por la pantalla. Y ahí estaba, brillando como una pepita de oro: «Casa». Junto a la palabra, otro número.

No lo pensé dos veces. De hecho, apenas si lo pensé una. Tomé mi teléfono y marqué el número. El timbre sonó una vez. Dos. Tres veces. Timbraba tan despacio. El cobertizo estaba cálido y silencioso. Con cada tono, me daba cuenta cada vez más de lo que hacía y perdía un poco el valor. Estaba a punto de colgar cuando los timbres se detuvieron.

Pasó toda una década.

—¿Miranda? —Era una voz conocida.

—¿Nick? —Me aferré a la repisa de madera que tenía enfrente, convencida de que, si no lo hacía, me desmayaría y me golpearía la cabeza contra la pila de ladrillos en la esquina. En ese instante, pensé en Judas cayendo sobre su espada—. Ay. —Me recuperé—. Hola.

—Hola. ¿Por qué llamas al número de la casa?

Justo entonces, alguien más descolgó un teléfono.

—¿Hola?

Era la mamá de Nick. Apreté los dientes y deseé estar muerta.

—Mamá, perdón, cuelga. Es Miranda.

—¡Ay, hola, Miranda! —Su voz era tan brillante como oscuro era el cobertizo.

—Hola, doctora Allison. —Intenté sonar como si no estuviera en medio de una crisis nerviosa rodeada de arañas.

—Ya me enteré de que irán al baile. ¡Qué emoción! Tu apéndice y tú tienen una segunda oportunidad.

Aunque la cabeza estaba a punto de estallarme y yo estaba a un segundo de vomitar de los nervios, me pareció lindo que, al igual que su hijo, también le llamara segunda oportunidad.

—Mamá —dijo Nick.

—Sí. Perdón. Pero espero que pases a visitarnos antes del baile. Quiero fotografías. Jason nunca fue al baile. Miranda, querida, eres la única esperanza de nuestra familia.

Me reí.

—Está bien —dije al mismo tiempo que Nick gritaba.

—¡Cuelga!

—Ya cuelgo. —Lo hizo.

—¿Qué pasó? —preguntó Nick.

No tenía forma alguna de responder. Casi había olvidado la crisis nerviosa.

—Entonces, ¿este es tu teléfono fijo? —Intenté sonar aburrida.

—Sí —contestó—. Este es. Genial, ¿no crees?

—Nosotros no tenemos teléfono fijo desde que yo tenía como diez años.

—Miranda, ¿me llamaste solo para burlarte del teléfono fijo de mi familia? —dijo después de una corta pausa, demasiado corta, a mi parecer.

—No, perdón. Okey. Perdón. Te escribo después.

—Espera. ¿Qué?

Ay, Nick. «¿Qué?». Una mejor pregunta no se había hecho jamás.

—No, no —dije—. Solo llamé... Debo haber anotado tu número. Lo encontré aquí. En una libreta vieja. Pensé que era tu número. Y... pues llamé. Para asegurarme. Supongo que podría haberlo buscado.

¡Claro! No se me había ocurrido hasta que lo dije. Podría haber buscado el número y haberme evitado esta horrenda red de mentiras que estaba tejiendo.

—Ah. Bueno —fue todo lo que dijo—. Conseguí un esmoquin.

—¿En serio?

—El mismo del año pasado. Tiene un hoyo en el bolsillo. Mismo hoyo, mismo bolsillo.

—Qué loco. ¿Podemos colgar? Hablar por teléfono me pone nerviosa.

Hubo una larga y dolorosa pausa.

—Eres tan rara —murmuró Nick al fin.

—Sí, lo que digas, *nerd*. Adiós. —Colgué.

Alejarme del teléfono trajo consigo una sensación de alivio puro. Le tomó un largo momento a mi cerebro volver a funcionar. Era como el círculo en la pantalla del teléfono cuando lo encendí por primera vez: vueltas y vueltas.

No tenía sentido. El número de Nick y el de ÉL no eran el mismo. Lo revisé de nuevo. ¡Eran diferentes! Syd odiaba a Nick, y Nick odiaba a Syd. Nick no era ÉL. No había forma de que Nick fuera ÉL.

Pero Syd desinfló las llantas de Nick la noche antes de irse. Eso siempre me molestó.

¿Por qué lo hizo?

Momento. Mi mente se estrelló con algo. El mundo se detuvo. «Momento».

Syd no desinfló las llantas del auto de Nick esa noche. No eran las de Nick.

Era todo tan abrumador que tuve que sentarme. Busqué en el oscuro cobertizo y vi que el altero de bloques de concreto era lo único que estaba disponible, así que me senté sobre ellos hasta que las cosas llegaron a mi cabeza. Esa noche en La Posta. Durante la extraña escena de Syd en la mesa de los Allison, tendió la mano, primero a la mamá de Nick y luego a su papá. Su mamá parecía confundida. Pero su papá… ¿no estaba él horrorizado? ¿Sorprendido? Recuerdo que se levantó a medias y se quedó así todo ese tiempo. Estaba más que sonrojado. Ella le estrechó la mano tanto tiempo que se volvió insoportable, mientras se deshacía en elogios sobre su conferencia de modelos computacionales matemáticos y lo mucho que le había gustado. Había dicho que le había volado la cabeza. Le recordó que se acercó a presentarse después de la clase. «Sydney Miller», dijo con toda la calma del mundo. «Seguro no me recuerda». Y el papá de Nick vaciló al oírlo. Primero se disculpó, dijo que eso había sido hacía mucho. Pero luego, un instante después, dijo que sí lo recordaba.

Sin embargo, al reflexionar todas esas cosas, no recordaba que me hubiera contado que se hubiera presentado con el papá de Nick Allison después de su extraordinaria conferencia sobre modelos computacionales matemáticos. Me contó de la conferencia, sí. Eso lo recordaba bien. Aproveché la oportunidad para hacerle preguntas sobre el papá de Nick. ¿Era alto? ¿Enano? ¿Gordo? ¿Chistoso? ¿Sexy? Syd parecía desinteresada, como si no pudiera recordar nada, aunque acabara de suceder.

Un par de meses después, Syd abandonó el Decatlón Académico. Se trabó en las semifinales. «Los papás de todos estaban ahí», dijo Nick. Syd renunció ese día. Salió por la puerta y no regresó nunca más. Luego empezó a tratar a Nick como si tuviera lepra. Un mes después, me emparejó con Quinn para el baile. Cuando Quinn no pudo ir y Nick salió al rescate, Syd se enojó. Y cuando Nick no llegó por mí, ella dijo que le había escrito, pero Nick no le había respondido el mensaje. Pero, claro, eso era mentira.

«Los papás de todos estaban ahí».

Tomé el teléfono de Syd y fui directo al mensaje de ÉL.

Tomé mi teléfono y entré a Google: «Allison, Departamento de Matemáticas, NMSU». Un botón más y lo encontré: el doctor Samuel Allison, con su sonrisa arrogante.

Las piezas comenzaron a caer en su sitio. Intenté detenerlas. Esperé a que algo brincara, algo que me obligara a decirme: «Alto. Mira, te estás portando como loca, Sherlock». Pero no encontré nada.

Esa noche en La Posta pensé que Syd estaba decidida a humillar a Nick, cuando en realidad su humillación iba dirigida a alguien más. «¿Quieres ir por tacos a La Posta?», preguntó de la nada en la fiesta, justo después de recibir el último y molesto mensaje.

Miré la foto del doctor Allison otra vez, sus ojos adormilados y su cabello despeinado.

La mitad de mi cabeza sabía que era una locura. Estaba viendo a un vejete profesor de matemáticas, por Dios. La otra mitad sabía que era cierto.

Hice clic en «Horarios de oficina». Martes y jueves 2:30-4:30 p. m. Era jueves. Eran las tres y media. Si salía de casa en ese momento, lo atraparía. «Atrápalo». Era una idea terrible. No había nada que se me antojara menos que atrapar al doctor Samuel Allison haciendo lo que fuera. Todavía recordaba el terror que sentí en la mesa el día de Navidad, el miedo de que en cualquier momento me lanzara un problema matemático imposible de resolver.

De todas formas, tenía que hacerlo. Si no era nada, no era nada. Inventaría algo. «Estaba en el campus y se me ocurrió pasar a saludar».

Pero si era algo, era todo; lo entendí desde un lugar muy profundo de mi cuerpo.

Conduje como lunática. Mi padre me habría matado. Ignoré un semáforo que acababa de ponerse rojo y di gracias por que nunca hubiera tráfico en Las Cruces. Pasé por debajo de la carretera y junto a la escuela. El estacionamiento seguía medio lleno. Había estudiantes pasando el rato, sentados en los cofres de los autos. Deseé ser una de ellos, una adolescente normal que hacía cosas de adolescente normal. Hundí el pie en el acelerador. Pasé junto a centros comerciales, lavanderías y el Baskin-Robbins.

El corazón me dio un vuelco cuando oí mi teléfono timbrar dentro de mi bolsa. Escarbé y lo saqué. Era Nick. Quería saber qué flores quería para mi *corsage*.

NICK:

Te compraré uno, señorita. Lo quieras o no.

Solté el teléfono y me retorcí de vergüenza. De repente, grité con todas mis fuerzas para aliviar la tensión. Ayudó un poco. Luego clavé los ojos de nuevo en el camino y aceleré.

El único lugar en el campus en el que sabía que podía estacionarme era la esquina oeste, la cual estaba destinada a los corrales, establos y caballerizas de la facultad de agricultura. Olía mal y estaba muy alejada, pero podía quedarme ahí sin un permiso, y así no perdería tiempo buscando lugar en el campus. Me salí del camino y me estacioné a medias junto a la arena en la que el equipo de rodeo practicaba bajo la luz de la tarde. Bajé del auto y comencé a caminar. Al pasar junto a la arena, alguien sonó un silbato y una chica en un caballo salió disparada, rodeando los barriles a la velocidad de la luz. Parecía peligroso. Me alegró ver que la chica traía puesto un casco. El caballo levantó una nube de polvo mientras recorría el terreno. Un grupo de vaqueros colgaba de la barda; observaban a la chica y gritaban cosas para apoyarla a ella y al caballo. Ni siquiera se dieron cuenta de que pasé a su lado.

Mientras más me acercaba, más sentía que el miedo intentaba apoderarse de mí. Pero no iba a permitírselo. No podía. Una vez que entré al campus, dejé de pensar. Dejé que la brisa me llevara más allá del centro de ingenierías, los edificios administrativos, la asociación estudiantil, hasta que me encontré caminando en el horrible y rechoncho edificio de Matemáticas. No me detuve afuera. Sabía que detenerme implicaría pensar, y pensar no era una opción, así que empujé la puerta de cristal, revisé el directorio que estaba en la pared, crucé un pasillo y luego di vuelta en el siguiente. El edificio era frío y mohoso. Olía a matemáticas. Mis zapatos rechinaban sobre el linóleo, así que tuve que caminar más lento. Noté que los números de las oficinas iban en aumento: ciento dieciséis, ciento dieciocho, ciento veinte. El doctor Allison estaba en la ciento veintidós. Su puerta estaba abierta. El pasillo estaba supercallado, abandonado, rebosando de luz fluorescente. Alcancé a oír mi pulso en el cuello. Me detuve justo antes de llegar a su puerta. Quería dar los últimos dos pasos, pero mi cuerpo no me lo permitía. Me exigía que dejara las instalaciones de inmediato. «Solo corre, tonta», oí que Syd me decía. «¡Vete!».

Pero recordé que me había apodado La Buena.

Era momento de ser La Buena.

Di los dos pasos.

Estaba sentado detrás de un enorme escritorio, leyendo algo, con la boca torcida por la concentración. Su escritorio era un desastre. Las paredes estaban forradas de libreros retacados. Me quedé ahí parada un momento, congelada. Levantó la mirada sin mover la cabeza cuando al fin notó que estaba ahí.

—Ah. —Estaba perplejo—. Miranda.

Comprendí de inmediato que había cometido un error. Intenté utilizar mi pretexto. «Estaba en el campus». Pero no dije nada, no pude.

—Perdóname —dijo, y miró más allá de mí, hacia el pasillo—. ¿Nick viene contigo?

—No —respondí con voz poco profunda, como un charco—. Vine sola.

—Ah —susurró, y luego parpadeó.

Intenté una vez más enunciar mi pretexto: «Estaba en el campus». En cambio, lo que salió de mi boca fue:

—¿Sabía que yo soy la prima de Syd?

Mantuve los ojos clavados en los suyos. Parpadeó de nuevo. Giró un poco la cabeza como para oírme mejor. Esbozó una sonrisa confundida.

—Perdón. ¿Podrías repetir lo que dijiste?

Era inocente. Era momento de usar el estúpido pretexto. ¿Por qué no lograba que saliera de mi boca? El corazón me galopaba y las piernas me temblaban. Entonces vi que su teléfono estaba sobre el escritorio, junto a una pila de carpetas. Lo miré un largo rato. Volví a verlo a los ojos. Y entonces, mientras me miraba, estupefacto, saqué el teléfono de mi bolsillo. Fui a la cadena de mensajes. Le vi la cara de confusión y presioné «Enviar».

MIRANDA:

¿ERES UN MENTIROSO?

Lo que siguió fue un silencio inmaculado. Estaba parada frente al papá de mi novio, portándome como una loca. Me aclaré la garganta y lo intenté de nuevo. Sonreí como una idiota. Por fin, llegó.

—Estaba en el campus…

Y entonces ocurrió.

Su alerta de mensajes era un desafortunado y cómico pato. Apretó los labios y se permitió ver la pantalla. Luego, me vio a mí.

—¿Le importaría leerlo? —No supe por qué, pero no perdí la compostura ni un poco.

Desbloqueó el teléfono a regañadientes. Leyó las palabras que yo había enviado.

—Bien…

Pero antes de que pudiera terminar, yo ya había escrito otro mensaje.

Enviar.

MIRANDA:

MENTIROSO.

Cuac.

—Mira…

Enviar.

MIRANDA:

MENTIROSO.

Cuac.

Levantó con timidez una mano como para pedir tregua. Pero yo no podía detenerme. Impulsada por una furia ciega, lo escribí de nuevo. Luego lo vi directo a los ojos mientras presionaba «Enviar».

Cuac.

—No puedo negarlo… —comenzó a decir con seriedad.

—No, no. —No podía creer la firmeza de mi voz, y era claro que a él también le sorprendía—. No tiene por qué hablar. Yo voy a hablar.

Cerró la boca. Entrelazó los dedos, puso las manos sobre el escritorio y las miró. Parecía un niño castigado. Caminé hacia adelante hasta quedar junto a su escritorio. Me di cuenta de que no había pensado qué le diría. Pero eso no me iba a detener. Me tomé mi tiempo.

—Hay tal vez solo una persona en el mundo a quien quiero tanto como a Syd Miller. —Pasé saliva. Me quedé callada. Sabía que mi silencio lo obligaría a mirarme. Y funcionó. Alzó los ojos dormilones y los entrecerró para verme—. Y ambos sabemos quién es esa persona.

Soltó un pesado suspiro.

—¿Qué quieres que haga, Miranda? —Sonaba impaciente, y eso me enfureció—. Ya perdí mi trabajo. ¿Qué más puedo hacer?

—Dígame dónde está.

—Eso no lo sé.

—¿Me está mintiendo?

—No.

No tenía forma de saber si mentía o no. Di un paso al frente.

—La encontraré —afirmé—. Algún día. Y cuando lo haga, si descubro que usted sabía en dónde estaba y no me lo dijo, lo voy a destruir.

Estaba igual de sorprendida que él por haber dicho esas palabras. Vi que la mandíbula le temblaba y me alegró. Si podía causarle al menos un momento de sufrimiento, todo habría valido la pena. Entendí en ese momento a qué se refería mi papá aquella tarde cuando le pregunté qué haría si yo desaparecía. «Todo», dijo. «Lo que fuera».

Supe entonces que yo haría lo que fuera por Syd.

—¿Puedo preguntar qué planeas hacer con esta... información? —dijo el doctor Allison.

—Lo que yo quiera —disparé en respuesta.

Recorrí la oficina con los ojos una vez más y vi, sobre un librero detrás suyo, una fotografía de Jason y Nick cuando eran niños, con sus uniformes de Exploradores. Nick debía de tener siete u ocho años. Tenía el cabello alborotado en la cima de la cabeza y las manos colocadas al frente de forma obediente. Por primera y única vez, pensé, supo qué hacer con las manos. Y esa sonrisa. Tan pura, tan inocente.

Iba a dar media vuelta para irme. Debí haberlo hecho, pero la fotografía me envalentonó. Pensé en Nick y mi papá, sentados en el piso en Navidad, embobados con la estúpida navaja.

—Una cosa más. —Lo miré por encima del hombro—. Un pequeño consejo. Si alguna vez conoce a mi padre... si alguna vez está en el mismo lugar que mi padre, le recomiendo que corra.

Me di media vuelta, salí con paso firme y no miré hacia atrás. El sonido de mis pisadas en el pasillo era insoportable. Todo el camino, hacia las enormes puertas dobles, me tensé como si me alejara de una bomba cuya mecha acababa de encender. Empujé las puertas y salí a la brillante luz de la tarde. Miré por encima de mi hombro, convencida de que él estaría ahí, pero no fue así.

Troté todo el camino de regreso al auto. Lo que acababa de hacer se volvió claro. La indignación justificada que logré conjurar en la oficina del doctor Allison —aquella gran euforia justiciera— comenzó a esfumarse con la misma velocidad con la que me había invadido. Hacía unos minutos, me enfrentaba al poder. Equilibraba la balanza. Pero, en cuanto abrí la puerta del auto, la realidad se me vino encima. Acababa de abusar verbalmente del padre de mi novio... ¡lo había amenazado! Y ni siquiera estaba más cerca de encontrar a Syd, aun si ahora sabía por qué se había ido. Cerré la puerta y miré hacia la arena. Los corrales ya estaban completamente vacíos. Los caballos se habían ido; los habían subido a un tráiler y se los habían llevado de ahí. Extrañé a los vaqueros que observaban la práctica de su compañera y gritaban, asombrados por su gracia y velocidad.

El auto estaba hirviendo. Empecé a sudar. Intenté tranquilizar mi mente. Intenté respirar. Intenté rezar. Como de costumbre, nada llegó. Esta vez fue más doloroso que nunca. Solo quería una mísera oración. ¿Qué había hecho yo para merecer esa gigantesca nada? ¿Por qué me había quitado mi madre ese confort? Lo único que hice fue adorarla como a una diosa. ¡Tal vez sí era una diosa! Tal vez ese era el problema. Mi madre era mi diosa y, cuando se fue, se llevó todo. Se llevó la galaxia entera con ella, el universo completo. No aceptaba llamadas. No volvía a casa. Ni siquiera me enviaba estúpidas tarjetas de cumpleaños. Hasta Patience hizo eso un par de veces por Syd.

Golpeé el volante con el puño. Me dolió, pero lo hice otra vez. Y otra. Cada una dolió más que la anterior. Pero lo volví a hacer. Recordé lo que dijo mi papá acerca de que las cosas eran una prueba. «Llega un punto», dijo. Había llegado ese punto. Supe que había llegado. Y me llenaba de tristeza pensar que el momento de superar la prueba no llegaría, el momento de obtener la habilidad, o el talento o el poder mágico que necesitaba para perdonar a mi madre por dejarnos. Para soltarla. Para perdonar a Ray y a Patience y a un mundo que parecía estar ensañado contra la bondad y la justicia.

«¿Qué quieres que haga, Miranda?». Sentí como si no pudiera respirar, o como si no quisiera respirar. No quería la responsabilidad de la respiración. El mundo era un asco, y Syd no estaba, y Nick encontraba agujeros en los bolsillos de su esmoquin, sin saber que todo en su vida estaba por estallar porque su papá había tenido una aventura con la mejor amiga de su novia, un hecho contra el cual mi propio cerebro seguía luchando con toda su energía, intentando alejar las imágenes que trataban de entrar. ¿Era posible que Syd hubiera besado a ese hombre? ¿Qué lo hubiera visto desnudo? ¿Qué lo hubiera dejado tocarla? Cerré los ojos con fuerza y le exigí a mi cerebro que se detuviera justo ahí, no podía permitirle avanzar ni un milímetro más.

Encendí el auto y bajé las ventanas. La brisa entró de golpe. Olía a mierda de vaca, pero no me importaba. Era lo mejor. No estaba bien, ni cerca de estar bien, pero era mejor.

Mi teléfono timbró. Metí la mano al bolsillo y lo saqué.

Era mi papá.

PAPÁ:

> Estoy pensando en hacer lasagna. ¿Puedes comprar mozzarella, y tal vez una cebolla?
> 🪄 🐮 ⛄

Dejé que el teléfono cayera sobre mi regazo, me llevé las manos a la cara y sollocé. Una repentina fuga de lágrimas se derramó sobre mis manos.

¿Cuántas veces mi papá me salvaría la vida sin siquiera darse cuenta?

Inhalé despacio y profundo. Dejé de llorar. Tomé el teléfono y respondí:

MIRANDA:

Mozzarella en camino, compañero.
Suena rico.
🐟

Te quiero.

Y luego conduje hasta la tienda.

15

No podía enfrentarme a Nick. Simple y llanamente no podía hacerlo. No podía decirle la verdad ni podía guardar el secreto. Era una situación imposible. Me escribió mientras estaba en la tienda y preguntó si quería hacer la tarea de Francés por FaceTime. Inventé un pretexto tonto. Era un martirio.

Esa noche, más tarde, me escribió.

NICK:

Estoy ansioso por ir al baile.

Ni siquiera le respondí. No dejaba de ver en mi cabeza esa foto de él vestido de Explorador, junto a Jason, con esa sonrisa familiar que deslumbraba todo el mundo con su inocente luz, y las manos al frente. No podía más.

La mañana siguiente también evité cualquier contacto significativo con él. Tuve que correr varias veces a algún compromiso imaginario: el periódico estaba hecho un desastre o necesitaba hablar con una maestra. Para la hora del almuerzo, Nick empezaba a tener sospechas.

—¿Pasa algo? —preguntó mientras caminábamos juntos a la cafetería.

—No —respondí.

—Creo que ya sé qué es.

—¿Qué? —Lo miré a los ojos. ¿Cómo era posible que lo supiera?

—No quieres ir al baile.

—Ah. No. No es eso.

—No tenemos que ir. De verdad. Te presioné. No quieres ir. ¿Qué nefasto hay que ser para obligar a alguien a ir al baile cuando no quiere ir?

¡El baile! Qué insignificante. Su pequeñez era casi graciosa. Encantadora.

—No —repetí—. Sí quiero ir. —Le tomé la mano y le di un apretón—. De hecho, la idea del baile me pone ansiosa también.

Pero, después de eso, estar cerca de él se volvió todavía más difícil. Durante cada clase me convencía de que tenía que decírselo. Y, cada vez que lo veía, no lograba hacerlo. Simplemente no podía. Después de la última clase del día, entré al baño y me lavé las manos con agua caliente para quitarme la culpa de encima. Me miré en el espejo durante un largo rato. No podía seguir así. Tenía que decirle. Me repetí incontables instrucciones y frases motivacionales de camino al casillero de Nick. Me dije que tenía que ser fuerte. Dura. Estaba haciendo lo correcto, la honestidad era lo correcto.

Pero, cuando llegué, lo encontré parado en el pasillo abandonado, mirando su teléfono. Tenía el casillero abierto, la mochila desparramada en el suelo a su lado. Supe de inmediato que la bomba había estallado. Ya lo sabía. Su mundo explotó mientras yo estaba en el baño jugando a ser Lady Macbeth.

—Hola —saludé.

Alzó la mirada. Parpadeó. Se metió el teléfono al bolsillo y se limpió las manos con la playera.

—¿Nick? —dije.

—Okey —contestó, desorientado.

—¿Qué pasa? —Era la peor actriz del mundo.

Estaba pálido.

—¿Podemos ir a algún lado? ¿Podemos ir a la zanja?

No esperó a que respondiera. Azotó la puerta del casillero, levantó su mochila y empezó a caminar. Lo seguí. No dijimos una sola palabra en el camino. Estaba furioso. ¿Estaba furioso? Estaba segura de que iba a terminar conmigo. En cinco minutos, lo habría perdido.

Se detuvo cuando llegamos al puente. Me dejó pasar primero y cruzó después de mí. No había una verdadera razón para ir a la zanja después de clases. No se necesitaba ser invisible entonces. Pero, luego de que se sentó y recargó la espalda en la tierra, me senté a su lado. Todo había cambiado desde la última vez que estuvimos ahí. Los campos estaban repletos de chiles verdes, frondosos y aromáticos. Se llevó las manos a la cara y exhaló con fuerza.

—Mierda —lo oí decir. Me di cuenta de que era la primera vez que lo oía decir una grosería. Le puse una mano en el hombro—. Mi papá perdió su trabajo —anunció, con la mirada clavada en el suelo.

—¿Qué?

—Me acaba de llamar mi mamá. Lo despidieron hace dos semanas. Ni siquiera le había dicho hasta hoy. —Me lanzó una mirada durísima—. Me llamó. Me lo dijo por teléfono. —Sacudió la cabeza.

—¿Qué pasó? —pregunté.

Miró hacia los campos de chile. Luego volvió a clavarlos en mí.

—Tuvo una… relación. —Se pasó las manos por el cabello y pareció arrancarse las palabras de la boca—. Se acostó con una alumna. Ya había pasado antes. Mi mamá lo manda a todas esas terapias. Es doctora, ¿sabes? Cree que puede componerlo. Pero no tiene arreglo. Digo, carajo. Ella era su alumna cuando se conocieron. Empezó con ella.

—¿Era su alumna?

—Sí, claro. Él… —Miró hacia el cielo, empezó a llorar. Yo esperé aterrada a que llegar a la parte sobre Syd—. Pasó en Berkeley. Otra alumna de licenciatura. Recuerdo oír a mis papás pelearse por eso. Nos mudamos. Y pasó otra vez en Chicago. Dos veces. Es como adicto al sexo. La segunda vez casi terminó en un demanda. Le pidieron su renuncia. Llegamos aquí porque un amigo suyo le consiguió un trabajo. Y ahora pasó aquí. No hubo cargos. Pero la mujer… la chica… —Apretó los labios y me miró—. Es muy joven.

Intenté leer su expresión. ¿Intentaba decirme algo?

—¿Quién es la chica? —Me tuve que obligar a no desviar la mirada.

Se limpió las lágrimas.

—No lo sé. Ellos saben. Ella lo reportó. Hubo una investigación. Por eso perdió su trabajo.

—Ay. —Me sentí mal, pero también aliviada—. Dios, qué horror. Lo siento mucho.

Respiró profundo.

—Al menos ya casi se acaba para mí. Al menos ya casi me voy.

De repente, el problema de niño blanco de Nick sobre ir a Harvard se volvió muy real. Era, a final de cuentas, estúpidamente complicado. ¿Quién querría seguir ese legado? ¿Quién no querría escapar, aunque implicara desaparecer en el bosque y vivir con los osos?

—Todo el mundo se va a enterar. —Me miró—. No quiero que nadie sepa. Ni siquiera quería decirte.

Puso la cabeza entre las rodillas. Pensé que iba a vomitar. Recordé lo que me dijo aquella noche en el huerto mientras se hacía cargo de mi herida. Me dijo que mantuviera los ojos fijos en él.

—Mírame, Nick. Todo va a estar bien.

—Claro que no. —Miró hacia otro lado—. No quiero que esté pasando esto.

—Pues está pasando.

Me miró con ojos heridos.

—Gracias.

—No. No lo digo en ese sentido. Quiero decir: esta es tu vida. Tal vez sea una señal, una señal de que tienes que confrontar a tus papás.

—¿En serio me estás diciendo eso ahora?

—Pues sí. ¿Cuándo les vas a decir de la UNM? ¿Cuándo les vas a contar de la Jemez? Si es lo que quieres, ¿por qué no puedes decírselo?

—¿Eso qué tiene que ver?

Me sentí fatal, como si pateara a Nick mientras estaba en el piso. Pero, mientras más retrocedía él, más me enfurecía.

—Solo creo que eres más fuerte de como estás actuando.

—¿Por qué te importa tanto? No es tu vida.

—¿A qué le tienes tanto miedo?

—No puedo creer que me estés diciendo esto. —Se

puso la cabeza entre las piernas de nuevo; parecía como si quisiera esconderse.

—¡Por favor! Tienes que enterarte de todas perversiones de la vida sexual de tu papá, pero ¿no puedes decirle a qué universidad quieres ir? ¡Es una maldita locura! ¡Es una estupidez! —El largo silencio que vino después sirvió solo para subrayar el hecho de que estaba gritándole. Una brisa pasó por los campos y sacudió los chiles. Nick mantuvo la cabeza agachada. Me sentí como una imbécil—. Dios, perdón. —Le puse una mano en el hombro—. Perdón. Tengo que callarme.

—Pero sí tienes razón. —Nick levantó la cabeza, se recargó sobre la ladera de la zanja y cerró los ojos.

—Solo diles. De lo de la UNM —argumenté—. No porque necesiten saberlo, sino porque... ya sabes. Es verdad. Solo diles que lo estás considerando. Esto es por ti, Nick, no por tu papá. Deja que tu vida se trate de ti por una vez.

—Sí. —Presionó las palmas de sus manos contra sus ojos y me miró, me dirigió una débil sonrisa.

Lo consideré una victoria.

Pero ¿me merecía una victoria? Había estado tan ocupada con mi orientación vocacional que casi olvidé que era yo quien tenía una verdad que debía salir a la luz.

Sin embargo, cuando lo miré, lo único que pude ver fue al Explorador de la fotografía, con el cabello alborotado y la sonrisa que despedía millones de megawatts de luz inocente para el mundo. Lo único que pude ver fue la bondad de Nick.

¿Para qué necesitaba saberlo? ¿Para qué debía saber Nick que fue Syd? ¿No podíamos seguir con nuestras vidas? ¿No podía contarle en un año o en cincuenta?

—Tienes razón —dijo sin mucha emoción mientras se ponía de pie—. Okey.

—Momento. ¿Qué? —pregunté, y lo miré.

—Lo voy a hacer y ya. —Se veía aún más asustado que yo—. Tienes razón.

Quise que dejara de darme la razón.

—No tienes auto —tartamudeé—. Llegamos en el mío. ¿Quieres que pase a dejarte? ¿O que te espere en el auto? —«Deja de sugerir cosas», pensé.

—Sí. Está bien —contestó.

Se echó la mochila al hombro. Saqué las llaves. Y, en silencio, subimos por la zanja, cruzamos el puente, pasamos por el ala de Matemáticas y atravesamos los pasillos vacíos de la escuela hasta llegar al estacionamiento.

El viaje en el auto pareció más corto que de costumbre. Pasamos por el boliche, el centro comercial y mil pequeñas plazas, incluida la que albergaba Desperados y el salón de uñas contiguo. Nick estuvo en silencio todo el rato. Yo no dejaba de susurrarle a mi cerebro que no teníamos nada que temer. Ni siquiera iba a entrar.

Me estacioné. Nick miró la puerta del garage como si estuviera en un trance.

—Quiero entrar —me oí decir.

—¿En serio? —preguntó Nick.

«¿En serio?», preguntó mi cabeza.

—Sí. En serio. Puedo ayudar. Quiero estar contigo, ¿sabes? —asentí.

—¿Segura?

—Sí.

Acto seguido, estaba bajando del auto. Cuando llegamos a la puerta de la casa, le demostré mi solidaridad con una mirada. Le dio un golpecito y puso la mano sobre la perilla, le dio vuelta y entramos.

—¿Hola?

En cuanto estuvimos adentro, oí a sus padres en otra habitación. Fue solo un segundo, pero me di cuenta de que discutían.

—Oigan —gritó Nick—. Ya llegué.

—Aquí estoy, Nicky.

Me sonrojé por él. En circunstancias normales, sería algo con lo que lo molestaría.

—Miranda está aquí —anunció Nick justo cuando su mamá entraba a la sala.

La sorpresa le iluminó el rostro cuando me vio parada junto a él.

—¡Miranda! —Fue directo hacia mí y me abrazó.

Me dieron ganas de llorar. De pronto me sentí muy mal por ella. Recordé que Nick me dijo que era posible que sus papás se divorciaran. Cuando lo mencionó, me pareció triste. Pero ahora lo entendía: un divorcio era justo lo que esa mujer necesitaba.

—Hola —saludé. Olía bien, como a lirios—. Huele muy bien —dije y me sentí avergonzada de inmediato.

—Ay, gracias. Qué linda.

Se inclinó hacia el frente y le dio un ligero toque en el brazo a Nick. Intercambiaron una extraña mirada. Yo miraba hacia la puerta, segura de que, en cualquier momento, el doctor Allison entraría a la habitación. ¿No nos había oído llegar? ¿No me había oído saludar y decirle a su esposa que olía bien? En ese momento, el que aún no hubiera entrado era incómodo. Oímos su voz cuando llegamos. Sabíamos que estaba ahí.

—Sam —lo llamó la mujer—. Nick y Miranda están aquí.

Sentí un calambre en el estómago. El ruido de sus zapatos sobre la duela del piso era pesadísimo. Llegar le tomó una eternidad. Apreté la mano de Nick y él la mía. Y entonces: nada. El doctor Allison entró, tan fresco como antes, cuando no era más que el extraño y prepotente papá de Nick.

—Hola, hola. Qué bueno verte, Miranda.

—Hola.

Debí sonreír. Debí sonreír como lo hace la gente en el punto más bajo de una broma para la televisión, con completa confusión y un dejo de rabia, hostilidad y una reserva de violencia. Había algo tan frustrante en la actuación del doctor Allison, algo tan patético, que entendí de pronto que yo tenía poder sobre él en ese momento. Tenía la vida de ese hombre en mis sudorosas manos, y era evidente que él lo sabía.

—Gusto en verlo —agregué.

Me negaba a quitarle los ojos de encima. ¿Estaba nervioso? Esperaba que sí.

—¿Puedo traerles algo? —preguntó la mamá de Nick.

—No, gracias —respondí antes de que Nick pudiera hacerlo.

Noté que, al hablar, estaba poniendo nervioso a Nick. No supe si lo estaba haciendo enojar. No quería hacerlo enojar. Sin importar cuánto odiara al doctor Allison, tenía que recordar que la persona a quien amaba estaba junto a mí, a punto de hacer una de las cosas más difíciles que había hecho en su vida.

—¿Están emocionados por el baile? —La mamá de Nick hacía su mayor esfuerzo por que las cosas no se salieran de control.

Me hizo sentir una tremenda empatía por ella.

—Muchísimo —respondí.

—Miranda sabe lo que pasó —admitió Nick de pronto—. Le conté.

Lo miré y vi cuánto trabajo le había costado decirlo. Asentí como para demostrarle mi apoyo, para decirle que creía en él. Cuando me di cuenta de que no diría nada más, volteé a ver a su padre. Pero supe que no tenía nada más que decirle. Lo había dicho todo el día anterior. Así que me dirigí a su mamá.

—Su hijo es... increíble, como bien sabe. —Sentí que me flaqueaba la voz, pero no me detuve—. Si yo fuera usted, haría lo que fuera por mantenerlo en mi vida.

Miré al doctor Allison. La cara le había cambiado. Miró a Nick de reojo y examinó toda la sala antes de volver a posar los ojos sobre mí. Parecía enojado, pero yo sabía que, en el fondo, estaba lleno de vergüenza. Estaba podrido por ella. Por lo menos, de eso me convencí. Miré a Nick. Su rostro era imposible de leer. Sentí que sus dedos soltaban mis sudorosas palmas. El corazón se me fue al piso.

—Perdón —le susurré.

—Ven —dijo y me tomó del hombro de vuelta hacia la puerta—. Espérame en el auto, ¿sí?

—Está bien —dije—. Perdón.

—Solo espérame.

—Está bien.

Se sintió muy raro irme sin despedirme de sus papás. Era un gesto de educación en el que mi papá habría insistido. Pero salí al brillo del sol dando tumbos e hice lo que Nick me pidió. Me subí al auto.

Esperé. Me puse el cinturón.

Saqué el teléfono y vi la hora. Pasó un minuto. Luego tres. Cinco. Diez. Bajé la ventana porque tenía calor, pero también porque quería intentar escuchar algo de lo que sucedía adentro de la casa. No se oía nada. Miré el pasto: corto, limpio y verde. Mi padre lo habría odiado. «El césped no vive en el desierto».

No dejaba de pensar en lo que dije; a veces pensaba que me hubiera gustado decir más, a veces no haber dicho nada. Pensé en Syd y una gran bola de tristeza me llenó por dentro. Habría dado lo que fuera por tenerla ahí conmigo. No porque ella hubiera sabido qué hacer. Ya no pensaba en Syd así, como alguien que siempre sabía qué hacer. Solo quería verla. La extrañaba.

Estaba sumida en mis pensamientos sobre Syd cuando la puerta de la casa se abrió de golpe y Nick salió con una mochila al hombro, el tipo de mochila grande que uno lleva a un viaje. Los ojos se me debieron de saltar cuando lo vi, pues Nick me dirigió una pequeña sonrisa triste y alzó las cejas. Caminó hacia la parte trasera del auto, abrió la cajuela, metió la mochila, caminó al otro lado y se subió.

—¿Qué pasó? —pregunté después de arrancar.

—Me fui —respondió como si fuera una obviedad.

Salí de la calzada y me incorporé a la calle. Miré por el espejo hacia la puerta de la casa, segura de que uno de sus padres aparecería en cualquier momento para llamarlo, para detenerlo. Pero nadie salió.

—¿De qué hablas?

—Les dije todo —explicó—. Les conté de la UNM y el Servicio Forestal, y les dije que no quería estudiar matemáticas y que no iré a Harvard. Mi papá se quedó ahí sentado. Mi mamá… Ay, Dios. Está muy desesperada.

—Está bien, Nick —lo tranquilicé—. Todo va a salir bien. —Asintió—. Voy a escribirle a mi papá para decirle que te vas a quedar con nosotros.

—No —dijo—. Me puedo quedar con Tomás.

—Quédate con nosotros —sugerí—. Aunque sea por hoy.

—Está bien —contestó—. Gracias. —Me miró—. Gracias por lo que dijiste. —Se pasó una mano por el cabello—. Dios, qué raro.

Soltó una risita pequeña y entrecortada, luego se quedó callado.

—¡Cuéntame!

—Ah. —Volvió a la realidad—. Sí. Pues. Te fuiste. Y me quedé frente mis papás. Les dije de la beca Jemez y de la UNM y solo pensaba «Ahora». Algo así como: ahora o nunca. ¿Sabes? Y mi papá hizo esta cosa, siempre lo hace, como intentar ponerme de su lado, como si fuéramos él y yo contra el mundo. Como si fuéramos víctimas de alguna injusticia, y nadie nos entendiera y nos tuviéramos que unir. Me dijo: «Tu novia no tiene muchos pelos en la lengua». Y yo solo… me reí en su cara. Fue increíble. Me hubiera gustado que Jason estuviera ahí. Les dije todo. Él básicamente dijo todo lo que creí que diría: que estoy desperdiciando mi don, que es un error, bla, bla, bla. Y yo lo escuché. Luego lo miré directo a la cara y le contesté: «Eres un hipócrita».

—¡No! —exclamé.

—Sí —contestó—. ¡Sí! —No sonaba feliz ni triste, solo sorprendido y tal vez un poco aliviado—. Fui a mi habitación y empaqué. Me despedí de mi mamá. Le dije que la llamaría después. Ni siquiera pude voltear a ver a mi papá.

Estaba anonadada.

—No es lo que pensé que iba a pasar.

—Lo sé —dijo—. Pero no había otra manera. Lo llevo pensando un tiempo. Antes de ti… antes de que nos mudáramos aquí.

—¿Sí? —Pensé otra vez en lo que mi papá había dicho: la vida es una prueba.

«Llega un punto».

—Sí. —Se rio de nuevo—. Ay, Dios. Empaqué puras estupideces. Creo que guardé dos trajes de baño. No estaba pensando. Agarré lo primero que vi. Creo que traigo mi uniforme de Explorador.

—¿Qué?

—Lo tengo siempre entre mis cosas de acampar. Me di cuenta mientras empacaba de que no lo había sacado. Así que ahí está.

—Eso es bastante gracioso, de hecho —comenté.

—¿Qué acabo de hacer? —preguntó Nick.

—Todo va a salir bien —dije, hablando como mi papá.

Pero ni siquiera yo creía en mis palabras.

16

Era cierto que Nick solo había empacado estupideces. Tomó toda la ropa interior que tenía, pero no llevaba calcetines. Había guardado una una bufanda invernal y no uno ni dos, sino tres trajes de baño. Pero solo empacó unos jeans. Lo más decepcionante para él fue que dejó el esmoquin que rentó para el baile en su armario.

—Tal vez es una señal —indiqué, sentada en mi cama, desorientada por estar entre las cosas de Nick.

—No es una señal. —Nick seguía acelerado por la adrenalina. No dejaba de detenerse a media oración para llevarse las manos a la cabeza y reír como un loco. Supuse que no duraría mucho.

Me disculpé para ir al baño, me senté junto a la tina y le escribí a mi papá. Le dije que Nick había tenido una pelea gigante con sus papás y necesitaba dónde pasar la noche.

MIRANDA:

Le dije que se podía quedar aquí. Pensé que era lo que habrías dicho tú.

Mi papá respondió al instante.

PAPÁ:

No hagas nada.

Me hubiera gustado que complementara su mensaje con algún emoji sin mucho sentido, una bailarina de flamenco o un pulpo. Habría sido de ayuda.

Nick estaba desatado. Durante la siguiente hora, su humor pasó de animado, a desesperanzado y a furioso, para luego instalarse en un silencioso aturdimiento. No podía creer lo que había hecho. Revisó su teléfono varias veces y parecía estar más aliviado que triste de que sus papás no lo hubieran contactado.

Cuando oí que mi papá llegó, Nick y yo estábamos sentados juntos en el sillón de la sala, en silencio, cada uno perdido en su propio universo de problemas. No sabía cuánto tiempo habíamos pasado así.

—Oye, le escribí a mi papá —le avisé, casi ausente—. Ya sabe.

—¿Todo?

—No. Solo que te peleaste con tus papás y que pasarás la noche aquí. Dijo que no hay problema.

—Ah —susurró Nick.

—Digo, claro que no hay ningún problema. —Le toque la rodilla—. Le dio gusto.

—Está bien —respondió Nick a un año luz de distancia.

Gracias a Dios por mi papá. Predicamentos, crisis, encrucijadas, problemas, atorones menores y mayores: eso era su especialidad. En la película en la que todos están agazapados sobre un radar en la NASA, mirando un pequeño *blip* que representa el inminente fin de la humanidad a manos de un ejército de alienígenas, mi papá es el tipo que se acerca con toda calma y dice algo como: «Ahora o nunca, señor presidente». Cuando vi la bolsa del supermercado en su mano, casi rompo en llanto. Mi papá era bueno con las crisis, pero era una superestrella cuando se trataba de mejorar algo con un poco de comida.

—Santo Dios —exclamó cuando nos vio a los dos sentados en el sillón—. Nick, lamento mucho todo lo que pasó. Pero escúchame, necesito que les avises a tus papás que te quedarás con Miranda y conmigo. Les puedes dar mi número si es necesario. Puedes decirles que dormirás en la habitación de huéspedes, que es donde vas a dormir, por cierto. Pero necesito que les avises que estás aquí.

—Sí. —Nick tomó su teléfono. Me sorprendió que no se hubiera resistido ni un poco. Pero, es cierto, era un momento de «Ahora o nunca, señor presidente»—. Bien —dijo después de enviar el mensaje y dejar el teléfono sobre la mesa.

—¿Me ayudas con la cena? —preguntó mi papá. Nick y yo alzamos la mirada sin saber a quién se dirigía—. Nick —dijo—. Miranda, ¿puedes ir por el correo?

—Sí.

Sentí alivio de tener algo que hacer. Y me dio gusto que le pidiera a Nick que ayudara con la cena.

Era una tarde hermosa, la luz era como una densa red dorada. El cielo perdía su azul y un grupo de nubes colgaba sobre la meseta al tiempo que se tornaban rosadas. Mientras iba hacia el buzón al final de la calzada, pensé en Syd. No podía evitar sentir que estaba más lejos de mí que nunca. Había seguido las pistas. Había llegado al final. Lo único que encontré fue que Syd era un misterio tan grande para mí como había sido siempre. Sabía también que, sin importar lo *cool*, experimentada o bravucona que fuera, no estaba preparada para lo que pasó con el doctor Allison. Tal vez no estaba preparada para nada de lo que fingía estar preparada. Fue solo hasta que se fue que entendí que la vida de Syd era digna de escaparse de ella. Antes de llegar aquí, Ray las había arrastrado a ella y a Patience por todo el desierto del sureste. Fue payaso de rodeo, fue a la cárcel. Luego llegaron aquí, y Patience se rindió. Dejó a Syd con Ray como a una mascota abandonada. Syd hizo su Plan. Vivía por y para el Plan. Pero tal vez ya no podía esperar más.

Tal vez tuvo que escapar, incluso antes de escapar.

Por primera vez, consideré la posibilidad muy real de no volver a verla. La preparatoria se terminaría en un mes. Yo me iría a la universidad. Incluso mi papá pensaba en mudarse. ¿A qué volvería Syd?

Y si la encontraba en internet, como soñaba que pasaría en uno o dos años, con una nueva vida y nuevos amigos, ¿tendría el valor para contactarla? ¿Moriría nuestra amistad? ¿O ya había muerto? Aún la sentía como una pequeña muerte. Sabía que si no volvía a ver a Syd, una parte de mí también se perdería. Una parte de mí moriría sin ella.

Caminé de regreso a la casa con un montón de revistas y correo basura bajo el brazo. En la cocina, encontré a Nick encorvado sobre una tabla de picar, pelando una cebolla sin mucha gracia mientras mi papá ablandaba sin piedad un pedazo no identificable de carne. Me quedé parada en la puerta y los observé. Nick no quitó los ojos de la cebolla.

—Qué tal —dijo mi papá con tono alegre mientras seguía masacrando la carne.

Me miró y asintió sin que Nick lo viera como para asegurarme que todo estaría bien. Pero no me convenció.

—Estoy cansada —afirmé de forma inexplicable.

No estaba casada. Si acaso, sentía ganas de ponerme los tenis y salir a correr, a sudar en el seco aire de la tarde y ver la puesta del sol, sin pensar en nada en particular, pero obligando a mi cuerpo a seguir adelante.

—Ve a recostarte. —Mi papá me miró un momento—. Cenamos como en una hora.

—¿Seguro? —pregunté.

—Los hombres se encargan —contestó mi papá y miró a Nick.

La actitud de Nick se había tranquilizado bastante con la presencia de mi papá. Me sonrió y volvió a luchar contra su cebolla. Nunca me había gustado ayudar a mi papá en la cocina, pero me vi obligada a hacerlo durante muchos años y aprendí algunas cosas. Por ejemplo, sabía pelar una cebolla. Lo que fuera que Nick estaba haciendo no funcionaba. Lo observé unos segundos más, hasta que sentí la necesidad de gritarle que su técnica era fatal, así que entonces me di media vuelta, caminé hasta mi recámara y cerré la puerta. Cerré las cortinas. Me quité los zapatos y me metí debajo de las cobijas con la ropa puesta. Miré el techo y sentí cómo el peso de todo se posaba sobre mí. Toda mi habitación olía a Nick.

Debí quedarme dormida, pues desperté desorientada. Estaba oscuro y yo sudaba. Me senté, me estiré hacia la mesa de noche y abrí el cajón. Me detuve un momento; no sabía si tomar *Vida de los santos* o el teléfono de Syd, que había guardado ahí después de sacarlo de la caja de zapatos. Pero, antes de poder elegir, oí voces en la cocina. Sentí un dolor enorme por Nick y una gratitud interminable por mi papá. Y luego oí música. Música a todo volumen. De pronto, mi papá gritaba por encima de «It's the End of the World as We Know It (And I Feel Fine)» de R.E.M. Empujé las cobijas y cerré el cajón. Abrí la puerta y oí a Nick. En un principio, creí que estaba llorando. Tal vez se había quebrado otra vez. Pero, cuando entré a la cocina, no lloraba: se estaba riendo.

—¡A esto me refiero! —gritó mi papá—. ¡Es la canción perfecta!

Sabía que era la canción favorita de mi papá. Me la había puesto millones de veces, y me había explicado por qué era la canción más importante de su generación, la que le hablaba directamente más que cualquier otra. Yo nunca entendía qué tenía de maravilloso. Eran un montón de palabras sin sentido sobre música muy molesta.

—Está muy fuerte —me quejé.

Soné como una gruñona y me cohibí. No me había visto en el espejo antes de salir de mi habitación. Ahora me alisaba el cabello de atrás de la cabeza con la mano. Me pregunté cuánto tiempo se quedaría Nick con nosotros. ¿Tendría que empezar a preocuparme por cómo me veía, bañarme y vestirme antes de verlo en las mañanas? ¿Nos daríamos besos mientras nos lavábamos los dientes? Comencé a sofocarme, y eso que solo llevaba ahí un par de horas. La música no ayudaba. Tampoco el buen humor de ambos ni el que fueran tan amiguitos. ¿Por qué rayos estaban tan alegres? Era el fin del mundo como lo conocían. Y se sentían bien.

No me habían oído y no parecían darse cuenta de que estaba ahí parada. Estaban encorvados sobre la computadora de mi papá en la barra, seguramente buscando datos irrelevantes sobre música mala.

—Oigan. —Hablé mucho más fuerte que unos segundos antes.

Los dos voltearon a verme. Mi papá traía una cerveza en la mano, Nick también. Al ver mi expresión de sorpresa, le dio vuelta a la botella para mostrarme que era *ginger ale*. Sentí pena por él.

—Está muy fuerte —dije.

Noté que la mesa estaba puesta, habían arreglado hasta el mantel.

—Perdón, Miry. —Mi papá caminó hasta el estéreo y bajó bastante el volumen—. Solo educaba a Nick sobre la mejor canción de los noventa.

—Ah —murmuré. «¿Esto otra vez?», pensé—. ¿Qué hora es?

—Ocho y cinco —respondió mi papá después de ver su reloj—. ¡Nick piensa que «Smells Like Teen Spirit» es mejor que esto!

La canción había comenzado a taladrar un agujero en mi cerebro. Miré a Nick. Tenía una sonrisa en el rostro. Por alguna razón, me enfureció. ¿No debería estar triste? ¿No debería estar al borde de un colapso? ¿Por qué yo no podía sentirme superincreíble y tomar *ginger ale*? ¿Por qué tenía yo que cargar con todo esto en el pecho? Ellos dos parecían estar en medio de una celebración.

Mi padre notó mi molestia.

—¿Estás bien?

—Sí. —Fingí sentirme bien, les lancé una ligera sonrisa—. Papá, todos saben que «Smells Like Teen Spirit» es la única canción buena de los noventa. —Señalé la computadora con la cabeza—. Búscalo.

—*Et tu,* Miranda? —Se llevó la mano al pecho de forma dramática.

Nick se rio. Yo hice una mueca. Mi papá me miraba como si hubiera sacado todos los dieces del mundo, como si estuviera sumamente orgulloso de mí. ¿Le había contado Nick lo que les dije a sus papás? ¿Le había dicho que era su heroína? ¿Quería yo ser la heroína de Nick?

—La cena está lista —anunció mi papá mientras caminaba hacia el horno y lo abría.

Las enchiladas olían increíble. Eso tenía que admitirlo. Y moría de hambre. Mi papá puso la cacerola burbujeante sobre la estufa y se quedó parado ahí, como solía hacer, para admirar su obra.

—Te estábamos esperando.

—Esperando a despertarme con su escándalo.

Mi papá me lanzó una mirada penetrante y perpleja. Mi mal humor me avergonzaba, pero no podía evitarlo. ¿Cuánto tiempo se quedaría Nick? ¿Ya habían llamado sus papás? ¿Qué iba a pasar después? ¿No debían responderse esas preguntas más temprano que tarde?

—¿Qué pasa, pequeña? —preguntó mi padre.

—Nada —contesté, como regañada.

Mi papá nos sirvió en la cocina y nos sentamos en la mesa. Nick me dio un golpecito en el pie con el suyo, y yo le contesté con una débil sonrisa. Me esforcé por animarme, por quitarme de encima el malhumor, por despejar las nubes que tenía en la cabeza y salir adelante. Pasé el brazo frente a él y le di un trago a su *ginger ale*. Las enchiladas ayudaron. Pero cuando Nick y mi papá volvieron a sus asuntos, la molestia comenzó a hervir otra vez. ¿En qué momento mencionó Nick a Nirvana, de quienes ahora hablaba con tanto entusiasmo? Hacía unas semanas, cuando mi papá le preguntó cuál era la mejor banda de todos los tiempos, Nick, claramente fuera de su elemento, contestó que Van Halen. La peor banda de todas. Mi papá frunció el ceño y dijo «Tenemos que hacer algo al respecto».

—La canción salió en 1987. Ni siquiera es de los noventa. —Picoteé mis enchiladas e hice cara de berrinche.

La música rugía.

—¿Qué? —preguntó mi papá, confundido.

—La canción ni siquiera es de los noventa.

Me odié.

—¿Y tú cómo sabes eso?

Y entonces lo odié a él.

—No sé. Porque Wikipedia —expliqué—. Porque no has dejado de hablar de ella desde que tenía dos años. Y la busqué. Y estás mal.

Miré a mi papá. Él me miró. Después, volteó a ver a Nick.

—Pues si no tuvieras ese humor, tal vez me habrías impresionado.

Vi que Nick sonrió un poco al oír eso. Qué diferentes eran las cosas para los dos. En casa de Nick no había bromas ni burlas. Era un planeta distinto, un planeta frío, raro, solitario. ¿Por qué debía molestarme que Nick compartiera las cursilerías de mi papá?

—Perdón. Desperté de mal humor.

Dejé que mis ojos pasearan entre la cara de mi papá y la de Nick. Aunque parecía imposible, «It's the End of the World as We Know It» seguía sonando. ¿Cuánto duraba la maldita canción? Cada estrofa parecía ser la última, pero entonces una nueva empezaba.

—Ay, Dios mío. —Azoté la mano en la mesa—. La canción es interminable. Tal vez lo que pasó es que salió en 1987, pero no se terminó sino hasta los noventa.

Tomé a mi papá desprevenido, se rio. Por primera vez, gané la batalla de insultos.

Mi papá negó con la cabeza.

—Ustedes dos no saben nada. Siento mucha pena por ustedes.

—Como digas, anciano —dije. Miré a Nick. Disfrutaba cómo nos molestábamos.

—Son tan ignorantes que es probable que no sepan que esta canción tiene unas raíces musicales muy importantes. —Volteó a ver a Nick—. ¿Has oído «Subterranean Homesick Blues» de Bob Dylan?

Nick y yo nos miramos, anonadados; Nick después volteó hacia sus enchiladas y comenzó a ponerse rojísimo.

—¿Qué? —Mi papá nos miró a ambos—. ¿Qué?

—Nada —Me esforcé por contener la sonrisa, pero no funcionaba.

—No me digas que no te gusta Dylan. —Mi papá miró a Nick, consternado.

—No, no —contesté, y pateé a Nick por debajo de la mesa—. Nick es superfán de Bob Dylan. Investigó todo sobre él en internet. —Volteé a ver el hombro de Nick temblar por el esfuerzo de aguantar la risa; parecía tan doloroso y tan agradable al mismo tiempo—. De hecho, Nick fue quien me enseñó todo sobre Dylan. —Nick me lanzó una mirada desesperada y otra a su plato, cedí—. No, ayer estábamos hablando de él. Por eso es chistoso que lo mencionaras hoy.

—No le encuentro lo gracioso. —Mi papá miró a Nick—. ¿Conoces a Dylan o no?

Nick asintió, mortificado.

—¡Lo conoce! —exclamé e intenté dejar de sonreír, pero no pude—. Digo, sí. Claro. Todo el mundo lo conoce.

—Dylan es un genio —afirmó mi papá—. Bob Dylan lo cambió todo.

—¡Dios mío! —murmuré. Nick parecía estar al borde de la muerte—. ¡Por favor, deja de decir el nombre de Bob Dylan! —grité.

—¿Qué? —Mi papá me miró, realmente confundido; luego volteó hacia Nick—. ¿Qué?

—Nada —respondí. Respiré—. Todos lo conocemos y lo respetamos. ¿Sí? Fin del cuento.

—Bueno. —Mi papá le dio un largo trago a su cerveza—. No todo está perdido. —Al fin, «It's the End of the World» terminó—. Ah, miren —dijo mi papá tras ponerse de pie y caminar hacia el estéreo—. Voy a encontrar la canción de Dylan.

Nick me miró.

—Ay, Dios —susurró.

Incluso en su peor día, Nick aún era la persona más adorable que conocía.

—Gobiérnate —le pedí.

«Subterranean Homesick Blues» era tranquila y vibrante. No taladraba.

—Me gusta la canción —le dije a mi papá, quien me miró con incredulidad—. En serio.

Después de la cena, Nick y yo lavamos los platos y luego volvimos a la sala, donde mi papá veía un partido de basquetbol.

—Son los *playoffs* —explicó mientras nos dejábamos caer sobre el sillón.

Lo que quiso decir es que el canal no estaba sujeto a discusión. O veíamos el básquet o no veíamos nada.

Intenté interesarme en el partido, pero me importaba tan poco que no lo logré. A las diez de la noche, antes siquiera del medio tiempo, me di por vencida. Me despegué del sofá.

—Me voy a acostar —anuncié—. ¿Les importa?

—Tráele una toalla de baño y una de manos a Nick —me pidió mi papá sin quitar los ojos del juego.

—Está bien —respondí—. Oye —me dirigí a Nick—, estoy emocionada. Por mañana.

—Sí. Yo también. —Sonrió.

—Mañana, ¿por qué? —preguntó mi papá.

—Ay, es cierto —exclamé, con la mirada clavada en el suelo—. El baile. Se me olvidó decirte. Ayer decidimos que iríamos.

—¿Es mañana? —Mi papá le quitó los ojos a la televisión y me miró—. ¿Qué te vas a poner?

—Tengo mi vestido. El del año pasado.

Incluso mencionar el vestido hacía que el estómago se me retorciera. Era posible que hubiera desarrollado una fobia. No lo había visto siquiera desde que me lo quité del triste cuerpo y lo colgué en el fondo del armario.

—Ah —murmuró mi padre. Miró a Nick y luego a mí de nuevo—. Genial.

—Sí. No puedo esperar. —Nick se talló las manos en el pantalón.

—¿Tienes un esmoquin? —le preguntó mi papá—. ¿Los chicos todavía usan esmoquin?

Nick me sonrió.

—Lo dejé en mi armario.

—Lo que sí tiene son tres trajes de baño —dije.

—Lo resolvemos —intervino mi papá—. Te puedo prestar un traje.

—No —contesté enfáticamente—. Perdón, pero no te vas a poner un traje de mi papá para ir al baile. Ya se nos ocurrirá otra cosa. —No sabía qué más podía ocurrírsenos, pero no quería pensar en ello—. Mañana —concluí.

—Mañana —convino Nick.

Me sentí mal por haber estado tan de malas antes y por rendirme ahora, a las diez.

—Muy bien —dije—. Los veo en la mañana.

—Buenas noches —contestaron los dos.

Llevé las cosas de Nick al cuarto de visitas y le puse sábanas al futón. Dejé las toallas bien dobladas a un lado de su enorme mochila, junto con un elefante de peluche que encontré en una de las repisas. «Qué extraño», pensé, «que Nick vaya a dormir a un pasillo de distancia de mí, rodeado de los restos de mi infancia». Había una foto de mi papá y mía haciendo senderismo en la Sierra de los Órganos. Había una de Letty, Luciana y yo sentadas en la plaza en Santa Fe, exhaustas después de un día de compras. Luciana tenía tres años. Estaba sentada en mis piernas y me miraba en lugar de ver a la cámara. Parecía como si fuéramos hermanas. Junto a esa foto, había una mía de la escuela, de tercero de primaria. No sé por qué mi papá la había enmarcado. Me hacía pensar en la horrible época después de que mi mamá se fue. Durante un tiempo, mi papá dijo que quizá volvería. Pero llegó un punto —no sé qué pasó o qué cambió, tal vez algo de lo que no me enteré— en el que comenzó a decirme la verdad. No iba a volver. Había dejado de responder a los esfuerzos de Benny y mi papá por contactarla. El Jardín era bastante bueno para eso de ser un culto. Todos los que pertenecían a él estaban protegidos de todos los de afuera, de todos los que queríamos recuperar a nuestras personas. Me le quedé viendo a la fotografía un buen rato. Entonces la tomé, la puse bocabajo en la repisa y puse la de Letty y Luciana enfrente.

Me lavé la cara y los dientes. Lavé el lavabo antes de ir a mi habitación. Antes de ponerme la pijama, abrí el armario, metí la mano hasta el fondo y saqué la bolsa con el vestido. Tomé el cierre y lo abrí un poco. Vi el vestido verde asomarse. Metí la mano y sentí la suave tela. Recordé el momento en que me lo probé. Me di vuelta para verme en el espejo triple de Dillard's mientras Syd estaba sentada en el piso con la espalda contra la pared. «Tus pechos desafían la gravedad», dijo. Luego volvió a su teléfono. ¿Le estaba escribiendo a ÉL? ¿Se felicitaba a sí misma por bloquearme y emparejarme con Quinn Johnson antes de que yo pudiera invitar a Nick?

Oí a Nick y a mi papá en la cocina. Habían pasado de Dylan a los Beastie Boys, y mi papá ahora exaltaba las virtudes de cada uno de los Beasties.

—¿Sabías que los tres terminaron por convertirse en feministas? —preguntó mientras sonaba la canción «Girls».

—*Cool* —respondió Nick, animado.

Cerré la bolsa y volví a meterla al armario. No podía hacerlo. Aún no. La colgué en primera fila y lo consideré una victoria. Encontré los tacones dorados que había comprado para complementar el vestido y los puse en el suelo justo debajo de la bolsa.

Me prometí que me probaría el vestido en la mañana. A primera hora, antes de poder arrepentirme.

Me metí a la cama e intenté dormir, pero algo no estaba bien. Salí de la cama y cerré la puerta del armario.

Así estaba mejor.

17

Me desperté con el rechinido de la puerta de entrada, que después se cerró con suavidad. Era mi papá, saliendo a hacer su habitual carrera de los sábados. Lo acompañaba la mayoría de las veces; discutíamos si debíamos correr seis o siete kilómetros, y terminábamos corriendo ocho porque los dos éramos muy tercos y orgullosos. Supongo que esa mañana me dejó dormir. Me senté, somnolienta, y miré la puerta del clóset. Me prometí que me lo probaría a primera hora de la mañana. Y esta era, sin lugar a dudas, la primera hora de la mañana.

Me quité la pijama, abrí el clóset, saqué la bolsa y la lancé a la cama. Con un rápido movimiento, la abrí y quité con cuidado el vestido del gancho. *Bum.* Listo. Lo tenía en las manos. Y, Dios, qué bello era. Era más bello de lo que recordaba. Bajé el cierre de un lado y me metí en él. Sostuve la parte de arriba con una mano mientras subía el cierre con la otra. Me incliné hacia adelante y me ajusté los pechos.

Me quedaba perfecto.

Me paré frente al espejo.

Mis pechos sí que desafiaban la gravedad.

Me miré de un lado, del otro. Tomé los zapatos dorados y me los puse. Me veía increíble. Tenía que admitirlo. En el espacio entre el dobladillo del vestido y los zapatos, se asomaba la cicatriz en mi tobillo que me hice la noche en que me escapé para ver a Nick en el huerto. Era sorprendente la cantidad de cosas que habían cambiado desde la última vez que me puse ese vestido y que Syd se fue. Hacía solo unos meses, mi actividad favorita era sentarme en un cementerio, ver el tráfico pasar en la autopista y obsesionarme con un chico que creía que me odiaba, que ni siquiera me miraba cuando nos cruzábamos en el pasillo. Me conformaba con mirarlo a la distancia, romperme la cabeza pensando si lo que lo hacía estornudar era un resfriado o una alergia, cocinar teorías sobre dónde había conseguido la liga que traía puesta la mañana que entró a la clase de Francés con una cola de caballo. Esa era mi vida entera entonces. Mi vida entera era ver las cosas a la distancia. Era tan pequeña, tan insignificante, algo que se podía ver solo por el rabillo del ojo desde un auto al pasar a cien kilómetros por hora. ¿Cómo era que, ahora, ese chico estaba ahí, en mi casa, dormido del otro lado del pasillo, con una mochila llena de calzones?

Debía admitir que tenía razón. Nick tenía razón. Habíamos ganado. En contra de todas las probabilidades, nos enamoramos. Lo cambiamos todo, y los dos cambiamos. Me sentía liviana, como si levitara parada ahí, con mi vestido. Intenté identificar la sensación y me sorprendió darme cuenta de que era felicidad.

Tomé el teléfono del alféizar de la ventana y le escribí a Nick.

MIRANDA:

¿Despierto?

NICK ALLISON:

Oliendo tus peluches.

MIRANDA:

¿Quieres ver algo increíble?

NICK ALLISON:

Sí.

Abrí la puerta y zapateé con los tacones encima de las baldosas del pasillo, pero, antes de que pudiera siquiera tocar la puerta, gritó:

—¿Qué es ese ruido?

Lo oí tomar la perilla de la puerta.

—¿Qué sonido? —pregunté.

—Traes puesto tu vestido, ¿verdad? ¿Eso es lo que quieres enseñarme?

—Sí. —Di un paso atrás para que me viera de cuerpo entero—. Abre.

—No. —Le puso el seguro a la puerta—. No hasta la noche.

—¿Qué? Qué tontería.

—No es una tontería. ¿Dónde está tu papá?

—Salió a correr —le dije a la puerta—. Oye, ¿qué traes puesto? —Le di unos golpecitos suaves a la madera con los dedos.

—Jeans.

—¿Y nada más? —La respiración se me aceleró.

—Y a san Jorge —puntualizó—. No puedes entrar. No se permiten chicas. Jorge y yo nos lo tomamos muy en serio. —Pude oír que se acercaba a la puerta.

Me imaginé que su corazón estaba a solo treinta centímetros del mío.

—De verdad es una estupidez. —Me recargué en el marco de la puerta—. Pero está bien.

—Oye. Mi mamá llamó —dijo.

—¿En serio? —Había estado tan metida en el vestido, en ganar y en mi felicidad, que casi olvidé que todo estaba hundido en la mierda, y que Nick ni siquiera sabía la historia completa. El peso volvió a cernirse sobre mí—. ¿Cuándo? ¿Qué dijo?

—Quiere hablar. Se disculpó.

—¿Por qué?

—No sé. Mi papá, supongo.

—Oye, Nick…

Era la peor idea del mundo, lo sabía, pero tuve la repentina noción de que podía contarle a Nick de Syd, así: detrás de una puerta cerrada, sin tener que mirarlo a los ojos y ver al Explorador de la fotografía. ¿No sería mejor así, si podíamos seguir adelante sin secretos entre nosotros?

—Tengo que decirte algo. —Pasé saliva —. Llevo dos días intentando decírtelo. —Me armé de valor, puse la frente sobre la puerta—. Es sobre tu papá.

Inhalé profundo y apreté los puños. Pero, antes de que pudiera decir algo, Nick intervino.

—¿Sobre Syd? —Su voz sonó estruendosa desde el otro lado de la puerta.

—¿Qué? —pregunté.

—Lo sé —dijo—. Ya lo sabía.

—¿Te lo dijo tu papá?

—No. Vi un documento, alguna cosa del abogado de mi papá. Un papel que mi papá enviaba para la investigación. Evidencia o algo así. Decía que la parte acusadora había hecho llamadas amenazadoras a nuestra casa desde un número de Colorado. Era el nombre de Syd. Decía que ella…

—¿Cuándo? —le grité a la puerta.

—¿Qué?

—¿Cuándo llamó? —Mi foco de atención se empequeñeció de forma aterradora; el mundo se hizo diminuto.

—No lo sé. Hace tres meses.

—¿Tú cuándo lo supiste?

Hubo una larga pausa.

—Hace como un mes.

El corazón se me fue al piso. Di un paso atrás, asqueada. Luego di un paso hacia delante otra vez e hice lo primero y lo único que se me ocurrió hacer. Pateé la puerta, fuerte. Me dolió.

—¿Qué carajo? —exclamó. Lo hice de nuevo, más fuerte—. ¿Qué mierda, Miranda?

Tenía suerte de que no estuviéramos cara a cara, lo habría golpeado.

—¿Hace un mes que sabes dónde está Syd? —Mi voz reverberó en el pasillo.

—No sé en dónde está.

—Un número de Colorado. ¿De verdad, Nick? Se supone que eres un maldito genio, ¿y no sabes en dónde está Colorado?

—Las llamadas eran de un Wendy's. Seguro solo estaba de paso.

—¿Qué pueblo?

—¿Qué? —Que no fuera capaz o no quisiera seguirme el paso me volvió loca.

—¡Dios! ¿En dónde en Colorado?

—No sé. No me acuerdo. Comenzaba con…

—¿Alamosa?

—Sí —respondió—. Eso es.

Sentí como si me moviera bajo el agua. Todo sucedía en cámara lenta, el pie me dolía y traía puesto un vestido de gala. Y Nick estaba del otro lado de la puerta cerrada, diciendo locuras y rompiéndome el corazón.

—Me mentiste, Nick.

—No mentí.

—¡Ayer! —lo grité con tanta fuerza y con rabia que mi voz llenó toda la casa—. Ayer te pregunté quién era la chica y tú dijiste que no sabías.

—Pero tú también lo sabías, ¿no? —Estaba enojado. Y tenía un buen punto. Sí lo sabía. Pero no era suficiente. Oí que la perilla giraba—. Voy a abrir la puerta. Esto es una tontería.

La sujeté.

—No —dije jalándola para cerrarla de nuevo—. ¡Lo sabes desde hace un mes! Yo lo sé… desde hace dos días. Y tuve que enterarme después de engañar al maldito imbécil de tu papá por mensaje. ¡Fui a su oficina, Nick!

—¿Qué?

—Y te lo estoy diciendo ahora porque no podía verte ni un segundo más sabiendo que te lo estaba ocultando. Pero supongo que tú no tienes ese problema.

Nick guardó silencio.

—No quería saber. No quería que fuera cierto. No te lo dije porque pensé que si sabías de mi papá…

—Basta. —Intenté enfriarme la cabeza, pero no pude—.

Dios, Nick. Confié en ti. Pensé que eras bueno. Y valiente. Y honesto. Cuando te dije que no eras como nadie a quien hubiera conocido, lo dije en serio. —Las lágrimas intentaron escapar, las obligué a detenerse—. ¿Me equivoqué? —Nada. Solo silencio—. Nick. —Oí que quitaba la mano de la perilla. Me respondió. Me respondió con silencio. Y yo no tenía tiempo para silencios—. ¿Sabes algo más que no me hayas dicho?

—No. —Sonaba derrotado. Hubo otro silencio largo—. ¿Podemos hablar un momento sin tener la puerta entre nosotros?

—Hablamos después.

Fue una mentira, por supuesto. Después yo no estaría.

—Pensé que estaba haciendo lo correcto. Por favor. ¿Podemos hablar? ¿Ahora?

Di un paso atrás y tomé una fotografía mental de la luz matutina sobre las baldosas del pasillo, la puerta cerrada y los rayones que le había hecho al patearla con mis zapatos dorados. Tenía que recordar el momento, guardarlo, pues era muy probable que algún día mirara atrás y lo recordara como el último momento en el que amé a Nick Allison, tal vez la última vez que hablé con él.

—Solo déjame ir a cambiarme —dije—. Ya vuelvo.

Me di la vuelta y corrí por el pasillo hasta mi habitación. Abrí el cajón de mi mesa de noche, tomé el teléfono de Syd, la carta de Stanford, un monedero que sabía que tenía al menos cien dólares y la carta de Patience con su dirección. Tomé las dos primeras prendas que encontré —unos pants que colgaban de la silla y la playera de R.E.M. del piso— y las metí a mi bolsa. Volví al cajón y tomé *Vida de los santos* y lo puse junto al teléfono, la carta y el dinero. Lo hice deprisa. No pensé. Todas las decisiones estaban tomadas.

No hubo decisiones. Estaba en piloto automático. Fue tan sencillo.

Encontré las llaves dentro de mi bolsa. Salí de mi habitación, crucé el pasillo hacia la puerta principal y fui hacia el auto. Abrí la puerta, subí, lo encendí y salí por el camino de grava hacia la calle.

Y no hice más que conducir.

Antes de siquiera saber qué hacía, ya estaba a dos kilómetros de distancia. Luego tres. Luego estaba en la autopista. Y entonces me fui. Saqué la carta con la dirección de Patience y la introduje en el mapa de mi teléfono. Vi la distancia y el tiempo que me tomaría llegar. Seis horas y media. No sabía si era cerca o lejos, mucho o poco tiempo. Solo sabía que estaría ahí, frente a la puerta de Patience, en seis horas y media.

Puse mi teléfono y el de Syd en la consola debajo del radio. No necesitaría el mapa hasta llegar a Albuquerque, unas horas después. Nunca había conducido hasta Albuquerque sola. Nunca había ido más allá de Las Cruces, en realidad. Pero sabía cómo llegar: hacia el norte sobre la carretera Interestatal veinticinco. Ni siquiera había otra dirección. La interestatal terminaba en Las Cruces. Solo se podía subir.

De lo único que me arrepentí fue de no haberle dejado una nota o algo parecido a mi papá. No sabría en dónde estaba hasta que le mandara un mensaje. Y no quería escribirle, aún no. Lo único que quería hacer era conducir. Y eso fue lo que hice.

A las ocho quince, pasé Hatch y a las nueve en punto me acercaba a un pueblo llamado Verdad o Consecuencias (en serio, así se llama). Mi papá ya debía haber vuelto de su carrera matutina. Pero no había llamado ni escrito. Tal vez se había encontrado a alguna conocida mientras corría y se quedó conversando con ella. Mi padre no se resistía a tener una buena charla con alguna de las ancianas que caminaban por las zanjas en las mañanas. Sus *viejitas*. O tal vez no se había dado cuenta de que mi auto no estaba. Tal vez Nick no le dijo que me fui a cambiar y nunca volví. No importaba. Lo consideré buena suerte y lo saqué de mi cabeza junto con todo lo demás: Nick, el pasillo y mi corazón recién partido. Lo saqué de mi cabeza y me enfoqué solo en la autopista y los pequeños pueblos que colgaban a los costados, en el valle del río, tan pacíficos a la distancia.

Sin embargo, mientras más me alejaba, más difícil se volvía negar que Nick podía tener razón. Syd estuvo en Alamosa hacía tres meses. Podía estar de paso. Pudo haberse detenido a ver a su mamá de camino a otro lugar. No estaba ahí una semana después de irse, cuando Patience me escribió. En ese momento estaba en otro lugar, y pudo haber ido a otro más en los últimos tres meses. Pero tampoco dejaría que eso me detuviera. De hecho, cada vez que la idea me pasaba por la cabeza, presionaba el acelerador con más fuerza a manera de protesta. Era demasiado tarde para dar marcha atrás. Estaba cerca de llegar a Socorro. Estaba tal vez a solo hora y media de Albuquerque. Me estiré para tomar el teléfono y revisar la distancia cuando la maldita cosa timbró en mi mano.

Mi corazón se estrelló como un bicho en el parabrisas.

Era mi papá. Sabía que había partes de la interestatal veinticinco donde no había señal de celular. Muchas partes. Podía, en teoría, estar pasando por una de esas zonas en ese momento. «SIN SERVICIO». Perdón, no recibí tu llamada. Pero ya había tomado una mala decisión al irme sin decirle. Me había permitido tomar esa mala decisión. A partir de ahí, solo me quedaba la opción de tomar buenas decisiones.

—Hola. —Intenté sonar tranquila y arrepentida.

—¿Qué rayos está pasando, Miranda? ¿Dónde estás? —Su voz era un tren que se estrellaba contra mi tranquila mañana y la hacía pedazos.

—Estoy orillada, afuera de Socorro. ¿Nick te dijo que me fui?

—Por supuesto que me lo dijo. Dios mío. ¿Socorro? ¿Y por qué estás orillada? ¿Qué pasa?

—Pues… me orillé para hablar contigo.

En realidad, no me había orillado, pero en ese momento me entró la culpa y comencé a acercarme al acotamiento. Pasé por encima de las hiperruidosas tiras reductoras de velocidad y estuve segura de que mi papá pudo oírlo.

—De verdad no sé qué decirte, Miranda.

—Lo sé. Perdón, papá. Lo siento. Pero sé dónde está.

—No. —Guardó silencio por tres segundos—. Voy al auto. Quédate donde estás. Quédate ahí.

Esperaba que mi padre estuviera molesto, pero no esperaba que me detuviera.

—No —dije sin más—. Voy a encontrar a Syd. No soy una niña, papá.

—¡Sí eres una niña! Eres *mi* niña, y te estoy diciendo que tu trasero no se va a mover de ahí hasta que yo llegue.

—Por eso no te avisé que me iría.

—No me vengas con estupideces. No conviertas esto en una consulta sobre mis métodos de crianza. Te escapaste y mentiste. Y ahora estás quién sabe dónde y… ¿Dónde piensas pasar la noche, por cierto?

—Voy a volver a casa. Después.

—¡No seas tonta, Miranda! No puedes ir y venir de Colorado en un día.

—Sí, sí puedo.

—Ay, Dios. ¿Y si no puedes? No estás pensando.

—Me voy a un hotel. Tengo dinero.

—¡No puedes rentar un cuarto de hotel! ¡Tienes diecisiete años!

No sabía que se necesitaba tener cierta edad para rentar un cuarto de hotel. Pero no iba a permitir que ese detalle me detuviera.

—Vuelvo esta noche. O me quedo con Syd. —Hice una mueca por mi propia estupidez mientras lo decía.

—Ah, qué maldita buena idea. —Oí sus pesados pasos sobre la grava. Oí el *bip* que hacía su camioneta al abrir las puertas. Estaba en camino.

—¿Qué haces? —Intenté mantener la cama.

—Me subo al maldito auto para ir por ti.

—Por favor, no.

—Lo siento, Miranda. Perdiste el privilegio de hacer sugerencias sobre lo que debería hacer o no cuando saliste de la casa.

—Escúchame. ¿Me puedes escuchar un segundo?

—No. Así de enojado estoy. No te voy a escuchar. Espera dos segundos.

Escuché los sonidos del interior de su auto. Pasaron mucho más de dos segundos. En ese tiempo, intenté construir un buen argumento. No pude. Había perdido.

—¿Estás ahí? —Estaba de regreso y sonaba un poco más tranquilo.

—Sí —respondí.

—Hay una estación de servicio antes de Socorro, una grande de madera, hemos parado ahí. La que tiene los letreros de las víboras de cascabel. Ve ahí. Pon el seguro de tu puerta y espérame. Eso es lo que va a pasar. Llego en menos de dos horas. ¿Me entiendes?

No pude encontrar otra protesta, sentada ahí, en mi vestido para el baile, mientras los camiones pasaban a mi lado. Hervía de rabia contra mi papá, contra Nick, contra Syd.

—Está bien.

No me importaba que me oyera llorar. Él ganó. Yo perdí. Ya no importaba.

—Bien. —Guardó silencio—. Te amo, Miranda. Sabes que te quiero más que a nada en este mundo. Pero, carajo, esto es lo más estúpido que has hecho en la vida.

—Bueno, gracias. Genial. Muchas gracias —dije—. Qué maravilla.

—Perdón. No es lo que quise decir. Ve a la parada. La estoy viendo en el teléfono. Es la salida ciento catorce. ¿En qué kilómetro estás?

Alcancé a ver el marcador a la distancia.

—Ciento tres.

—Genial. Bien. Estás cerca. Once kilómetros y llegas.

«Sé contar», pensé.

—Adiós —dije con pesadez—. Te veo en un rato.

Sentí como si se me hubieran ponchado las cuatro llantas. ¿Cómo fue posible que esa conversación saliera tan mal? Mi padre me había revolcado como a una hoja en un tornado. «Te veo en un rato». Si Syd hubiera estado conmigo se habría llevado las manos a la cabeza. «Muy bien», habría dicho. «Deberías ser abogada». No quedaba más que conducir once kilómetros. Esperé a que pasara un tráiler y me incorporé a la autopista.

Me di cuenta de que, con cada marcador de kilómetros que pasaba, mi ira aumentaba y mi miedo disminuía. Era una fórmula, una ecuación, una ley natural que se demostraba dentro de mi cuerpo. Cuando la enorme estación de servicio de madera apareció a la distancia, a un lado de la carretera, como un enorme monumento al fracaso, con sus gigantescos letreros sobre el peligro de las serpientes en varios idiomas, puse la direccional.

Pero, conforme me acercaba a la salida, no pude hacerlo. No pude parar. Metí la mano a la bolsa y saqué *Vida de los santos* y dejé que el libro cayera donde tenía el lomo roto, en la página de san Judas. Miré la escritura de mi madre, las estrellas que había dibujado alrededor de las palabras: ¡Santo patrono de lo IMPOSIBLE!

Dejé el libro abierto en el asiento del copiloto. La pequeña llama sobre la cabeza de Judas parpadeaba. Llegué a la salida. Presioné mi dedo dorado sobre el pedal.

18

En cuanto pasé la parada, perdí la cabeza. No sabía qué hacer. Me orillé y tomé mi teléfono. Lo miré un buen rato. Se sentía como un arma ahora, una evidencia de la que tenía que deshacerme. Sabía que debía llamar a mi papá. Necesitaba decirle: «No. Voy a ir. Regresa a casa». Pero hablar con mi papá hacía unos minutos no había funcionado muy bien. Consideré apagar el teléfono y no volver a encenderlo hasta que viera a Syd… si es que la veía. Mi papá podía esperar. Pero tampoco podía hacerle eso. Se volvería loco.

En vez de eso, le escribí a Nick.

MIRANDA:

¿Llamarías a mi papá? 575-555-6552. Dile que vuelvo a casa en la noche. Voy a apagar el teléfono. Dile eso también.

Presioné «Enviar». Pensé en mandar otro mensaje, decirle algo a Nick. Pero no se me ocurrió nada que pudiera decirle. Abrí el mapa y vi que el siguiente cambio de autopista era afuera de Santa Fe. Podría recordarlo. Apagué el teléfono y lo guardé en la guantera para tenerlo fuera de mi vista. También metí ahí el teléfono de Syd. Miré el libro. San Judas Ryan Gosling parecía sereno y pensativo.

Pasé la página, fui al último párrafo y conduje; mis ojos iban de la carretera al libro y de regreso. No recordaba cómo había sido martirizado Judas. De pronto, me pareció información de lo más importante. «En Beirut… junto a Simón el Zelote… un hacha…».

Volví a la página anterior.

«Nena, todo va a estar bien», parecía decirme San Ryan.

Me di cuenta de que no estaba llorando, ni siquiera estaba a punto de hacerlo.

Apreté el volante y volví a la carretera.

Me recordaba con frecuencia aflojar las manos sobre el volante. Me estaba sacando ampollas. Para cuando llegué a Alburquerque, había dejado la realidad. Estaba en una novela de ciencia ficción, conduciendo hacia una polvorienta ciudad postapocalíptica en busca de señales de vida. Y traía puesto mi vestido del baile. Ese detalle no se me había escapado en las últimas tres horas. Bajé las ventanas y alcé los brazos varias veces para evitar que el sudor arruinara la tela. No me había lavado los dientes ni la cara antes de escapar. Supongo que había una parte de mí que no creía que fuera a hacer lo que estaba haciendo. Una parte de mí pensaba que le daría una vuelta a la manzana, me calmaría, volvería a casa, me cambiaría y hablaría con Nick. Pero eso no fue lo que ocurrió. Esto fue lo que ocurrió. Y ahora necesitaba ir al baño. Con urgencia. Pasé varias gasolineras, pero el miedo de que mi padre me alcanzara si me detenía tres minutos me impidió salir de la interestatal. Ahora, tenía que «orinar como caballo», como diría Syd.

Cuando llegué a Alburquerque, tomé la salida hacia Avenida Central y la seguí hasta llegar a una gasolinera justo frente al campus de la UNM. Había ido a esa gasolinera antes, ese mismo año, cuando mi papá me arrastró a escuchar a Neil deGrasse Tyson en Popejoy Hall. Llenamos el tanque ahí antes de volver a casa. Estaba casi segura de que no era la única gasolinera en la ciudad de Albuquerque, pero sí era la única que conocía, así que hice todo lo posible por encontrarla.

—Lleno en la bomba tres. —Azoté los billetes en el mostrador.

El tipo que estaba del otro lado me miró de arriba abajo con aprehensión. Era un hombre al que parecían no gustarle las tonterías y quería saber si yo estaba por cometer alguna. Antes de que pudiera llegar a una conclusión, me di vuelta y salí con el vestido ondeando detrás mío.

—La bomba tres —repetí mientras empujaba la puerta y hacía sonar la pequeña campana.

Afuera, nadie me dirigió una sola mirada. Cierto, no había nadie más en la gasolinera. Pero había varios transeúntes. Y ni uno solo me volteó a ver. Se sentía bien ser anónima. Si hubiera ido a cualquiera de las gasolineras en Las Cruces en un vestido de gala al mediodía, para la una de la tarde todos lo sabrían. Al dar las dos, la señora de La Cocina se persignaría al oír mi nombre. Ahí, en la gran ciudad, me sentí como adulta. Era libre. Del otro lado de la calle, en la entrada de la universidad, había una enorme estatua de bronce de un lobo con la cabeza agachada, como si estuviera a punto de atacar. LOBOS DE LA UNIVERSIDAD

DE NUEVO MÉXICO, se leía en el letrero debajo de la figura. El lobo me miraba, feroz y sin miedo. Intenté internalizar su mirada, apropiármela, por mí y por Syd.

Tomé mis pants y playera del asiento del copiloto y me apresuré a volver por mi cambio y a usar el baño. Le pregunté al tipo detrás del mostrador si tenía un mapa de Colorado. Se rio. No vendía mapas. Ya nadie vendía mapas.

—¿Qué no tienes GPS?

Corrí al baño. Estaba asqueroso y era del tamaño de un clóset. No había ganchos, y ni por error iba a dejar nada sobre el desagradable piso. Así que me puse la bolsa al hombro, tomé mi vestido, me lo levanté hasta la cabeza y me senté. Hice pipí tanto tiempo que se volvió gracioso. Si Syd me hubiera visto, le habría encantado. Me vi en el espejo mugroso mientras me lavaba las manos. Luego comencé con el proceso de quitarme el vestido e intentar que no tocara el suelo mientras, al mismo tiempo, tenía colgada la bolsa y me ponía los pants sobre los tacones. (Aunque preví la necesidad de llevar conmigo *Vida de los santos* al salir de casa, no pensé en llevar un cambio de zapatos). En pocas palabras, era un acto circense. Me llevó al menos diez minutos. Cuando caminé de regreso a la tienda con el vestido en la mano, y vestida con pants, playera y tacones, el hombre me dirigió una mirada de desaprobación. Mi estatus como personaje sospechoso había quedado confirmado.

Mantuve la frente en alto; tomé dos botellas de agua, una bolsa de almendras y un plátano de aspecto cuestionable. Llevé mis artículos al mostrador y me aseguré de mirar al tipo a los ojos mientras me cobraba para que supiera quién mandaba ahí. Era una loba, era feroz.

Cuando volví al auto, extendí con cuidado el vestido

sobre el asiento del copiloto. Abrí la guantera y busqué el mapa de Nuevo México que mi papá insistía que tuviera (por si acaso), el mapa por el que Syd se había burlado de mí. Por fortuna, los detalles del mapa se extendían hasta la parte sur de Colorado. Encontré la ruta que necesitaba seguir para llegar a Alamosa. Una vez que estuviera ahí, me preocuparía por cómo llegar a casa de Patience.

Me reincorporé a la Avenida Central y volví a la autopista. El tráfico estaba más pesado, y había una maraña de intersecciones que debía superar. Más adelante, estuve a punto de pasarme de la salida a la Ruta ochenta y cuatro en Santa Fe. Pero, una vez que libré Santa Fe, me relajé un poco. No me había ido tan mal al sacar a mi papá y a Nick de mi cabeza, aunque, de cuando en cuando, veía la puerta cerrada o la estación de servició que se alejaba en el retrovisor y me sentía fatal. Cuando pensaba en lo que le había dicho a Nick en la mañana, me sentía peor. Ni siquiera lo escuché. Ni siquiera intenté preguntarme qué habría hecho yo en su posición. «No quería saber. No quería que estuviera pasando». Y luego hice justo eso de lo que lo había acusado: mentí. Le dije que iba a cambiarme para que pudiéramos hablar. Y me fui. Ahora estaba a cuatro horas de casa. Era posible que no volviera a Las Cruces hasta la mañana siguiente. Lo dejaría plantado para el baile. De nuevo. Y esta vez lo haría de verdad.

Tenía que sacármelo de la cabeza. Si había algo que podía hacerme parar y dar la vuelta, era Nick. Por él, era capaz de rendirme.

Y no podía rendirme. No en ese momento. Tenía que seguir adelante.

Después de Santa Fe, el paisaje cambió. El árido y soleado desierto se convirtió en tierra roja y frondosos piñones. Bajé las ventanas y dejé que el aire fresco entrara. Fue solo hasta que oí el aire estrellarse contra el auto que me di cuenta de que había conducido todo el tiempo en silencio. Sin música. Sin nada.

Se sentía bien. El silencio era lo correcto. El mundo ahí era gigantesco: mesetas sobre mesetas que se extendían por todo el horizonte. Se extendían por toda la eternidad. Miré a san Judas y su rostro impasible. No parecía impresionado. Pero yo sí.

«La eternidad», pensé.

Había ido a la eternidad en tacones dorados.

Era tan perfecto que era terrible.

19

Alamosa era pequeño y plano. Por alguna razón, tenía grabada la idea en la cabeza de que al cruzar la frontera de Colorado me toparía de inmediato con una Rocallosa. Pero Alamosa estaba en un gran valle. Como Las Cruces, era completamente agrícola. A la distancia, las Rocallosas se alzaban, verdes, enormes y gloriosas. Salí de la autopista y entré al estacionamiento de un Walmart. El Walmart rebosaba de vida para ser sábado en la tarde. Me quedé un momento viendo a la gente ir y venir. Se sentía bien estar entre los vivos, aunque fuera en un Walmart.

Sabía que la única forma de encontrar el tráiler de Patience era con mi teléfono, así que me impuse una regla: cuando lo encendiera, no revisaría cuántas llamadas perdidas, buzones de voz o mensajes tenía. Usaría el mapa y nada más.

Pero, por su puesto, en cuanto mi teléfono cobró vida, no pude resistirme a la tentación. Vi que tenía siete llamadas perdidas y veintidós mensajes de texto. «Uf». Fue lo único que pude pensar. «Uf». Sí me resistí a averiguar quién había llamado o escrito. Supuse que todos los mensajes eran de Nick y mi papá, tal vez alguno de Letty, si mi papá le había contado lo que hice. La culpa volvió a pesarme.

El camino que llevaba al tráiler de Patience resultó estar a menos de un kilómetro del Walmart. Salí del estacionamiento y seguí las instrucciones de la señorita robótica con mucho cuidado, poniendo atención a cada una con concentración particular. Mi estómago estaba hecho un nudo. Lo único que había comido en el día habían sido algunas almendras y una botella de agua. El plátano languidecía junto a san Judas en el asiento. Había muerto en las últimas horas.

En muy poco tiempo salí del camino pavimentado y entré a uno de terracería. Un letrero de madera clavado a un poste de teléfono anunciaba CARRETERA LEO con pintura negra. Esa era la dirección de las tarjetas de cumpleaños. Me armé de valor. Pero entonces, justo cuando entré al camino, no parecía haber nada ahí. Nada. Solo cosechas. Era un camino a ningún lugar. Estaba segura de que debía dar vuelta, pero el camino me llevó a una curva, y entonces alcancé ver a la distancia un remolque amarillento con un pedazo de tierra enfrente. Detrás, un campo de cebollas, y alfalfa a los costados. Al acercarme, vi que el remolque no tenía jardín. Solo estaba rodeado de hierbas crecidas y de cebollas, listas para ser cosechadas, con la piel dorada asomándose por encima de la tierra. Tres escalones de apariencia peligrosa llevaban a una puerta retorcida. No había barandal, ni pórtico, ni buzón ni autos frente a la casa.

El remolque parecía abandonado.

—Mierda —le murmuré a mi auto.

Me estacioné en una orilla del camino. Cuando apagué el auto, todo quedó en silencio. Me dije que la ausencia de un auto y unas cuantas hierbas no significaban que nadie viviera ahí. Salí del auto y caminé hasta el remolque. Los pasos de mis estúpidos zapatos de tacón sobre la tierra eran el único sonido en el mundo. Subí los tres raquíticos escalones y toqué la delgada puerta de aluminio. De haber querido, podría haberla arrancado de sus bisagras sin mucho problema. El silencio del día absorbió los golpes a la puerta. No hubo respuesta. Revisé: la puerta estaba cerrada con seguro. Las persianas también estaban cerradas. No tenía idea de qué hacer.

Caminé hacia el auto, tomé el teléfono y lo desbloqueé para ver la hora. La alfalfa del otro lado del camino ondeaba con la brisa. Parecía extenderse hasta el infinito, hasta las montañas. Lancé el teléfono de vuelta al asiento.

Mi padre tenía razón. Mi plan era una estupidez monumental. De hecho, ni siquiera era un plan. Era solo yo, conduciendo, quemando todo a mi paso. Miré el cielo y pensé en Nick. «Pensé que hacía lo correcto». Apreté los ojos para evitar que las lágrimas se escaparan. El cielo era enorme y azul, y las pocas nubes con forma de globo que flotaban en él parecían estar fuera de lugar. También eran estúpidas. Quise poder viajar en el tiempo. Tal vez habría podido convencer a Nick de abrir la puerta antes de que todo se echara a perder. Habría podido entrar, poner mi mejilla sobre su pecho, sentir su piel cálida y su aroma a bosque, a sal, a hombre. «Ganamos», le habría dicho.

¿Qué hacía ahí?

Miré el reloj de nuevo: una cincuenta de la tarde. Cuando volví a alzar la mirada, un avión había rebanado el cielo en dos partes con una filosa estela blanca. Vi el avión desaparecer en la inmensidad azul; luego vi que la estela se ensanchaba despacio, y se fue disipando y desvaneciendo hasta que el cielo volvió a ser uno solo. Los pies me dolían.

Abrí la puerta del auto y me subí de nuevo. Eran las dos, momento de tomar una decisión: o me quedaba ahí todo el tiempo necesario en caso de que Syd apareciera, o volvía a casa a rogarles a mi papá y a Nick que me perdonaran.

Si me iba en ese momento, podría incluso llegar a una parte del baile. Si me iba en ese momento, quedaba aún la posibilidad de que todo estuviera bien, de que todo fuera salvable.

Miré a san Judas Ryan Gosling. No tenía consejos que darme.

«Oye, nena», decían sus ojos serenos. «A mí no me preguntes».

De todas formas, no necesitaba consejos.

Me quedaría. Tenía que hablar con Syd. Necesitaba verla, saber que estaba viva, que existía.

Me crucé de brazos y esperé. No tuve ni un solo pensamiento o emoción. Debí quedarme dormida. Desperté al escuchar de repente llantas sobre la grava y me di vuelta para ver que un auto se acercaba por el camino. Estaba segura de que no habían pasado ni quince minutos, pero, cuando miré el reloj, eran las tres con tres minutos.

«Ya», pensé. «Es oficial». Había plantado a Nick. Otra vez. Lo traté como basura el día después del peor día de su vida. Nunca me perdonaría y tendría toda la razón al no hacerlo. Algo se rompió en mi interior. *Crac*. Fin.

Pero tenía que dejar eso a un lado. Porque, ¡carajo!, el auto que se detuvo en el pedazo de tierra junto al remolque era el de Syd. Alcancé a ver su cabeza por encima del respaldo del asiento, sus alocados rizos amarrados.

Syd estaba viva. Era real. Existía.

Abrí la puerta, caminé hacia el auto y me asomé. Estaba sentada con cara de piedra, mirando a través del parabrisas. Traía puesto un uniforme de Wendy's. Se dio vuelta para verme. Miró mis zapatos. Miró mi rostro. Luego abrió la puerta, salió del auto y se quedó ahí parada. Se veía exhausta. Su cabello apenas si resistía dentro de la cola de caballo. La identificación en su uniforme decía: BIENVENIDO A WENDY'S. ME LLAMO SYDNEY.

—Hola —saludé.

Resistí la tentación de envolverla con los brazos.

Se quedó parada con la boca cerrada y los brazos cruzados. Me miró como si fuera una vendedora de puerta en puerta. Estaba siendo amable, esperando a que yo hablara unos treinta segundos antes de decir que no estaba interesada y cerrarme la puerta en la cara.

—¿Qué haces aquí? —preguntó.

Aunque llevaba todo el día abalanzándome hacia esa conversación a ciento veinte kilómetros por hora, y persiguiéndola a costa de todas las cosas buenas en mi vida, ahora me daba cuenta de que no tenía ni la más remota idea de lo que estaba haciendo ahí.

—Tengo tu teléfono —logré decir al fin.

Como se quedó callada, fui al auto, abrí la puerta y tomé su teléfono y la carta de Stanford. Me vio hacer el viaje en tacones. Sin hacer un solo gesto, dejó en claro que creía que yo era la persona más ridícula del mundo.

Le extendí el teléfono y la carta. Miró el documento de Stanford, lo dobló en tres y se lo metió al bolsillo. Se metió el teléfono en el otro.

—Bueno —dijo como si todo hubiese quedado arreglado.

—Bueno. —Intenté encontrar algo más que decir; no quería empezar con Stanford, o el doctor Allison o el que hubiera desaparecido hacía cuatro meses sin dejar rastro y lo mucho que quería obtener respuestas al respecto—. ¿Cómo está tu mamá?

Resopló, incrédula, como si hubiera hecho una pregunta insensible.

—Es un desastre. —Señaló hacia el remolque dilapidado—. No está ahí. —Cerró la boca y volvió a mirarme con completo desinterés.

Ansiaba con desesperación ser empática con ella. Fui capaz de ser empática incluso cuando descubrí que me había mentido durante meses acerca de Nick. Pero, al estar ahí parada, frente a ella y sentir su indiferencia empaparme como una ola, sentí en cambio una enorme ira que se inflaba dentro de mí. Lo había arriesgado todo —Nick nunca me perdonaría y mi padre no volvería a confiar en mí—, y ella no tendría problemas en terminar la conversación en ese momento y no volverme a ver en su vida.

—Creo que Ray reportó tu auto como robado —dije—. Solo para que sepas.

—Está bien —respondió con dureza—. Ya lo resolveré.

Esperé a ver si decía algo más, pero no lo hizo.

—Me da gusto que estés bien. —Pasé saliva.

Resopló de nuevo. Me di cuenta de que cada vez que hacía ese ruidito, me daban ganas de golpearla.

—Gracias —dijo sin emoción.

—Supongo que ya me voy.

—Bueno. —Se enderezó, su mirada me atravesó y siguió los campos de alfalfa hacia las lejanas montañas.

—Guau. —Me miré los zapatos—. ¿Eso es todo? *¿Ahí te ves?* ¿Después de todo?

—¿Todo? —La cara se le enrojeció—. Ni siquiera sabes de lo que hablas, Miranda. Métete a tu auto y vuelve a casa con tu papá.

Unos meses antes, esa mirada me habría matado. *Matado*. Pero no en ese momento. Di un paso al frente. Y otro. Entonces, increíblemente, di otro más hasta quedar a unos centímetros de ella. Alcanzaba a oír su respiración.

—Vine a ayudarte. —Sonó como una amenaza.

Ella se infló.

—No necesito tu ayuda.

—Qué bueno —murmuré. Quería empujarla, eso es lo que mi cuerpo quería hacer. Enderecé los brazos a los costados para evitar hacerlo—. Muy bien.

Me di media vuelta y me dirigí al auto. Las piernas me temblaban, mi cerebro estaba en llamas. Abrí la puerta. Mi teléfono se encendió en el asiento. Mi papá llamaba. Por supuesto. Perfecto. Lo tomé y lo silencié.

—Espera. —Su voz fue como una bofetada en la cara.

—¿Qué? —grité—. ¿Quieres insultarme un poco más? No, gracias.

—Espera un minuto. —Dio un paso.

Me quedé parada junto a la puerta abierta.

—El año pasado. Lo del baile. Tuve que hacerlo. Era lo único que podía hacer.

—No, Syd. No lo era. Pudiste decirme la verdad.

—Sí. —Se veía exhausta—. Pero no lo hice. Porque te conozco. Habrías actuado como una lunática.

Era esa palabra: *lunática*. Me hacía pensar en mi mamá.

—No. No puedes decirme esas mierdas, Syd. —Mi tranquilidad me sorprendió—. No soy una lunática. Soy una persona. Y no actúes como si hubieras sido mi cuidadora. Es una estupidez y lo sabes. Siento mucho lo que pasó entre tú y… —Por más que me esforcé, no pude decir su nombre—. Como sea. Lo siento. Todo. Vine hasta acá a verte. Te busqué durante meses. He estado preocupada por ti. Y me puedes decir que me vaya a casa con mi papá. Da igual. Puedes entrar y cerrar la puerta y podemos no volver a hablar. Puedo vivir con eso. Sin problemas. Pero no voy a quedarme aquí y tampoco dejaré que me insultes. Eso se acabó.

No quería parar, me sentía virtuosa, justa. Ya podía subirme al auto y alejarme. Había ganado. ¿Qué más? ¿Qué importaba?

—Ah, por cierto, Sydney, creo que la palabra que olvidaste es: *perdón*. Te la dejo, por si la quieres.

Syd sacudió la cabeza. Arrugó la nariz. Se llevó los dedos a las sienes. Pensé que iba a tener un ataque de estornudos.

Pero no estornudó.

Comenzó a llorar.

Me di cuenta, después de que empezó, de que nunca antes había visto llorar a Syd. Ni una sola vez.

—Dios —susurró con el rostro retorcido—. Qué estupidez.

La sensación de virtuosismo se escapó de mi cuerpo. No había ganadora. No habría una ganadora. ¿Había ido hasta allá para ser la ganadora de una discusión? ¿Para hacer llorar a Syd?

—Perdón —se disculpó—. Miranda, perdón.

—Te fuiste —dije después de un largo silencio.

—Lo sé.

—Y luego descubrí que mentiste. Y el teléfono en mi guantera. Muy dramático, por cierto. Y ni siquiera llamaste ni escribiste un correo ni nada.

—Lo sé. —Era muy extraño verla llorar—. Perdón.

—Bueno, está bien. Está bien. Ya sé.

Habría preferido seguir enojada. Eso era fácil. Verla llorar era tal vez lo más difícil que había hecho en mi vida.

—¿Quieres entrar? —ofreció.

—Sí —respondí.

Tomé el teléfono y cerré la puerta del auto. Ella asintió, subió la escalera y metió la llave al cerrojo. La seguí, apoyando los tacones con cuidado en los escalones.

—¿Por qué traes puestos esos zapatos tan estúpidos? —preguntó volteando desde el último escalón y mirando hacia abajo. Mis mejillas seguían empapadas de lágrimas—. Ay, demonios. ¿Es el maldito baile? No me digas que es el baile.

—Sí. Es el baile. No quiero hablar de eso. No quiero hablar de Nick.

—¿Nick sabe? —preguntó.

Noté que tan solo preguntarlo le dolía.

—Sí —contesté—. Lo sabe.

Asintió.

Adentro, el remolque estaba oscuro y olía a rancio. A la izquierda había una diminuta cocina. Syd abrió las persianas sobre el fregadero y la luz de la tarde inundó el espacio. Apenas si había muebles: un sofá raído, una televisión sobre una silla en una esquina, un librero, una silla plegable y una mesita de salón. Syd abrió las persianas sobre el sofá que revelaron el campo de cebollas y el camino detrás de él. Alcancé a ver la habitación al final del pequeño y oscuro pasillo.

—¿Dónde duermes tú? —pregunté.

Señaló el sofá con la cabeza y se dejó caer sobre él. Liberó su masa de cabello y la sacudió. Golpeó el cojín y yo me senté ahí, junto a ella.

—Muy elegante, ¿no? Debiste verlo cuando llegué. Estaba asqueroso. —Noté que la cocina estaba impecable.

—¿Ella está mal?

Asintió.

—Le escribí. Me respondió. Dijo que no estabas aquí.

—Fui yo —admitió—. Escribí la carta con la mano izquierda. Estaba segura de que te ibas a dar cuenta.

—No —dije.

—Sí —confirmó—. Perdón por eso, también.

—Supongo que no podía creer que vinieras aquí.

—Sí. —No me dijo nada más, y no quise presionarla.

Nos quedamos sentadas en silencio un rato. Hacía frío en el remolque. No había nada en las paredes. Mientras más tiempo pasaba ahí, más preguntas tenía. ¿Podía Syd volver a la escuela y graduarse? ¿Existía aún la posibilidad de que fuera a Stanford? No quería preguntar.

Mi teléfono sonó de nuevo.

—Carajo —exclamé—. Perdón. —Lo contesté—. Papá. —Me lancé de lleno—. Estoy con Syd. Llego a casa…

No me dejó terminar.

—Está bien.

Sonaba tranquilo y eso me puso nerviosa.

—¿Qué? —pregunté.

—Anota esto. Ve por una pluma. —Sonaba exhausto.

—¿Tienes una pluma? —le pregunté a Syd. Se puso de pie, fue a la cocina, volvió con una y me la entregó—. Ya tengo pluma. —Alcé la pluma y le sonreí a Syd.

—Anota esta dirección: Camino La Mesilla número catorce, Española.

Lo escribí en el dorso de mi mano.

—Okey —dije—. Listo. Llego a casa en la noche, papá. ¿Me oíste?

—¿Tienes la dirección?

—Sí.

—Es la casa de Benny. Ahí vamos a pasar la noche. Está

a una hora y cincuenta minutos de donde estás, si es que estás en Alamosa, Colorado.

—Estoy en Alamosa. —Miré a Syd. No podía imaginarme dejándola. La idea de que en unas horas estaría viendo caricaturas con mis primos era desquiciada—. Ahí estaré —contesté—. Te llamo cuando esté en camino.

—Sí. —Intentó mantener la voz firme—. Por favor, llámame.

—Está bien —dije.

—Mir —agregó—. Estaba muy enojado contigo. Todavía lo estoy. Pero te amo. ¿Sí?

—Está bien. —No quería que Syd me oyera decirle a mi papá que lo amaba—. Yo también.

—Okey.

—Okey, adiós. —Colgué.

—Tienes que irte. —Syd estaba tan vulnerable. Era muy extraño.

—¿Y si vienes conmigo? —pregunté.

—Qué linda —asintió y contuvo las lágrimas—. Pero no puedo.

—¿Qué vas a hacer?

—Me voy a quedar aquí. Hasta el otoño. Hice el GED. Entré a la NMSU y a la UNM. Creo que voy a ir a la UNM. Me ofrecieron una beca.

—¿Y Stanford? —Sentí una puñalada de culpa por preguntar.

Asintió despacio.

—Pues… les pregunté si podían aplazar mi inscripción hasta el año próximo. Les expliqué todo. Bueno, no todo. Pero sí que tuve que venir aquí y que medio cuido a mi mamá. Pensé que se iban a reír en mi cara, pero, de hecho, se portaron bastante bien. La solicitud sigue en consideración. Supongo que lo sabré pronto. Pero ni siquiera sé si quiero ir. Solo llené la solicitud porque... Ugh. —Bajó la mirada hacia su regazo—. Es una tontería ya, no quiero decirlo. Pero solo hice la solicitud porque Samuel me dijo... me dijo que iba a intentar conseguir un puesto de investigador invitado. —Parecía no creer lo que decía, lo ridículo que era. Inhaló profundo, contuvo la respiración y negó con la cabeza—. Fui tan tonta.

—No fue tu culpa. Ese tipo es...

—Sí. —Me miró a los ojos—. ¿Y tú? ¿Irás a la UNM?

—Conseguí una beca en la UNM —dije—. Pequeña.

—Increíble. Tal vez las dos vayamos.

Me sonó tan bien en ese momento: ir con Syd a la UNM. Las cosas podrían volver a ser como eran antes. Podríamos estar juntas. Podría incluso retomar la costumbre de evitar a Nick Allison en el campus. Todo volvería a ser como era.

—También entré a Brown —agregué.

Su boca hizo una «O» gigante.

—Ay, Dios. Mir, eso es increíble.

—Iré allá. —Debí estar ansiosa por decírselo a Syd, pues en cuanto salió de mi boca, supe que era la verdad—. Es un desastre. Nick entró a Harvard, pero va a ir a la UNM.

—Nick. —Me empujó la rodilla—. ¿Están enamorados o algo así? —Asentí y contuve el llanto.

—Lo arruiné. No me va a volver a hablar nunca.

Un auto se estacionó.

—Ay, mierda —exclamó Syd mientras se enderezaba—. Es ella.

De pronto se puso nerviosa.

—Está bien. —Busqué su mano—. Quiero verla.

Nos quedamos sentadas en el sofá mirando hacia la puerta.

Oí que, afuera, la puerta del carro se azotaba. Volteé a ver Syd.

—¿Por qué viniste, Syd?

—No sé —respondió, mirando a la puerta, luego a mí—. Necesitaba a mi mamá.

Oímos tres pasos. La puerta se abrió. Y me vio.

—¡Miranda! ¡Me preguntaba de quién era el auto!

Patience estaba envejecida. Eso fue lo primero que noté. Pero era la misma. Abrió los brazos, fui hacia ella y nos abrazamos. Estaba en los huesos, y olía a tabaco y alcohol. Era justo el olor que recordaba.

—Hola —saludé.

No iba a soltarme pronto.

—Ay, Dios mío —exclamó—. No puedo creer que seas tú. Me la he pasado repitiéndole a Syd que te llame. Por fin lo hizo.

—No exactamente —dije.

—Ya déjalo, mamá —dijo Syd desde el sofá.

—Ay, Mir —susurró Patience mientras me examinaba de arriba abajo; sus ojos se posaron sobre mis pies—. Mira esos zapatos. —Me tomó de la mano y dio un paso atrás como para verme mejor, observándome como si trajera puesto un vestido de gala y no unos pants y una playera vieja—. Dios mío de mi vida. —Suspiró—. Creciste, Miranda. Estás hecha una belleza.

Veamos: mi padre me adoraba. Hacía todo lo que podía para demostrármelo. Pero nunca había dado un paso atrás para verme de esa forma. Ni siquiera sabría cómo hacerlo. Era algo de mamás.

Un repentino y poderoso dolor me atacó mientras estaba ahí, en medio de la sala vacía y oscura de Patience. Por primera vez en mucho tiempo extrañé a mi madre.

No solo extrañaba tener una madre en general. Extrañaba a la mía, la que no estaba parada frente a mí en ese momento, la que se fue una mañana mientras yo estaba en la escuela y se llevó todo el universo consigo.

—¿Estás bien, corazón? —preguntó Patience, preocupada.

Asentí y volteé a ver a Syd. Ella se puso de pie, se acercó y pareció entender por qué tenía lágrimas en los ojos. Me abrazó.

—Los zapatos no están mal —dijo, y yo me reí entre las lágrimas.

Luego Syd se estiró, le quitó la bolsa a Patience del hombro y la colgó de un gancho detrás de la puerta. Señaló el sillón y Patience obedeció: atravesó toda la estancia y se sentó.

—¿Cuánto tiempo te quedas? —El rostro de Patience estaba iluminado, como el de una niña.

—No puedo quedarme. —Miré a Syd—. Pero tal vez pueda regresar. A visitar. Tal vez en el verano, después de la graduación. Antes de ir a la universidad.

Syd frunció el ceño y asintió.

—Sería genial.

—Eres bienvenida cuando quieras, mi niña —afirmó Patience. Se recargó en los cojines del sofá y cruzó las piernas mientras nos veía, anonadada—. Mírense nada más.

Syd y yo nos miramos.

—Ven —dijo Syd y entrelazó un brazo con el mío—. Te acompaño a tu auto. —Volvió a dirigirse a Patience—. ¿Te comiste el sándwich que te dejé?

—No, creo que no. —Patience se puso de pie con un brinquito.

—Cómetelo —dijo Syd.

Patience la ignoró.

—Ay, Miranda. —Se acercó de nuevo, sacó a Syd del camino y me dio otro enorme y huesudo abrazo junto con un beso en la mejilla—. Qué bueno verte.

—Lo mismo digo —contesté—. Te veo pronto.

—Muy bien —dijo, luego se acercó más y me susurró al oído—: Gracias. Gracias por todo lo que has hecho por Syd. Tiene suerte de tenerte.

Syd clavó la mirada en la alfombra.

—Bueno, ya —dijo—. Se terminó. —Abrió la puerta principal y la luz del atardecer entró al remolque—. Y prende las luces —le dijo a Patience mientras salía, seguida por mí.

—Está bien —dijo Patience mientras nos veía salir.

No fue un largo camino hacia mi auto. Me di vuelta y abracé a Syd. Para cuando nos separamos, estaba llorando otra vez.

—Bueno —murmuré, intentando mantener la calma.

Pero entonces nos quedamos ahí paradas. No sabía qué debía pasar después. La idea de que Syd se fuera a dar media vuelta y volver al remolque era más dolorosa que cualquier cosa que pudiera imaginar.

—Deberías irte —dijo—. Tengo que obligar a esa mujer a comerse un sándwich.

—Sí. Mi papá está al borde de un infarto en Española.

—¿Vino contigo?

—No. Me dijo que lo esperara en una estación de servicio afuera de Socorro en la mañana. Le dije que sí. Pero después seguí adelante. Así que supongo que fue a casa de mi tío Benny. Y ahora está esperándome y rezando el rosario.

Los ojos se le llenaron de lágrimas.

—Seguiste adelante. *Cool*. Eso requirió de muchas agallas.

Le tomé la mano de nuevo.

—Necesito saber que vamos a estar en contacto. No puedo no saber cómo estás.

Asintió.

—Sí. Ya sé. Te llamo. Te lo prometo. Voy a conseguir un teléfono. Vas a ser la primera en saberlo.

Inhalé profunda y temblorosamente.

—¿Puedo regresar? ¿De verdad? ¿A verte?

—Sí —respondió—. Eso sería...

Los ojos se le llenaron de lágrimas otra vez y asintió. Dio un paso al frente y me dio un fuerte y veloz abrazo antes de alejarse. Se dio vuelta y volvió al remolque mientras yo la veía cruzar el camino y subir por los desvencijados escalones. Volteó y se despidió con la mano. Luego abrió la puerta y desapareció en el interior del remolque.

Vi que las luces de la cocina se encendieron y me quedé inmóvil, mirando a la ventana un momento.

Después subí al auto, lo encendí, di media vuelta y volví a recorrer el extraño y solitario camino para cruzar el pueblo, volver a la autopista y conducir hacia donde estaba mi papá, a quien en ese momento extrañaba tanto como no había extrañado a nadie jamás.

Antes de incorporarme a la Ruta ochenta y cuatro, me orillé y vi mi teléfono. Mi papá y Letty me estuvieron escribiendo todo el día, varias veces por hora. Pero Nick solo escribió una vez, en la mañana, unos minutos después de que me fui.

NICK ALLISON:

¿Qué pasa?

Después de eso, nada.

Lo había arruinado y no tenía remedio. Estaba convencida de ello.

Me quedé sentada en el auto e intenté pensar en qué podría hacer, qué podría decir. Parecía algo que alguien más había hecho, patear la puerta y alejarse sin decir nada. Pero no fue alguien más, fui yo. No había forma de escapar de eso.

MIRANDA:

Perdón.

Intenté pensar en otra cosa que decir, pero no pude.

Cuando me incorporé a la autopista, el sol estaba bajo en el poniente y me cegaba. Era como si el universo hubiese estallado sobre mi parabrisas y yo condujera hacia el enorme y destellante desastre que dejó atrás. Sentía como si me dirigiera hacia la dorada convergencia de todas mis estupideces, una acumulación arremolinada de preguntas sin responder y malas ideas, causas perdidas, misterios y deseos infinitos, todas esas heridas, sanadas y sin sanar e insanables, los dolores grandes y pequeños, las grandes verdades más allá de mi comprensión, todos aquellos planetas que rebosaban con vida y que mi padre no viviría lo suficiente para conocer, y en el incandescente centro de todo eso, mi eternamente avaro corazón consumiéndolo todo, lo bueno y lo malo, tan tonto y tan hermoso al mismo tiempo.

Nick y su esmoquin con el agujero en el bolsillo y el padre que quería mantener en secreto. «No quería que estuviera pasando».

Y Syd, la persona más brillante a quien jamás conocería, tallando las superficies de linóleo en la diminuta cocina del remolque de su mamá, mirando hacia un patio lleno de cebollas.

El enfermizo aroma a vino y tabaco que seguía a Patience a todos lados y que sin duda la seguiría hasta el final, hasta consumirla por completo.

Y mi madre, el gran espacio en blanco en el centro de mi vida, por siempre recargada en un púlpito con el largo cabello oscuro sobre el rostro que de alguna forma bloqueaba mi propia vista.

¿Cómo era ahora? Permitirme preguntármelo, aunque fuera por un segundo, quemaba como el infierno. Mi madre era una persona en el mundo. Era real. Y se había ido. Mi papá tenía razón. Jamás llegaría *algún día*. Esperar *algún día* no era una opción para nosotros. De repente entendí por qué la gente usaba la expresión *corazón roto*. Así es como se sentía: una profunda fisura, una apertura, una zanja que se abría más y más. Y no solo para mí, para todos: Nick, Syd, mi papá. Toda esa mierda con la que teníamos que cargar en nuestras vidas era tan pesada. Era incómoda y costosa. Y, sin embargo, teníamos que encontrarle un lugar. No había otra manera.

«Llega un punto».

Mi papá.

Pensé en mi papá. Pensé en su corazón, literalmente su corazón. Era algo real, algo que en ese momento latía en su pecho, a dos horas de mí, y sin duda era lo más normal en mi vida, lo más confiable.

Había prometido llamarlo cuando estuviera en camino.

Llamé.

Timbró una vez y contestó.

—¿Mir?

Intenté sonar como si no estuviera llorando.

—Soy yo.

—¿Estás bien?

—Sí —respondí.

Las lágrimas y el brillo del sol casi me imposibilitaban ver a través de la densa neblina que se reflejaba en mi sucio parabrisas. Entrecerré los ojos hasta encontrar las líneas blancas de la carretera.

—Estoy en camino.

20

Llegué a casa de Benny al ocaso. El cielo era de un azul oscuro entrecortado por montones de nubes rosadas y anaranjadas. Al bajar del auto, tuve la sensación de que, si había suficiente silencio, podría escucharlo.

Revisé mi teléfono de nuevo. Nick no había respondido. Pensé en todas esas «próximas» veces. Las había desperdiciado. Intenté encontrar un lugar para ese nuevo dolor, esa pena recién nacida, pero no había dónde ponerla.

Tendría que cargarla.

La casa se veía idéntica a como la vi la última vez, hacía unas Navidades, como una casa en plena remodelación. Lo único que había crecido era la población de cabras. Cuando cerré la puerta del auto, las cabras voltearon a verme, curiosas. Dos habían escapado del corral y amenazaban con acercarse. Pero, después de unos momentos, regresaron a comer pasto de la orilla del camino de terracería. Me alegró estar afuera del auto. Los pies me estaban matando.

Mi papá apareció: una figura alta y oscura bajo la luz que se proyectaba desde la puerta. La puerta de malla se azotó a espaldas suyas. Estaba de pie con las manos en la cadera. Se veía agotado y tenía el cabello mojado. Debía haberse bañado, lo que significaba que no se bañó cuando regresó de correr y descubrió que me había ido.

—¿Por qué traes puestos esos zapatos?

Los miré.

—Hoy es el baile —dije, como si eso lo explicara todo—. ¿Ya viste el atardecer?

No sabía si mi papá tenía planeado lanzarse en ese instante en una perorata sobre la responsabilidad o si esperaba hacerlo más tarde, cuando tuviera más tiempo y tal vez un pizarrón a la mano.

Se quedó en el pórtico un instante, luego bajó los escalones y se paró a mi lado. Nos recargamos en mi auto y miramos el cielo. Había temido enfrentarlo, tener que explicarle lo que hice, pero en ese momento solo estaba contenta de estar con él. Aliviada.

—¿Estás bien? —preguntó después de un rato y sin dejar de mirar el cielo. Su voz sonaba cansada.

—Sí. —Pasé saliva con fuerza e intenté mantener el tsunami de lágrimas dentro de mis ojos—. Lo siento.

—Lo sé —dijo—. Sé que lo sientes.

Sorprendentemente, eso fue todo.

—¿Hablaste con Nick? —pregunté.

—Sí.

—No me ha llamado, ni escrito ni nada.

—Fue a hablar con su mamá. No sabía a dónde te habías ido, Mir.

—Lo arruiné —admití—. Pero tenía que verla.

—Lo entiendo —dijo mi papá y bajó la mirada—. Nick me contó.

—¿Todo? ¿Sobre Syd? ¿Sobre lo que pasó?

Cerró los ojos con pesadumbre.

—Me contó todo. Sí. —Se acercó más y me puso el brazo alrededor de los hombros—. Me lo contó anoche, cuando te fuiste a dormir. Hablamos. Ha estado batallando con esto mucho tiempo. ¿Sabes? Nick es… le ha tocado lidiar con muchas cosas, Miranda. —Asentí—. ¿Viste a la mamá de Syd?

—Sí —contesté—. Se veía fatal, pero es la misma de siempre.

—Caray. Pobre Syd. —Meneó la cabeza—. Es tan difícil ver sufrir a alguien a quien quieres.

No supe si se refería a mí viendo a Syd o a Syd viendo a Patience, pero en realidad la idea funcionaba en ambos casos. Supongo que también funcionaba con él viéndome a mí. De hecho, la cadena podía continuar al infinito, hasta que todas las personas que sufrían fueran vistas por todas las otras personas que sufrían y todos estuviéramos incluidos.

—Quiero ver a mamá, papá. —Me sorprendió decirlo y me sorprendió escuchar que sonaba a la verdad.

—¿Sí? —Intentó alejar la amenaza de las lágrimas con una sonrisa, pero no funcionó.

—Sí —respondí—. Necesitaría que estuvieras conmigo, ¿sabes? Pero, sí, me gustaría.

—Ay, cariño. —Me apretó el hombro—. Sabes que quizá no sea posible.

—Ah, sí. Lo sé. Sí, lo entiendo. Pero quería decírtelo: eso quiero. Aunque sea imposible. —Me recargué en él—. Porque nunca quise. Antes.

—Bueno, querer es algo bueno. He descubierto que a veces es casi suficiente. —Se limpió las lágrimas—. A mí me ha funcionado durante muchos años. —Me besó la cabeza.

—Tú también la amabas —dije.

—Sí. Mucho.

Miramos el cielo un largo minuto.

—¿Por qué crees que se fue?

Mi papá clavó los ojos en el cielo. No le molestaba la pregunta. Respiró muy profundo y lo soltó.

—Tu madre era una buscadora. Siempre estaba en busca de algo. No sé qué. Creo que se perdió. Que se perdió a sí misma. Y nosotros la perdimos.

—Es tan horrible —murmuré.

—Sí que lo es.

—Oye. —Lo miré—. ¿Alguna vez te conté que Luciana me dijo que le recordábamos a Jorge el Curioso y el hombre del sombrero amarillo? Tú y yo.

Se rio.

—No. Pero, vaya, es bastante buena comparación.

—Algo. Supongo. Digo, yo tendría que ser Jorge, que es un mono.

—Y el hombre de sombrero amarillo es un imbécil.

—¿Y cuál crees que es el punto?

Se rio de nuevo.

—Pero, bueno. Oye, ¿te puedo decir algo?

—¿Qué?

—Sé que «It's the End of the World as We Know It» salió en 1987.

—Ay, Dios. No de nuevo.

—No quiero que vayas por la vida pensando que tu padre no es un compendio de datos musicales irrelevantes.

—Está bien —dije.

—Mi catálogo está completo.

—Ya entendí, señor.

—No. Esa canción era... como nuestra canción. De tu mamá y mía. Cuando éramos muy chicos, en la secundaria. Sus papás decían que era música del diablo. Debimos escucharla un millón de veces, hasta que nos aprendimos la letra y podíamos cantarla completa. —Lo miré—. ¿Qué? Esa canción tiene muchas palabras.

—¿Me estás diciendo que su canción era «It's the End of the World as We Know It»?

—Bueno, si lo pones en esos términos…

—Qué horror. Y, ahora que lo mencionas, sí es música del diablo —afirmé, y él se rio—. Con razón se unió a un culto.

Me dio un pequeño golpe en la cabeza, pero creo que lo hizo con cariño.

El cielo cambió. Oscurecía. Una cálida luz salía desde la puerta.

—Deberíamos entrar —dijo mi papá—. Letty hizo suficiente comida como para un ejército y los niños están vueltos locos esperándote.

—Debería sacar mi vestido y colgarlo.

—¿También traes el vestido? —preguntó mi papá mientras yo abría la puerta y lo tomaba.

—Ni preguntes. —Me lo eché al hombro.

Mientras seguía asomada al interior del auto, le di un último vistazo a san Judas, cerré *Vida de los santos* y lo metí a mi bolsa.

—¿Qué es eso? —preguntó mi papá.

—Ah. —Una parte de mí no quería mostrárselo. Era *mi* libro, mi única conexión con mi madre. Era todo lo que tenía, y temía que, si se lo enseñaba, me lo quitaría. Desaparecería, como todo lo demás—. Es un libro.

—*Vida de los santos* —dijo y extendió la mano.

—Sí —admití. Saqué el libro de mi bolsa y se lo di.

—Carajo —exclamó al tomarlo—. Lo busqué por todas partes.

—Quiero quedármelo, ¿sí? —dije—. Es mío.

—Claro. —Pasó las páginas. Puso el libro de cabeza y leyó algo que mi madre había escrito en el margen. Sacudió la cabeza y se rio—. Caray. Tu mamá era graciosa. Era… un personaje. —Cerró el libro y me lo devolvió—. Es todo tuyo.

Volví a meterlo a la bolsa.

Subimos los escalones del pórtico.

—Ah, por cierto. Busqué tus chunches.

—¿Sí? —Se detuvo y dio vuelta.

—Eres medio la gran cosa.

—¿Verdad? —dijo—. Te lo dije.

—Y… tú también eres una bendición para mí, papá.

Su cara se descompuso como si fuera a llorar otra vez, pero no lo hizo.

—Entra ya —dijo al abrir la puerta, que se azotó detrás nuestro.

Cinco segundos después, estaba sentada en la cocina sobre un banquito de plástico de juguete mientras Luciana me peinaba el cabello con el cepillo de una de sus muñecas. Como tenía cinco años, lo hacía muy mal. Me dolía. Pero, con cada punzada de dolor, me daba más gusto estar ahí. Había guardado el vestido en el clóset de Luciana junto con mis zapatos. El corazón aún me dolía, pero al menos mis pies estaban felices.

—Por favor, quédate quieta —pidió con toda la seriedad de la que era capaz cuando me moví.

Sus hermanos mayores estaban sentados en el sofá, fingiendo no estar tan interesados en los procesos de peinado como en realidad lo estaban. El mayor, Paul, jugaba algún videojuego en su teléfono mientras el menor, Gus, lo veía.

Mi papá se recargó en la barra de la cocina junto a Benny. Ambos tenían cervezas en la mano.

—Tu niña ya creció.

Benny pasó el brazo que tenía libre sobre los hombros de mi papá.

De la nada, se veían igualitos a como posaron en la foto que teníamos en el espejo de nuestra casa.

—Todavía hace bastantes tonterías.

—Vamos a decirle nuestra *bandida* de la interestatal —rugió Benny.

Los niños rieron. Luciana me echó todo el cabello a la cara.

—Mejor no —dije por debajo de la melena. Los niños rieron de nuevo—. ¿Dónde está Letty?

—Fue por unas cosas —contestó Benny—. Nos dio mucho gusto que te fugaras en la mañana. Nos hacía falta una cena en familia. Jacob y los suyos vienen desde Los Álamos. —Le asintió a mi papá con gesto empático—. La única que falta es María.

«¿María?». Me tomó un momento reconocer el nombre de mi madre.

El silencio se apoderó de la casa, que, hasta ese momento, había estado llena de ruido. El único sonido era el *piu-piu* de las armas en el videojuego de Paul.

—¡Pa-blo! —gritó Benny con su voz fuerte y amigable—. Apaga esa mierda.

Paul no hizo más que levantarse del sillón y dirigirse a la otra habitación, seguido de Gus.

La casa de Benny era vieja y grande. Siempre que iba sentía como si hubiera alguna habitación que no conocía, como si la casa se extendiera de forma infinita y hubiera habitaciones pequeñas que llevaban a unas más grandes que llevaban a unas más pequeñas. Letty tenía un gusto impecable. La casa tenía un tono bohemio desértico sin esforzarse demasiado, con lámparas sobre pilas de libros y unos cactus solitarios sobre las viejas y pesadas mesas. De no ser por los miles de proyectos inacabados de Benny, la casa podría estar en la portada de una revista de diseño, aunque a Letty ni siquiera se le ocurriría leer una de ellas. Benny era lento con las remodelaciones. En la cocina, por ejemplo, había arrancado la loseta que estaba en la pared encima de la barra y no la había repuesto. Creía que así estaba la última vez que estuve ahí, pero no tenía forma de estar segura.

De pronto, Luciana se quedó muy quieta. Me pregunté qué hacía ahí atrás.

—No tienes tijeras, ¿o sí?

—No, pero puedo ir por unas —respondió al instante.

Todos estallaron en risas. Cada vez que escuchaba risas, me sentía al borde de las lágrimas. Era por Nick, no podía dejar de pensar en él.

—Oye, Lu, ¿podemos tomarnos un descansito?

—Pero chiquito —respondió, renuente a soltarme el cabello.

Me eché el cabello hacia atrás y pude ver de nuevo.

—Lo voy a llamar —le dije a mi papá.

Tomé mi teléfono y caminé hacia el pórtico antes de poder arrepentirme.

—¿Segura? —gritó mi papá mientras yo salía.

No respondí.

Presioné el número y el teléfono timbró. Se me secó la garganta. Ni siquiera tenía idea de lo que iba a decir. Pero, después de sonar tres veces, supe que no iba a contestar. Esperé a que entrara el buzón de voz.

«Hola. Es Nick. Deja tu mensaje».

Supuse que había extrañado a mucha gente y muchas cosas en mi vida, quizás más que la mayoría incluso. Creo que era bastante buena para extrañar. Pero nunca antes me había sentido así. Deduje que era la punzante sensación del amor. Sin que Nick estuviera ahí para recibirlo, se sentía más peligroso que nunca, más terrible, aterrador y, sobre todo, enorme.

—Oye. Hola. Solo quería disculparme. Perdón. Espero que podamos hablar. Algún día. Te entiendo perfecto si no quieres...

Las cosas iban rápidamente en picada. Colgué. Me quedé parada en el pórtico y miré las silenciosas estrellas.

Mi papá tenía razón. Debí dejarlo en paz.

Volví a entrar, miré a mi papá con cierta expresión de tristeza, y él me contestó con una igual. Me dejé caer en el banquito que era demasiado pequeño para mí, aunque Luciana había perdido el interés en peinarme y ahora devoraba Ruffles de un tazón gigante. Sentía que el banquito era justo lo que merecía. Un castigo. Me merecía sentarme en la silla del castigo por el resto de mi vida.

La puerta se abrió de golpe y Letty entró con una bolsa de compras.

—¡Ay, Dios mío! ¡Miranda! —gritó al verme—. ¡Idiota!

Siempre me sorprendía lo hermosa que era Letty en la vida real. Su cabello estaba desordenado de la forma más perfecta y traía puesta una camisa vieja de Benny. Su holgura la hacía verse aún más pequeña que de costumbre. Se dirigió hacia mí, se agachó y casi me ahorcó con el brazo que tenía libre.

—Qué gusto que estés aquí —dijo—. Estuve rezando por ti todo el camino desde el Albertsons.

También olía perfecto. Era tan buena para ponerse perfume que lo hacía parecer como si fuera su aroma natural.

Cuando Letty entró a la cocina, Luciana alzó la mirada en pleno atracón de papas.

—¡Lu! —la regañó al acercarse y ver el tazón casi vacío—. ¡Deja de comerte las papas! Son para todos.

Luciana esbozó una enorme sonrisa.

—Me gustan los Ruffles —afirmó sin remordimientos, con los ojos bien abiertos y la boca llena de grasa.

En cuanto Letty se dio vuelta para enfocarse en la cena, Luciana continuó el ataque contra el tazón.

—¿Cómo te ayudo? —Me puse de pie e hice un esfuerzo por no ser un bulto de tristeza.

—¿Pones la mesa? —sugirió Letty mientras le quitaba la tapa a la olla más grande que había visto en mi vida. El vapor salió disparado y le cubrió la cara.

—Claro —respondí—. Dios mío. ¿Qué es eso? —Caminé hacia ella.

—Pozole —contestó—. Esto te va a levantar. —Me dio una nalgada, volvió a tapar la olla y me dio otro enorme abrazo, esta vez con ambos brazos—. Estamos orgullosos de ti, Miranda. Hiciste muy buen trabajo enfureciendo a Pete. —Se volteó y Benny y mi papá se rieron. Luego volteó hacia mí y me puso las manos en la cara—. Hiciste lo correcto, *mi'jita*. Eres una buena amiga.

Amaba a Letty. Ella y mi mamá eran mejores amigas cuando eran pequeñas. Mi mamá presentó a Letty y a Benny en la universidad. Letty conocía a mi mamá desde antes que mi papá, y sus recuerdos de la cordura y bondad de mi mamá eran ancestrales y sólidos, y su fe en que volvería era firme. Que siguiera queriendo a mi mamá y rezara por ella con ferocidad, como si luchara contra el diablo por su alma, significaba mucho para mí. Durante todos esos años, Letty se había encargado de querer a mi mamá por las dos. Solo entonces, ahí parada en su cocina, entendí que todo el tiempo que Letty me estuvo dando consejos sobre como lidiar con la desaparición de Syd hablaba por experiencia propia. Su mejor amiga también *se fue, sin estar perdida.*

Fui al cajón donde me pareció más lógico que estuvieran los platos, pero adentro encontré una pequeña colección de arroceras de distintos tamaños. Seguí abriendo y cerrando estantes hasta que Benny, claramente divertido, dijo algo.

—Los platos están acá, bandida.

—Ah.

En efecto, los platos estaban en un estante junto a la cocina, uno que la gente por lo regular usaría para poner ollas y sartenes. Me pregunté qué pensaba mi padre, quien era tan quisquilloso con su propia cocina, de la forma en que Benny y Letty vivían. Creo que le encantaba. Observaba todo lo que sucedía y parecía anhelarlo. Tal vez Benny, Letty y los niños lo hacían imaginarse un futuro con mi mamá que nunca ocurrió. O tal vez el rostro de Benny le hacía daño, porque en él había algo de la persona a quien había amado.

Puse la mesa para ocho personas y la mesa de los niños para cinco.

—¿A qué hora llega la familia de Jacob? —pregunté.

La noche había cobrado el tono de una festividad. Encontré diez servilletas de distintos juegos y estaba a punto de localizar otras tres. Intenté conjurar algo de alegría, aunque sabía que, en Las Cruces, el baile había comenzado y Nick no había llamado ni escrito.

Estaba sentada en el sofá, pasmada. Luciana se había apoderado de mi teléfono y estaba sentada en mis piernas, jugando un juego de Barbie a todo volumen, cuando la puerta se abrió y toda la familia de mi tío Jacob entró. Jacob era calvo y callado, un agente de seguros apasionado por la pesca de río, y sus hijos gemelos, mis primos Marco y Tony, tenían once años y eran extraordinariamente bien portados. Su esposa, Vanessa, era agente de bienes raíces, la tercera con más ventas en el área de Los Álamos, un dato que logró insertar de alguna forma en una conversación. Si Syd hubiera estado ahí, la habría atacado con su falsa amabilidad y habría intentado lograr que enunciar una de esas estúpidas frases motivacionales que la gente como Vanessa solía repetir como mantra.

—Miranda —murmuró en un tono excesivamente serio mientras me saludaba solo con unos cuantos dedos.

Sus hijos me miraron como si fuera un bicho raro. Solo Dios sabe qué oyeron acerca de mis desventuras de camino.

—Hola, Tony. Hola, Marco —saludé mientras pasaban deprisa a mi lado.

Después de varios acomodos, reacomodos y una épica negociación por parte de Paul, quien terminó apretujado en la mesa de los adultos, estábamos listos para comer. Pero, en cuanto nos reunimos en la mesa, se volvió evidente que, después de mi ardua búsqueda, había puesto los platos equivocados. Puse platos planos. El pozole se come en un tazón sopero, por supuesto. Me levanté de inmediato a recoger los platos y ayudé a Letty recolectar tazones soperos de todos los tamaños de diversos estantes. Cuando por fin todos tuvieron uno (mi papá terminó con uno que parecía tazón para perro), hicimos una fila frente a la estufa y nos servimos de la olla gigante.

Había orégano, limón, cebolla y rábano amontonados en platos a lo largo de la mesa junto con canastas con tostadas. Con nuestros platos disparejos de pozole humeante, la rústica mesa de Letty se veía perfecta, como algo por lo que los ricos en Santa Fe pagarían por lograr. En el centro, un abultado ramo de flores silvestres se asomaba de un frasco de pepinillos. Junto al florero, noté, había un pequeño santo. Me daba la espalda, pero cuando me estiré y le di la vuelta, vi que era san Judas. Obvio. Este no era como ningún otro. Estaba tallado a mano. No se parecía a ninguna estrella de cine.

Tenía tanta hambre cuando todos se sentaron al fin, que hundí la cuchara en el plato y tomé un glorioso primer bocado antes de darme cuenta de que era la única que había empezado a comer. Mi padre, sentado a mi izquierda, me dio un fuerte golpe en la rodilla por debajo de la mesa.

Íbamos a rezar antes de cenar.

Habría sido más incómodo si hubiera sacado la cuchara del plato, así que decidí recargarla en el mango y llevarme las manos al regazo.

Benny miró alrededor de la mesa. Era supersentimental. Era una de las razones por las que mi papá lo quería tanto. A Benny nunca le avergonzaba decirle a alguien cuánto le importaba.

—Bueno —comenzó a decir de forma solemne—. Estamos aquí reunidos por nuestra bandida, Miranda, hija de nuestra hermana María y nuestro hermano Peter, quien ya creció y está lista para rebelarse. —Sentí cómo me iba sonrojando. Mi papá sonreía. Miré fijamente a mi plato—. ¿Quién querría guiar la oración hoy? Cualquiera. Paul, estás sentado con los grandes, ¿quieres hacerlo? ¿Peter? ¿Lo haces tú?

—Paso —susurró mi papá.

Benny y Letty soltaron una risita.

—Yo lo hago. —Todos me voltearon a ver. Asentí vacilante al ver sus caras de sorpresa—. Me gustaría hacerlo. ¿Está bien?

—Claro —dijo Benny después de mirar a mi papá de reojo—. *Dale*.

Mi padre me miró, preocupado por estar siendo parte de un pésimo chiste.

Pero no era un chiste. Asentí para tranquilizarlo. Todo el mundo guardó silencio. La pequeña llama tallada sobre la cabeza de san Judas estaba pintada de un naranja brillante. Me enfoqué en ella en un intento por olvidar que no podía rezar. Recordé haberle dicho a Nick que era una tontería no considerar ir a Harvard por miedo a convertirse en su papá. Pero ¿no era eso lo que estaba haciendo yo? ¿Me había quitado mi madre a Dios? ¿O estaba yo aterrada de tener un dios propio, un dios sin ella? Era mi mierda. Y estaba harta de no tener dónde ponerla. Así que tal vez debía aceptarla. Hacerme cargo de ella. Era mía ahora. Y siempre había sido mía.

Cerré los ojos y busqué la mano de mi papá de un lado y la de Letty al otro. Oí que el resto de las manos en la mesa buscaban las manos contiguas. Noté lo bien que se sentía tomarnos de la mano así, estar juntos en ese lugar. Mi padre se había mantenido en contacto con Benny y Jacob, los hermanos de la mujer que le rompió el corazón. Le caían bien —los quería, sin duda—, pero sabía también que lo había hecho por mí. Esta familia conformada por personas que se veían como yo era un regalo más de mi padre.

Pasé saliva con fuerza. «Hace ochenta y siete años». Lo hice a un lado con delicadeza.

—¿Dios? —pregunté con cautela, como si pudiera responder—. Señor —continué con más firmeza—. Quienquiera que seas, seas lo que seas, gracias. —Mi padre me apretó la mano, lo que interpreté como una señal de apoyo—. Gracias por la maravillosa comida que vamos a disfrutar, por la familia que está aquí y por quienes no pudieron estar. —Mi voz titubeó, pero seguí adelante—. Te pedimos que nos guíes y ayudes a hacer lo correcto. Ayúdanos a amarnos los unos a los otros. —Inhalé muy profundo—. Y te pedimos que protejas a mi madre, María Black, que la ayudes. —Sentía las lágrimas caer por mi cara. Hice una pausa. Mi padre me apretó la mano con más fuerza—. Ah. Y si pudieras ayudar a mi papá a encontrar su planeta Ricitos de Oro... y tal vez que esté en una conferencia de prensa, eso también estaría increíble. —Escuché algunas risas—. ¿Amén? —pregunté, indecisa.

—Amén —respondió el comedor.

Abrí los ojos. Me limpié las lágrimas. Cuando volteé a ver a Letty, ella asintió. Aprobaba mi oración. Letty era sin duda la persona más religiosa que conocía, así que lo tomé como una victoria definitiva.

Hecho. Lo hice. Recé. Qué tontería. Pasé tanto tiempo esperando que algo volviera a mí, algo que me habían quitado: mi *cero*. Pero, en vez de eso, sentí como si algo hubiera escapado. Había estado dentro de mí todo el tiempo, solo necesitaba sacarlo.

—Bien rezado, bandida —dijo Benny. Él también tenía lágrimas en los ojos. Alzó su cerveza—. Por María —dijo.

Todos los demás alzamos nuestros vasos.

—Por María —repetimos.

Mi papá y yo nos miramos. Asintió con ese gesto que durante años significó «Vamos a estar bien».

Las cosas iban a estar bien. Sobreviviríamos.

—*It's the end of the world as we know it* —susurré.

—*And I feel fine.* —Meneó la cabeza—. No puedo creer que no te guste esa canción. —Me encogí de hombros y él me besó la cabeza—. Bien hecho —susurró.

El pozole estaba tan rico que vacié el primer plato en cuestión de minutos. Cuando me levanté de la mesa para servirme otro, el reloj encima de la estufa se burló de mí. «Es demasiado tarde», me decía con sus brillantes números rojos. «Supéralo».

Me detuve frente a la enorme olla de pozole y dejé que el vapor me golpeara la cara. Me serví otra porción con el cucharón y volví a mi lugar. A lo largo de la mesa había toda clase de conversaciones, pero yo me conformé con quedarme sola con mi pozole. Luciana estaba debajo de la mesa de los niños con mi teléfono, aún en trance con el juego de Barbie. Tal vez lo mejor era que ella tuviera el teléfono. Así no lo revisaría cada cinco segundos para saber si Nick había respondido. Le pedí que me avisara si recibía alguna llamada o mensaje, y juró que entendía de qué le estaba hablando, pero yo no estaba muy segura. Estaba considerando levantarme y verificarlo por mí misma cuando Paul se puso de pie de repente en una orilla de la mesa y caminó despacio hacia la puerta principal.

Se asomó por la puerta de malla.

Todos guardaron silencio. Alcancé a oír a las cabras balar en el patio lateral. Pareció que Benny iba a levantarse de la mesa, pero no lo hizo.

—Hola. —Oí una voz salir de la oscuridad.

Alguien estaba ahí. Miré a san Judas y tuve un momento de desconcierto y taquicardia al pensar que había conjurado un verdadero milagro y que, cuando Paul abriera la puerta, mi madre estaría en el pórtico con el oscuro cabello sobre los hombros. «¡LO IMPOSIBLE!». Había ocurrido. Había vuelto a casa.

Mi padre me miró.

—¿Qué pasa? —le pregunté, asustada—. ¿Qué está pasando?

Pero, antes de que pudiera responder, la voz habló un poco más fuerte.

—¿Está Miranda?

—¿Qué pasa, papá?

Él sonrió y se encogió de hombros.

—Sí. —Paul puso la mano en la manija y dudó.

Volteó a ver a Benny. Benny asintió. La habitación no podía haber estado más callada mientras mi primo abría la puerta. Y entonces todo fue como un sueño. Era irreal en todos los niveles: era Nick. Estaba en la sala, sorprendido de que tantas caras lo observaran. Se sonrojó de inmediato, por supuesto. Pero, cuando sus ojos por fin encontraron los míos, su cara se relajó, y él sonrió. El único sonido en el universo entero venía del juego de Barbie en mi teléfono en las manos de Luciana. Lo sostenía mientras veía estupefacta a Nick. «Ese no es. ¡Inténtalo de nuevo!», decía Barbie con su voz melosa. «No te rindas. ¡Tú puedes!».

Me puse de pie, desconcertada, y, durante lo que pareció una eternidad, ambos nos quedamos parados en silencio, mirándonos.

—Hola —fue lo único que se me ocurrió decir.

Nick sonrió, cohibido.

—Hola.

Yo estaba tan anonadada por verlo que me tomó un

rato darme cuenta de que había algo fuera de lugar. Pero entonces lo vi. ¡Claro! Traía puesto su uniforme de Explorador, con todo y un pañuelo rojo, azul y blanco, y una boina ñoñísima que se quitó de la cabeza y sostuvo entre las manos en cuanto me vio.

Paul soltó la puerta y esta se azotó con fuerza en el silencio del comedor.

«¡Vamos!», dijo Barbie debajo de la mesa. «¡Tú puedes, chica!».

—Guau —exclamé con los ojos clavados en Nick—. Esto es, sin lugar a dudas, lo más raro y vergonzoso que me ha pasado.

Nick esbozó una amplia sonrisa.

—Siento vergüenza por ti.

—¿Puedo retirarme? —le pregunté al silencio.

No sabía si se lo preguntaba a mi papá, a Letty, a Dios o a nadie. En realidad, solo les estaba avisando a todos que iba a salir con el chico a quien amaba y nadie en la tierra ni en ningún otro planeta iba a detenerme.

—Sí —dijeron algunas voces adultas y Luciana al unísono.

Caminé hacia Nick y lo miré de frente, le tomé la mano y empujé la puerta.

—Espera. —Me detuve de pronto y me di la vuelta. Nick parecía confundido—. Sí —le dije—. Ven, Lu, ven aquí. Enséñale a Nick tu superjuego de Barbie. —Luciana se puso de pie y diligentemente se acercó a nosotros—. Ven. —Empujé a Nick hacia adentro otra vez—. Lulu, él es Nick. —Nick se agachó y le tendió la mano a Luciana, quien se la estrechó—. De hecho: todos, él es Nick. —Miré a Luciana—. Es un Explorador de verdad, Lu. —Luciana se veía más impresionada de lo que debería haber estado—. Dos segundos —le pedí a Nick.

Le señalé el sofá y él se sentó un poco a regañadientes. Luciana se subió y le puso el juego de Barbie en la cara.

Corrí a la habitación de Luciana, abrí su clóset y encontré mi vestido colgado del diminuto gancho con parte de la tela arrastrándose en el piso. Aún era espectacular. Me quité lo que traía puesto y me puse el vestido. Jalé la liga que ataba mi cola de caballo y dejé que el cabello me cayera sobre los hombros. Busqué un espejo en la habitación de Luciana, pero solo encontré uno miniatura en su casa de muñecas. Era tan pequeño que ni siquiera podía verme la cara completa. Encontré un lápiz labial de Hello Kitty en el tocador y me puse un poco. Estaba pegajoso, como goma, y olía a fresas maduras. Me lo quité con el dorso de la mano.

Me puse los zapatos dorados. Salí de la habitación de Luciana.

Todos en la mesa voltearon a verme. Morí de vergüenza. Atravesé el comedor y fui a la sala.

—¡Ve por las bombas de brillos! ¡Te dan poderes! —Luciana estaba de rodillas gritándole instrucciones a Nick. Me di cuenta de que se había puesto su banda de Niña Exploradora—. ¿Por qué no le das a las bombas de brillos?

—Eh, pues… son bombas. —Estaba muy concentrado—. Pensé que tenía que esquivarlas.

—¡No! —gritó Luciana—. ¡Tienes que ir por ellas!

Nick alzó la mirada y me vio.

—Ay —exclamó.

Puso el teléfono con delicadeza en el sofá. Barbie hizo un ruido. Luciana me miró, después a Nick y por último al teléfono.

—¡Vas a perder! —gritó con urgencia.

—Toma —dijo Nick.

Le dio el teléfono sin quitarme los ojos de encima.

Se puso de pie. Miró de reojo a la mesa llena de gente que nos observaba. Lo tomé de la mano y lo llevé hacia la puerta, bajamos los escalones y nos adentramos en la oscuridad de la noche. Las cabras balaban en señal de bienvenida. Volteé para encontrarme la cara de Luciana pegada a la ventana, apretada como una mosca estrellada en un parabrisas, y mi teléfono brillando con un rosa barbiesco. Una mano la tomó por el hombro y alejó su rostro del cristal.

Volví a ver Nick. No tenía idea de qué decirle.

Lo miré a los ojos.

Por fortuna, él habló primero.

—Bueno —murmuró. Metió su boina en su bolsillo trasero y sacó su teléfono del delantero—. Tres cosas. —Lo desbloqueó—. La primera. —Me dio el teléfono.

Miré la fotografía, confundida.

—¿Una habitación vacía? —dije.

El pequeño cuarto tenía alfombra *beige* aspirada en franjas meticulosas, una cama doble sin sábanas y una ventana con las cortinas cerradas.

—Mi habitación vacía.

—¿Te mudaste? —pregunté, alarmada.

—Nos mudamos. Mi mamá también. —No sabía si eran buenas noticias, malas noticias o las dos—. Él aceptó un trabajo en un laboratorio en Phoenix.

—Vaya —exclamé—. ¿Eso es bueno?

—Sí —respondió—. Eso creo. Digo, es un desastre, por supuesto. Pero, sí. —Le devolví el teléfono—. Luego… —Me miró, sonrió y pasó el dedo por el teléfono—. Segunda cosa.

—Me lo dio de nuevo.

Era una fotografía de un correo de los Exploradores, en el que le agradecían aceptar la pasantía en las montañas Jemez. El corazón se me estrujó un poco. Si había aceptado la pasantía, significaba que había aceptado también la oferta de la UNM. Viviríamos en lados opuestos del país.

—Increíble —susurré, e intenté sentir que era cierto—. Eso es increíble. Vas a ir. Lo vas a hacer.

—Pero espera. —Volvió a tomar el teléfono y pasó el dedo una vez más—. Tuve que negociar esa un poco. —Me lo entregó nuevamente, pero yo no podía dejar de mirarlo a los ojos. Seguía sin poder creer que estuviera frente a mí. Movió la cabeza hacia la pantalla—. Míralo —pidió en tono enfático.

Lo miré. Otra fotografía de otro correo.

Este decía: «Estimado Nicholas, nos complace mucho saber que has aceptado el lugar que te ofrecimos en la próxima generación de estudiantes de Harvard».

—¿Qué? —Mis ojos se dispararon hacia los suyos.

Estaba sonriendo.

—Sipi. —Se encogió de hombros.

Le puse los brazos alrededor del cuello.

—Estoy tan contenta... tan contenta por ti.

—Gracias —dijo—. Solo espero poder conseguir un trabajo con un título de esa escuela.

—¿Es lo que quieres?

—Sí —contestó—. Hablé mucho con tu papá anoche. Y hoy hablé con mi mamá. Estaba preparadísimo para pelear. Pero lo primero que dijo, y estas son sus palabras textuales, fue: «Me importa un carajo adonde vayas a la universidad».

—¿Qué? Tu mamá es lo máximo.

—Sí. Y creo que me di cuenta de que tenías razón No puedo vivir así, asustado. De pronto fue como si pensara: «Sí, esto es lo que quiero».

—Perdón, Nick. —Me separé de él—. Perdón por lo que dije en la mañana. No es lo que pienso. Y perdón por irme. En verdad no sabía que me iba a ir. Solo… me fui.

—Yo también lo siento —dijo—. Debí haberte contado todo. —Bajó la mirada para ver mi vestido—. Te ves increíble, por cierto. —De pronto se puso nervioso.

—Tú también te ves increíble —dije. Se rio—. Entonces, ¿este es? ¿El uniforme?

—Supuse que era un momento muy importante, ¿sabes? Venir hasta acá. La única forma en que esto va a funcionar es si somos honestos. Así que, bueno, te voy a decir la verdad. La verdad es que he alcanzado el rango más alto que se puede obtener dentro de los Exploradores de América. —Sonrió.

—Ay, Dios mío. Qué bueno que estás aquí —exclamé.

—No tenía nada mejor que hacer. Hoy es el baile, pero mi cita me dejó plantado.

—Qué feo —murmuré—. Es una perra.

—No, es buena gente.

—Ah. Bueno —contesté—. Ven. —Me estiré y le ajusté el pañuelo.

—Ven. —Bajó la cabeza y me dio el beso más dulce del mundo.

—Oye, ¿quieres ver algo? —pregunté.

—Sabes que me encanta ver cosas.

—¿Me esperas dos segundos? —Me apresuré a subir los escalones.

—Eso no me resultó muy bien la última vez —gritó.

Volteé y le di un saludo de Explorador.

—Te lo prometo. Ya vuelvo.

Corrí a la casa. Todos había vuelto a comer y a hablar, pero se volvieron a quedar callados cuando la puerta se azotó. Era obvio que Vanessa comenzaba a hartarse de mis tonterías. Les lanzó una mirada a sus hijos para indicarles que el mío era el tipo de comportamiento que nunca deberían imitar.

—Tío B, ¿me puedo llevar tu camioneta? Solo para subir el cerro y bajar al valle. —pregunté. Sin dudarlo, metió la mano al bolsillo y me lanzó sus llaves. No podía creerlo—. Ay, ¿en serio? ¡Gracias!

Me di vuelta para salir corriendo otra vez.

—Bandida —me detuvo con su enorme voz.

—Sí, señor —dije mientras volteaba a verlo, sin aliento.

—No le hagas nada a mi camioneta.

—No —contesté—. Te lo prometo.

—Bandida —llamó de nuevo.

—¿Sí? —respondí.

—No le hagas nada a mi camioneta.

—Te lo juro —afirmé—. Ni siquiera cambiaré la estación el radio.

Frunció el ceño.

—Okey. *Ándale* pues. Ve por el galán.

—¡Te quiero! —grité hacia el comedor.

Salí corriendo y rodeé la casa para llegar adonde la gigantesca y resplandeciente Ford F-150 plateada de Benny estaba estacionada en la cochera. Era imponente. Me arremangué el vestido y escalé a la cabina. Empujé el asiento hasta el frente y encendí la camioneta. El motor rugió. Sentí como si estuviera detrás del volante de un tráiler. Me eché en reversa con cuidado, centímetro a centímetro, di la vuelta, salí a la calzada y me detuve donde Nick estaba parado, junto al camino de terracería, viendo las cabras, con las manos en los bolsillos y una enorme sonrisa en la cara. Cuando, después de varios intentos, por fin averigüé qué botón hacía qué, bajé la ventana del lado del copiloto.

—Oye, tú —le grité—. Súbete a mi camioneta.

Entró y cerró la puerta.

—Esta sí es una camioneta —dijo.

—Conozco un lugar —dije.

Avancé y me integré al accidentado camino de terracería que pasaba junto a casa de Benny. Las cabras en el jardín dejaron de hacer lo que hacían y nos vieron pasar zumbando. Las dos que se habían salido debían de haber vuelto al corral. Una cabra estaba trepada encima de la pequeña casa en el centro del corral y parecía confundida e infeliz al respecto.

Un poco más adelante, el camino se volvió escarpado y nos llevó por una empinada meseta. Del otro lado no había nada. La gloriosa nada. Solo desierto elevado y el pequeño camino que se extendía hacia la oscuridad pura.

Conduje despacio.

—Me siento como una jefa —afirmé. Encendí el radio y comenzó un estallido de música country—. No —dije y lo volví a apagar. Seguimos avanzando como un kilómetro más, la oscuridad se volvía más y más profunda. Entonces me detuve y apagué la camioneta—. Mira. —Apagué las luces, la oscuridad era total—. Mira.

Señalé al otro lado del parabrisas. Y ahí estaba: la Vía Láctea, mi antiguo Dios. Mi *cero*. Se veía igual a como la recordaba tras verla por primera vez sobre el cofre del auto de mi papá, tan cerca que sentía que podía estirar la mano y tocarla.

—Vaya —exclamó Nick al asomarse.

—¿Verdad? —dije—. Mi papá nos traía aquí cuando era pequeña. Pero, ven. *Ándale, pues.* —Lo apremié con mi mejor acento en español. Bajamos de la camioneta, la rodeamos y bajé la portezuela de la caja—. ¿Me ayudas, explorador? —le pedí.

Nick me puso las manos alrededor de la cintura y me ayudó a subir. Luego, él se subió.

Ya que mi tío Benny era una persona de lo más decente, mantenía su camioneta impecable, incluso la caja. No había ni una sola hoja ahí.

—Mírala —dije.

Intenté mantener tanta dignidad como fuera posible mientras me subía la falda, avanzaba de rodillas por la caja y me recostaba. Nick se recostó a mi lado. Me encantaba la sensación de su cuerpo —de su ser— junto a mí.

—Vaya —susurró otra vez. Dejamos que el silencio reinara un largo rato. Yo seguía sin creer que Nick estuviera ahí. Había conducido hasta allá, hasta la eternidad, por mí. Busqué su mano—. ¿Syd va a estar bien? —preguntó.

—No sé —respondí—. Creo que sí.

El silencio volvió. Parecía que quería ser parte de nuestra conversación, así de grande e insistente era. Era la única certeza en ese instante y a nuestro alrededor.

El silencio no iba a ir a ningún lado.

—Me gustas desde el primer año. —Le ofrecí esa verdad a Nick, al cielo y a la enorme y silenciosa noche.

Volteó a verme y devolvió la mirada a las estrellas.

—La peor pelea que mi mamá y yo hemos tenido fue después del primer año. Quería que cambiara Francés por Español. Pensaba que me sería más útil. Pero eso nunca iba a pasar.

—¿En serio? —Sonreí.

—Odio Francés, Mir.

—Y eres pésimo, además.

Me reí y miré las estrellas. Eran tan brillantes y estaban tan cerca que podía sentirlas dentro de mí, dentro de mis ojos, dentro de mi cerebro. Por un momento, tuve la misma extraña sensación de poder oírlas si guardaba el silencio suficiente. Estaban listas para hablar. Iban a responder todas las grandes preguntas. Iban a dar cuenta de todos los anhelos, las incertidumbres y los deseos inconmensurables.

Pero no. Era solo silencio. Era solo nuestra respiración y el resto de nuestras vidas ahí, esperándonos. Incierta. Inefable.

—Iré a Brown —dije.

—Me lo imaginé —admitió él—. Bueno, más bien era lo que esperaba.

—Me decidí antes que tú. Para que sepas.

—Está bien —dijo.

—Porque, ya sabes, Brown está como a una hora de Harvard.

—De hecho, es una hora y veinte minutos en tren —comentó—. Luego hay que caminar diecinueve minutos desde la estación al campus de Brown. Así que, de donde voy a estar a donde vas a estar, es una hora y cuarenta minutos en total. Minutos más, minutos menos, dependiendo de los dormitorios en los que estés.

Sentí cómo se me inflaba el corazón en el pecho. Era como si flotara encima de mí.

—Nah. —Las estrellas se veían borrosas entre mis lágrimas—. Tus cálculos están mal, *nerd*.

—¿Qué? —Sonó auténticamente ofendido.

—¿En serio crees que no voy a ir por ti a la estación?

—Ah —exclamó—. Dios, ni siquiera lo había pensado.

—Caminamos juntos —dije.

—Sí —respondió—. Caminamos juntos.

Volvimos a mirar las estrellas. En algún lugar profundo de mi memoria, oí a mi papá sobre el cofre de su auto: «¡La Vía Láctea está justo aquí!».

—Ay, Dios mío. —Volteé a verlo—. Esta es.

—¿Esta es qué? —Giró hacia mí.

—La segunda oportunidad.

Esbozó una lenta sonrisa.

—La segunda oportunidad —repitió.

—Ganamos. —Le ofrecí el puño y él lo chocó.

—¡Ganamos! —le gritó a la noche inmensa y silenciosa.

—¡Púdranse, *haters*! —grité.

El silencio devoró nuestras palabras.

Nos quedamos ahí, viendo las estrellas, un largo rato.

AGRADECIMIENTOS

Gracias a quienes leyeron este libro y, con su luz, lo ayudaron a crecer: Kimberly Belflower, Carra Martínez, Steve Moore, Jenna Jaco, Sherry Kramer, Naomi Shihab Nye, Rachel Feferman, Susannah Benson, Beth Eakman, Dalia Azim. Quetta Carpenter, Graham Reynolds (cuyo catálogo está completo), Abe Young, Travis Riddle, Clair Homan y James Magnuson. Kirk Lynn, por siempre y para siempre mi lector favorito, gracias.

Estoy agradecida con Reed Elliot en la NASA por su perspicacia y ayuda, y con Rolfe Shmidt, quien me explicó las matemáticas puras en un elegantísimo correo. Mi amigo David Modigliani fue a Harvard y parece que le fue bien. Aprecio sus comentarios. Tennessee, Jensen y Ophelia: mi equipo adolescente de Nuevo México, gracias por responder todas mis preguntas extrañas. Sin el apoyo de la Universidad de Saint Edward's y, sobre todo, la decana Sharon Nell, jamás habría escrito este libro. Gracias.

Mi deuda más grande es con Sarah Barley en Flatiron Books y con mi agente, Emily Forland. Ambas le dieron tanto a este libro: tanto tiempo, atención y cariño. Simple y sencillamente no tengo suficientes *gracias* por todo lo que me han dado.